KB128156

겔리시온 Ⅲ

- 운명과 선택 -

EPISODE III.

운명과 선택

차례

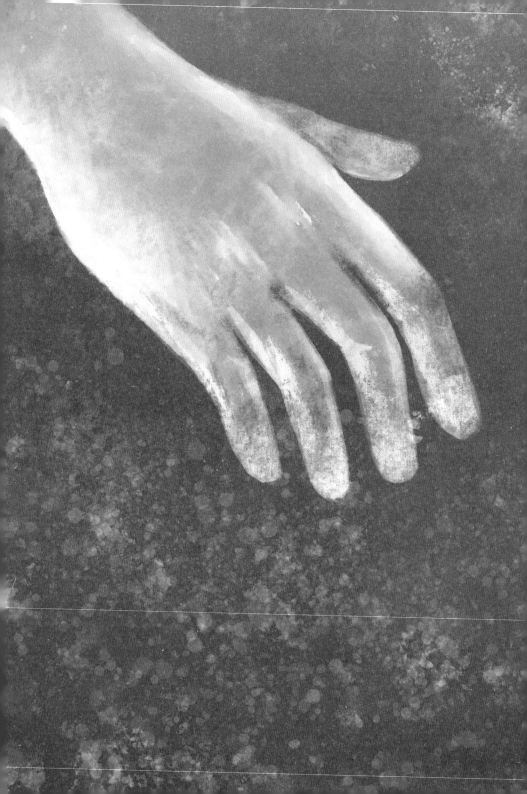

EPISODE III.

운명과 선택

1장

❴ 영웅은 만들어지는 것이다 ❵

"끼룩- 끼룩-"

따사로운 태양이 내리쬐고 있는 자라트라 요새의 하늘 아래, 물새들 몇 마리가 뭉게구름 주위에서 빙글빙글 돌고 있다. 보리얀은 훈련장 앞쪽에서 지그시 새들을 지켜본다. 건강을 되찾은 그녀는 병사장의 옷을 입고 있다.

앞에서는 예비 병사에서 갓 올라온 일반 병사들의 훈련이 한창이다. 그녀 옆에는 훈련 중인 병사들을 바라보고 있는 투르가 서 있다. 그는 만족스러운 듯 고개를 끄덕이며 보리얀을 돌아본다.

"어떤가 병사장? 승급 후 첫 번째 훈련 날이지?"

"네. 투르 관리 장교님. 다들 열심히 잘 따라줘서 다행입니다. 파견사 일과 관리 장교 일을 동시에 처리하시느라고 힘드시죠?"

"하하, 나보다도 훌라르 님께서 고생이 많으시지. 부쩍 이 요새에 신경을 더 많이 쓰시는 것 같아. 매주 찾아오셔서 직접 보고도 받으시고 말이야."

그 말을 듣자 보리얀은 자기도 모르게 살짝 미소를 짓는다.

"…그러고 보니 오늘이 오시는 날이겠군요."

"그렇겠지. 이번에 새로 개편된 조직도와 승급된 병사장들 목록을 보여드려야겠어. 아 참, 그러고 보니 자넨 아직도 사타니크 병사장과 한방을 쓰고 있겠군. 혹시 별다른 불편함은 없나? 인사 구조는 개편하고 있는데 동굴 방들의 구조는 바꿀 수가 없으니, 원."

"하하. 전혀 문제없습니다. 몇 명이 더 들어와도 거뜬할 겁니다."

"그래? 다행이군. 계획대로라면 곧 두 명 정도가 새로 그 방에 들어갈 거야. 병사장으로 승급할 이들을 배정하다 보니, 모든 병사장실이 꽉꽉 차고 있어."

"원래 그게 맞는 것이겠지요. 병사들에 비해 병사장들의 수가 턱없이 적었지 않았습니까. 병사장들 하나하나의 사정까지 살펴주셔서 정말 감사합니다."

"흠…. 카슙이 관리하고 있던 부대들을 살펴보니까 파헤쳐 볼수록 정말 여러 가지가 엉망이더군. 새로운 관리 장교가 임명되기 전까지 내가 일단 정리할 수 있는 부분들은 얼른 처리해 놔야지."

"새로운 관리 장교님이요? 곧 다른 분이 오신다는 겁니까?"

"아직 알 수는 없지만 훌라르 님께서 계획이 있으신 것 같다. 일단 나는 스루딘 호와 바얀 호가 무사히 돌아오기 전까지 여기서 관리 장교를 맡을 거고. 아직 뒤처리가 많이 남아서 말이지. 그래도 오늘 아침에 스루딘 책임 선장에게서는 서신이 왔더군. 동쪽에서의 일을 잘 마쳤다니까, 이제 곧 돌아오겠지."

투르는 생각에 잠긴 얼굴로 중얼거리며 말을 잇는다.

"바얀 책임 선장도 부디 잘 돌아와야 할 텐데…."

보리얀은 하늘 위의 새들을 쳐다보며 빙긋이 미소 짓는다.

"곧 돌아오실 겁니다."

투르는 빛나는 보리얀의 눈동자를 바라보며 대견하다는 듯 생각한다.

'역시 그 아버지에 그 딸이군. 언제 이렇게 늠름하게 자랐는지 모르겠네.'

자라트라 요새와는 다르게, 동쪽 호수 로히라셰드에 있는 한 커다란 선술집에는 우중충한 날씨가 내려앉아 있다. 이끼를 모아 태우는 매캐한 연기와 각종 음식 냄새가 축축한 공기를 덮는다. '채치트의 선술집'이라고 불리는 이곳의 주인은 퉁퉁한 몸집을 가진 루에린 사내다. 그는 시끄럽게 북적이는 영업장의 풍경이 익숙한 듯, 찢어진 돛을 꿰매어 만든 간이 천막 안에서 이런저런 요리를 동시에 해낸다.

천막 앞의 노상에는 부서진 배의 잔해로 만든 낡은 탁자에 삶에 찌든 손님들이 앉아 있다. 끼니를 때우려는 노예들, 간혹 도망 노예에 대한 소문을 들으러 찾아온 노예상들, 그리고 자기네들끼리 모여 앉아 있는 자라트라 병사들의 모습도 보인다. 미다스 궁으로 돌아갈 준비를 마친 그들은 마지막 식사라도 하는 모양이다.

"……."

주인은 가만히 병사들의 모습을 훑는다. 그의 시선은 어떤 에실린 병사에게서 멈춘다. 구불거리는 은색 머리가 목 뒤까지 길게 자라 있는 그 병사는 이상하게도 루에린 노예들과 함께 앉아 있다. 그는 다른 병사들과 어울리는 대신 꼬질꼬질한 노예들에게 술을 사주고 있는 모양이다. 주인은 별꼴이라는 듯 피식 웃는다.

'어디 가나 이상한 놈들 한둘은 있는 법이지. 그나저나 이번에 왔다 가는 병사 중에서도 사타네크는 없군. 오히려 잘된 일인가…. 뭐, 그한테 여기가 좋은 곳은 아니니까.'

주인은 이상한 병사에게서 시선을 돌리고 다시 요리에 열중한다. 그 은색 머리 병사는 큰 눈을 반짝이며 노예들의 이야기에 귀를 기울이고 있다. 그와 마주하고 있는 루에린 사내들이 횡재했다는 표정으로 술을 들이켠다. 그들 중 비쩍 마른 사내 한 명이 입가를 닦고 말한다.

　"우리 친절하신 병사님 이름이 '루딘'이라고 하셨나? 서쪽 호수 출신이라면 거기선 노예를 못 봤겠네요?"

　"그럼. 노예라는 걸 알지도 못했지. 거긴 루에린들에 대한 차별은 있을지 몰라도 이런 제도는 없거든."

　"거긴 잘난 에실린들의 동네니까 뭐든 여기보다 낫겠죠. 근데 그쪽 호수 이름이 왜 '자일리아샤'입니까?"

　"예전에 구름 섬 겔리시온이 있던 시절의 신성한 샘 이름이래. 서쪽 호수가 그 모습을 가장 많이 닮았다나, 뭐라나…. 아무튼 역사적인 의미 때문인지, 중앙 섬 사람들은 그 동네를 나름 존중해 주는 것 같아."

　그 말을 들은 루에린 사내는 벌컥벌컥 잔을 비운다.

　"서쪽 호수랑 중앙 섬은 워낙 에실린들끼리 뭉친 사이니까요, 뭐. 여기는 이름까지도 구립니다. 로히라셰드, '과거의 얼룩'이라니. 무슨 전쟁이더라…. 암튼 옛날에 세상이 추락했을 때, 그 전쟁의 패잔병들이 모여 살았던 곳이라 그렇다고 합디다요. 가증스러운 중앙 섬 놈들. 서쪽 호수를 대하는 것의 반만이라도 해준다면 우리가 지금 이 지경으로 살지는 않을 텐데."

　그러자 루딘은 그를 달래듯 자신의 술잔을 그의 앞으로 밀어준다.

　"자자. 더 마셔. 근데 노예들은 도대체 어떻게 만들어지는 거지?"

　"허허, 참. 서쪽 호수 출신 병사님이 왜 그런 걸 궁금해하시는지?"

마른 루에린 사내와 옆에 앉아 있는 다른 노예가 서로 마주 보며 어깨를 으쓱하자, 루딘이 빙긋 웃는다.

"아니, 내가 좋아하는 여인이 사실 루에린이거든. 그 여인의 동족들이 이렇게 힘들게 사는 모습을 보니까 당연히 궁금해지잖아."

"아하?"

노예들은 예상치 못한 대답에 조금 놀라더니 키득키득 웃는다.

"오호, 이 에실린 병사님이 뭘 좀 아시나 보네. 사실 여인 중엔 루에린 여인이 최고긴 하지. 히히…."

마른 루에린 사내는 킥킥거리더니 목을 좀 가다듬고 낮은 소리로 속삭인다.

"맘 좋으신 우리 병사님께서 보는 눈까지 있으시군요. 그런데 여기서 아름다운 루에린 여인들은 거의 노예상들 밑에 들어갑니다요. 가족을 먹여 살리려면 어쩔 수 없지. 물건 취급당하는 거야 사내들도 다를 바가 없지만…. 그게 사실 미다스 궁보다도 이 지역의 원로 놈들 때문이지요. 그놈들이 노예상들과 손을 잡고 사람들을 죄다 팔아먹으니."

"그러고 보니 여기서 원로는 한 명도 못 봤는데?"

"그놈들은 자기들만의 철옹성을 지어놓고 사니까요. 여기서 평생을 산 사람이라고 해도, 원로들을 볼 기회는 손에 꼽을 겁니다. 미다스 궁이 여기를 꽉 쥐고 있긴 하지만 노예상들끼리 경쟁을 붙이는 건 그놈들이에요. 노예상들에게 노예증서를 내주고, 장부를 걷는 것도 다 원로들이고…. 원로원에서 승인한 노예증서 한 장만 있으면 다 끝입니다요. 황금과 보석으로 왔다 갔다 하는 목숨이 되는 게죠."

"흠, 그럼 어떤 자들이 노예가 되는 건데? 혹시 큰 죄를 지은 사람들인가?"

"그런 놈들도 있긴 하지만 먹고 살기 어려워서 스스로 노예가 되는 사람들하고, 노예의 자식들로 태어나서 노예가 되는 경우가 더 많습니다요. 급이 높은 시종이나 시녀는 주로 미다스 궁이 있는 아누다르가야 동쪽에 있고요. 우리 같은 것들은 말 그대로 찌꺼기죠, 뭐."

그 말을 듣자 루딘의 머릿속에는 노예들을 찌꺼기라고 불렀던 노예상의 얼굴이 떠오른다. 지금은 어디로 팔려 갔을지 모를 그 루에린 소녀의 병약한 모습도.

'그 애 말이 맞았네. 채치트의 선술집에서 많은 걸 듣게 될 거라더니…'

루딘이 착잡한 얼굴로 생각에 잠기자, 마른 루에린 사내가 궁금하다는 표정으로 묻는다.

"근데, 그 여인은 어떻게 만나게 된 겁니까요? 자라트라의 병사면 여자 구경하기가 어려울 텐데?"

"병사가 되기 전에 서쪽 호수에서 만났지. 아주 적지만, 거기에도 루에린이 살긴 하거든."

"그렇구만요. 다행인 줄 아셔야겠습니다. 그쪽엔 예쁜 여자들을 잡아가는 노예상이 없으니."

그 말을 듣던 옆의 다른 사내가 무언가 생각났는지, 마른 사내를 팔꿈치로 쿡 찌른다.

"이번에 거기도 좀 위험할 뻔했어. 그 소문 못 들었나? 미다스 궁에 있는 노예상들이 서쪽 호수에도 진출하려고 했는데, 어떤 유명한 상급 슈라문이 궁주를 설득해서 막았다잖아."

"그래? 그 슈라문이 누군데?"

"아, 그 있잖아…. 그 무섭고 키 크다는 분. 에실린도 아니고 마에린이라던데."

"마에린?"

그들의 말을 듣던 루딘은 옆의 병사들이 떠날 준비를 하는 걸 보고 슬쩍 일어난다.

"에휴, 아무튼 세상이 왜 이 모양인지. 그런데 이거 어쩌나. 이야기가 즐거웠는데 벌써 가야겠네. 오늘이 여기 있는 마지막 날이라 다시 보긴 어렵겠어. 술값은 말했듯이 내가 내는 거니까…."

루딘은 주머니 속을 더듬어 보는데 아무것도 없다. 그의 표정을 보고 눈치를 챈 루에린 사내들이 낄낄 웃는다.

"아이고, 이런. 소매치기에게 당한 모양인데 어쩝니까요. 여기가 눈 뜨고 코 베가는 동네라."

루딘은 어쩔 수 없다는 표정으로 주방에 있는 선술집의 주인을 향해 외친다.

"저기, 미안한데 여기 술값은 스루딘 책임 선장님 앞으로 달아놓겠소."

그 소리를 듣자 천막 안에 있던 주인이 그쪽으로 다가온다. 루딘은 그를 보고 빙긋 웃어 보인다.

"이따가 책임 선장님께서 여길 마지막으로 점검하러 오실 테니, 그때 병사 '루딘' 이름으로 받으시오."

루에린 사내들은 혹시나 자기에게 술값을 받을까 봐 서둘러 자리를 뜬다. 주인은 루딘을 위아래로 훑으며 퉁명스럽게 말한다.

"그냥 가쇼. 병사들 술값이야 미다스 궁에서 줄 텐데 뭐."

"미다스 궁에서?"

"궁전의 시종이 서신을 보내왔소. 책임 선장님한테 받을 돈은 일체 미다스 궁 쪽에서 해결한다고.”

“정말로? 그럴 사람들이 아닌 것 같던데.”

루딘이 갸우뚱하자 주인이 어깨를 으쓱한다.

“나야 뭘 알겠소. 책임 선장님을 위해서 그곳 궁주가 직접 내린 명령이라던데.”

“흐음···. 아무튼 그간 이곳에서 우리 병사들이 신세 졌는데, 여기 주인장은 어디 계시오? 가기 전에 인사라도 하려고 했는데 지금껏 만나지를 못해서.”

“여기 있잖소. 내가 채치트요.”

“아하! 이런, 몰라봐서 미안하오. 여기 주인장이 뭐든지 다 잘 만드는 천재라는 소문이 있어서 궁금했는데, 이렇게 요리까지 잘하는 분이었다니 정말 놀랍소. 보통 주방에 계시길래 지금껏 주방장인 줄만 알았지 뭐요.”

채치트는 칭찬에 멋쩍은지 코를 조금 훔치고 선술집의 간판을 고갯짓으로 가리킨다.

“내 이름 걸고 하는 가게인데 내가 자리를 지켜야지. 주인이라고 뒷전에 물러나 있으면 날강도 놈들이 내 가게를 다 헤쳐 먹는 건 시간문제일 거요. 여긴 그러고도 남을 동네니까.”

“하하. 그렇겠소. 아무튼 덕분에 잘 있었소. 그럼 안녕히 계시고, 늘 지금처럼 번창하시오!”

“병사님도 살펴 가쇼.”

루딘은 채치트에게 인사를 하고 다른 병사들과 함께 떠난다. 채치트는 떠나는 루딘의 뒷모습을 보고 별일이 다 있다는 표정으로 팔짱을 낀다.

‘흠. 장사하다 보면 다양한 사람들을 참 많이 본단 말이지. 저렇게 루에린한

테 친절한 에실린도 다 보고.'

　그런데 그때, 한 무리의 사람들이 루딘과 병사들을 스치며 가게 안쪽으로 들어온다. 한눈에 봐도 원로원에서 보낸 시종과 노예들이다. 채치트는 심기가 불편해진 얼굴로 인상을 찌푸린다.

　'…또 저놈들처럼 웬만한 에실린보다 더 지독한 루에린도 보고. 그것도 너무 자주.'

　채치트는 팔짱을 더욱 단단히 끼고 자신에게 다가오는 시종을 뚱한 표정으로 바라본다. 동쪽 호수에서는 드물게 멀끔한 옷을 입고 있는 시종은 채치트에게 위협적인 목소리로 묻는다.

　"우리가 주문한 건? 아직이냐?"

　채치트는 고갯짓으로 선술집 뒤편에 있는 창고를 가리킨다.

　"저 안에 있으니 가져가쇼."

　"흠. 시일은 얼추 맞춰서 만들었군. 하지만 만약 저번처럼 물건을 옮기다가 끊어진다면 각오하는 게 좋을 거다."

　"참, 내. 그때 밧줄을 터무니없이 적게 줘놓고서는 어떻게…."

　시종은 채치트의 말을 끊고 경고하듯 검지를 들어 올린다.

　"입 다물고. 불만 있으면 장사 접던지."

　"……."

　"다음번에는 좀 더 많은 물건을 실어 올 계획이다. 꽤 큰 일감이니까 지금부터 준비해 두는 게 좋을 거야. 도안은 최대한 빨리 만들어서 올려라. 그래야 원로원에서도 새로운 그물 제작에 필요한 물자를 확보할 테니까. 참고로 통나무 삼백 개 정도는 한꺼번에 옮길 수 있을 만한 튼튼한 게 필요하다."

"뭐, 뭐요? 통나무 삼백 개라고? 아니, 도대체 뭣 때문에 그런 그물이 필요한 거요?"

"질문하라고 한 적 없다. 당장 오늘부터 도안 작업을 시작해라. 네 선술집의 물건이 남아나는 꼴을 보고 싶으면."

노예들이 창고에서 커다란 그물들을 가지고 나오자, 시종은 채치트가 대답할 새도 없이 휙 돌아선다. 그리고 허락도 없이 주방에 가서 술 한 병을 챙겨 들고는 가게를 나가버린다. 노예들은 무거운 그물을 이고 낑낑대며 뒤따라 나간다. 탁자에 앉아서 눈치를 보던 사람들은 채치트를 보고 불쌍하다는 듯 수군거린다.

"에휴. 채치트가 또 고생하겠군. 재주가 많은 것도 죄라니까."

채치트는 잔뜩 찌푸려진 미간에 힘을 주며 짜증스럽게 한숨을 내쉰다. 그는 의구심이 가득한 얼굴로 멀어져가는 시종을 노려본다.

'에라잇! 진짜 한두 번도 아니고…. 미친 원로 놈들, 허구한 날 그물을 만들어 바치라고 하는군. 도대체 뭐에 쓰려고 이런 난리를 치는 거지?'

그는 심통이 단단히 난 표정으로 다시 주방으로 들어가며 중얼거린다.

"그나저나 통나무 삼백 개면…. 전에 만들었던 것 보다 두 배 반 정도의 밧줄이 필요할 텐데? 아냐. 밧줄의 구조를 바꾸는 게 더 효율적일 수도 있겠어. 그럼 저번에 보류해 두었던 1차 도안에다가 수정된 사항을 접목하고…."

탁자에 앉아 있는 사람들은 중얼거리는 채치트를 보며 또 시작했군, 하는 표정으로 고개를 젓는다. 손님들에게 술을 나르던 루에린 사내는 채치트를 보고 한숨을 내쉰다.

"에휴. 다 사서 고생을 하는 거지. 뭐가 됐던 저렇게 중얼거리다가 또 만들어 낼 테니까.”

한편 바르벨루스의 한 대저택에서는 훌라르가 혼자 서성거리고 있다. 자라트라 요새로 갈 준비를 마친 그는 비샤다를 부르지 못하고 한숨을 푹 내쉰다.

‘…미치겠군. 그 일이 있고 나서는 요새에 갈 때마다 이 모양이야.’

애써 떠올리지 않으려고 노력해도 소용이 없다. 그는 나름 마음을 진정시키면서 생각을 가다듬는다.

‘아냐, 괜찮아. 그때 자연스럽게 행동해서 잘 넘어갔잖아. 보리얀은 진짜 믿는 눈치였어. 그게 바르벨루스에서 하는 인사법이라고.’

고개를 저어 보지만 그때의 일이 자꾸만 눈앞에 생생하게 그려진다.

“아저씨?”

“……!”

그는 심장이 멎을 것 같은 표정으로 몸을 벌떡 일으켰다.

“깨, 깼어?”

보리얀은 고개를 살짝 끄덕이며 잠이 덜 깬 목소리로 중얼거렸다.

“아저씨 입술이 너무 뜨거워서요.”

“응? 그, 그게 있잖아, 음….”

훌라르는 자기도 모르게 입술을 손으로 조금 더듬다가 덜컥 말했다.

“바르벨루스에서는 이렇게 인사하거든. 헤어질 때.”

“네?”

“어, 인사라고. 이제 가려고 인사한 거야. 크흠, 그럼 나는 간다. 너무 늦었군.”

보리얀이 무어라고 하며 손을 흔든 것 같은데, 정신이 없었던 터라 기억이 나지 않는다. 그는 애써 아무렇지도 않게 병사장실을 빠져나왔다. 그리고 정신을 차려보니 비샤다를 타고 최고 속도로 바르벨루스를 향해 돌아오고 있었다. 그 와중에도 머릿속에는 온통 한 생각뿐이었다.

'…내 입술이 뜨거웠다고?'

"으아!"

애써 스스로를 다독이던 훌라르가 얼굴을 찡그리며 옆에 있는 벽을 주먹으로 친다.

'이성적으로 생각해 보자. 그 일이 있고 나서도 보리얀은 내가 갈 때마다 아무렇지도 않게 행동하잖아. 내 말을 철석같이 믿고 있는 게 분명한데, 정작 나는 왜 이러는 거지?'

안 그래도 생각할 일이 많은데 요즘은 잠도 잘 오지 않는다. 보리얀에게 주었던 불면증에 좋은 음료는 그가 마셔야 할 지경이다. 그런데 더 이상한 일은 따로 있다. 그의 의지와는 상관없이 자꾸만 그녀가 보고 싶다. 날이 갈수록 더.

'심각해. 이건 뭔가 잘못됐어. 내가 무슨 병이라도 걸린 게 틀림없군.'

훌라르는 얼굴을 감싸면서도, 한편으로는 곧 보리얀을 만날 생각에 설레는 마음을 누른다. 그리고 힘껏 호각을 불어 비샤다를 부른다.

어느새 찾아온 저녁 시간, 자라트라 요새에서는 동굴 지하 계단을 내려가는 보리얀의 발소리가 조용히 울린다. 그녀는 아무도 모르게 지하 감옥 근처의 고문관실로 향하고 있다. 계단을 내려가니 익숙한 악취가 풍겨온다. 웝실론의 투덜거리는 소리가 그녀의 마음에 들린다.

'어휴우. 보리얀 자기야, 벌써 여기 오는 것도 네댓 번이 넘었는데 난 적응이 안 된다. 여기 너어무 마음에 안 들어.'

'조금만 참아, 웹실론. 어려운 일이라는 걸 알았잖아.'

웹실론은 조금 궁시렁거리다가 이내 입을 다문다. 보리얀의 발걸음이 고문관실 앞에서 멈춘다. 조심스럽게 인기척을 내자, 보리얀을 고문했던 방장 사내가 얼굴을 비쭉 내민다. 그는 이마를 짚으며 퉁명스럽게 중얼거린다.

"저 끈질긴 녀석. 결국 또 온 건가."

보리얀은 빙그레 웃으면서 손에 든 술병을 내보인다.

"대신 오늘은 빈손으로 안 왔죠."

뒤에 있는 다른 애송이 고문관 둘은 방장의 눈치를 보다가, 나름 반가운 듯한 표정으로 보리얀에게 들어오라고 손짓한다. 보리얀은 그들에게 고갯짓으로 인사를 한 다음 자신의 눈을 피하고 있는 방장에게 술병을 건네며 말한다.

"에이, 방장님. 일주일 만에 뵙는 건데 얼굴 좀 펴세요. 그래도 제가 오는 게 아주 싫지는 않으셨나 봐요? 아직 상부에 보고도 안 올리시고."

방장이라는 사내는 괜히 술병을 조금 밀쳐낸다.

"다 찾아봤는데 널 처벌할 수 있는 방법이 없더군. 아무도 고문당한 자 중에 다시 자기 고문관을 찾아오는 일이 없었거든. 전례가 없으니, 내가 상부에 찔러도 별 소용이 있겠냐. 처벌할 거리조차가 되나 모르겠다."

그러자 보리얀은 고개를 끄덕이며 대답한다.

"음, 역시 전문가답네요. 항상 지시와 규율을 먼저 찾아서 확인한 다음에 일 처리를 하시다니."

"……."

그녀는 벽에 붙어 있는 너덜거리는 종이 다발을 응시한다. 고문 수행 목록이다. 보아하니 카숨과 관련된 자들이 예전에 고문을 좀 당한 모양이다. 성실하게 찍찍 그어져 있는 목록들을 바라보며, 방장 사내가 한숨 섞인 목소리로 말한다.

"치, 전문가는 무슨. 그저 생각을 안 하는 연습을 하는 거지. 봐라, 이게 제정신으로 이해가 되는 상황이냐? 널 죽기 직전까지 고문하라고 할 때는 언제고, 이젠 병사장을 시켜놓다니. 보다시피 얼마 전에는 또 널 고문하라고 명령한 자들을 고문했다. 다 윗선에서 하는 장난질이지. 퉤."

"하하…. 그렇죠. 그래도 명령을 그처럼 묵묵히 따를 수 있는 사람이 얼마 없으니까 이렇게 방장까지 되신 거 아니겠어요. 저 친구들도 방장님을 상당히 존경하는 눈치인데요?"

보리얀이 다른 애송이 고문관 둘을 돌아보며 말하자, 그들이 사내를 보며 웃는 낯으로 고개를 끄덕인다. 방장은 집어치우라는 듯 손사래를 친다. 그러자 보리얀이 목록을 가리키며 그에게 묻는다.

"그런데 여기서 가장 중요한 규율이 뭐예요?"

방장은 보리얀이 가리킨 목록을 스윽 본다.

"거긴 없다. 가장 기본적인 건 안 적혀 있거든."

보리얀은 궁금하다는 표정으로 그를 바라본다. 방장은 팔짱을 끼고 그런 보리얀을 말없이 쳐다보며 생각한다.

'…참 이상해. 진짜로 복수하고 싶은 눈빛이 전혀 없군. 도대체 왜 자꾸 날 찾아오는 거지?'

그는 목이 타는 듯, 보리얀이 가지고 온 술병에서 몇 모금을 마시고는 말을 잇는다.

"가장 기본적이고 중요한 것은 고문 대상과 감정을 섞지 말라는 거다. 철저히 사적인 감정을 배제하고 고문을 해야 그 대상을 죽이는 실수를 저지르지 않지. 그래야 고문관도 죽지 않고."

"고문관이 죽지 않는다고요?"

"고문 대상이 술술 안 분다고 화를 내면서 마구 패면 적정 수위를 놓쳐. 그럼 잘못해서 그 대상을 죽여버릴 수 있지. 우린 사형 집행인이 아니라 고문관이야. 본분을 망각해선 안 된다고. 그리고…."

사내는 말을 하다가 한숨을 푹 내쉰다. 보리얀이 그에게 말없이 술병을 내밀자 그는 받아들고 몇 모금을 벌컥벌컥 들이킨다. 그러더니 두 눈을 질끈 감는다.

"간혹…. 간혹 피를 너무 오래 보다 보면 이상한 희열이 느껴질 때가 있거든. 정신이 나가는 거지. 그걸 조심해야 해. 자기도 모르게 감정적으로 고문에 서서히 빠져들게 되면 괴물이 되어버려. 물론 그 반대도 있어. 고문 대상의 고통에 동감하면 당연히 일 처리도 제대로 못 할뿐더러, 매일매일 정신이 갈가리 찢기거든. 마음이 죽는 거라고. 알겠냐?"

보리얀은 그를 응시하며 고개를 끄덕인다. 방장 사내는 숨을 가다듬고 그녀에게 묻는다.

"근데 정말 왜 자꾸 찾아오는 거냐? 이젠 좀 사실대로 불어라. 고문관으로 날 만난 것도 인연이니까 잘 지내보자는 말을 진짜로 믿으라는 거냐?"

"네. 정말 방장님하고 얘기를 좀 하고 싶어서 그래요. 사실 저도 고문당하면서 배웠거든요. 아까 말씀하신 그거."

"무슨 소리냐?"

"고문당할 때도 고문관에게 감정을 섞지 않는 게 중요하더라고요. 그렇지 않으면 두려움이나 분노로 정신이 먼저 무너져요. 그걸 깨달았더니 마음만은 온전하게 지킬 수가 있었어요. 그러니까 맞아도 좀 덜 아픈 것도 같고."

"쳇, 웃긴 녀석이군."

사내가 피식 웃으며 술을 한 모금 들이키자 다른 두 고문관이 말한다.

"저, 방장님, 이제 죄수도 아니고 병사장님인데, 녀석이라고 부르시는 건 좀…."

그러자 보리얀이 빙긋 웃는다.

"편할 대로 부르셔도 좋아요. 제 이름, 보리얀인 건 아시죠? 방장님은요?"

"난 여기 있는 사람들이랑 통성명 같은 거 잘 안 한다. 언제 또 고문 대상으로 볼지 모르는 자들인데, 이름을 알면 사적인 관계가 되어버리잖아."

"음, 일리가 있네요."

보리얀은 고개를 끄덕이며 잠시 생각에 잠긴다.

"그럼 제가 재밌는 거 하나 보여드릴까요? 병사장이 되니까 좋은 점이 꽤 있더라고요. 일단 이렇게 훈련이 끝난 시간에는 좀 더 자유롭게 돌아다닐 수도 있고, 제 개인 물품도 어느 정도는 병사장실에 둘 수 있고요. 이거, 제가 여기 오기 전에 만들었던 거예요. 한번 보실래요?"

보리얀은 허리춤에서 무언가를 조심스레 꺼낸다. 오래전, 보리얀이 면담자들의 이야기를 담았던 수첩과 헝겊에 싸인 목탄이다. 보리얀은 질긴 야자잎으로 겉표지가 만들어진 수첩을 한 장씩 넘긴다. 왼쪽 면에는 선원들의 이야기에 대한 짧은 글이 있고, 오른쪽 면에는 보리얀이 그렸던 그림들이 있다.

"이 사람들 얘기는 원래 비밀인데 방장님한테만 보여드리는 거예요. 이젠 아마 다시 보기 어려울 사람들의 이야기거든요. 제 고향인 서쪽 호수 선원들의 이야기예요."

"서쪽 호수? 그럼 요새 밖의 사람들이라는 거냐?"

방장은 자라트라가 아닌, 다른 곳에서 만난 사람들의 이야기라는 사실에 흥미를 느끼며 보리얀의 수첩을 들여다본다. 글씨와 그림이 조금 뭉개져 있다. 방장은 글씨를 알아보려 얼굴을 살짝 찡그린다.

"이건 어느 지방 글씨냐? 도통 알아볼 수가 있어야지."

"서쪽 호수 중앙 마을이요. 서쪽 호수에서 가장 큰 마을인데, 아누다르가야 글씨랑은 비슷하면서도 좀 다르죠?"

"그것보다 손글씨가 엉망이군."

방장은 피식 웃으면서도 한장 한장을 유심히 관찰한다.

"그래도 그림들은 꽤 괜찮네. 이 그림엔 별들이 떠 있군. 무슨 내용이냐?"

"음, 어떤 갑판장 아저씨 얘기예요. 이 아저씨는 별 보는 걸 좋아했는데, 딸아이가 있었거든요…."

보리얀은 마치 옛날이야기를 들려주듯, 익명의 사람들이 살아온 이야기를 그에게 전한다. 방장 사내는 자신도 모르게 보리얀의 눈을 마주 보며 그녀가 만난 사람들의 이야기와 삶의 풍경들에 빠져든다. 그의 마음은 어느새 답답한 지하의 고문실에서 벗어나 밤하늘을 누비고, 물속에서 진주를 건져 올리다가, 괴물들도 무찌르고, 그리운 가족을 만난다. 보리얀의 나긋나긋한 목소리에 어느새 애송이 고문관 둘은 푸우푸우 코를 골며 잠이 들어 있다.

보리얀의 그림을 모두 본 사내가 조용히 묻는다.

"그럼, 너랑 무슨 면담 같은 걸 하면 이렇게 그림을 그려준다는 거냐?"

"네. 모든 사람과 다 이런 시간을 가질 순 없지만, 특별한 시간에 특별한 사람들을 만나면요. 만약 방장님께서 저랑 얘기해 주시면 그림 한 장 그려 드릴게요. 저기에 걸어놓으면 좋잖아요?"

보리얀이 고문 목록이 걸려 있는 벽을 가리키자, 방장은 조금 멋쩍은지 보리얀의 눈을 바로 보지 못한다.

"뭐…. 큼, 큼. 그럼 무슨 말을 하면 되는 거냐?"

"별거 없어요. 그냥 저랑 편하게 얘기하신다고 생각하시면 돼요. 아, 잠깐. 이것부터 한번 눈가에 둘러보실래요? 도움이 될 거예요."

보리얀이 앞에 걸려 있는 헝겊 조각을 내밀자 방장은 의심스러운 눈으로 그녀를 바라본다.

"왜? 혹시 무슨 신종 고문 같은 건 아니겠지?"

"하하, 오히려 그 반대일걸요."

보리얀이 헝겊 조각을 들어 권하자, 그는 조금 미심쩍어하면서도 눈을 가린다. 그러자 불안함으로 조금 흔들리던 그의 시야가 어둠 속에서 점점 평온을 찾는다.

"자, 그럼 이제 준비가 되셨나요?"

방장은 조금 긴장한 듯 슬쩍 목을 가다듬으며 고개를 끄덕인다.

"좋아요. 왠지 아주 멋진 그림이 나올 것 같은데요."

이어서 방장 사내의 귓가에는 보리얀의 목소리가 편안하게 들려온다. 그녀는 꽤나 기본적이지만 결코 단순하지 않은 삶의 질문들을 건네며 대화를 이어 나간다. 보리얀의 질문들을 길잡이 삼아, 지금껏 고문관으로 살아왔던 그는 처음으로 마음에서 울려 나오는 자신의 이야기를 듣는다.

달이 찾아든 거대한 바르벨루스의 탑 안에는 적막이 감돈다. 무니안들의 처소가 있는 꼭대기 층에서 조용히 발걸음을 옮기는 사람이 있다. 전에 미다스 궁에서 즈로이아를 만나 물건을 받아 갔던 노인이다. 조용히 타오르는 횃불에 비친 그의 소매에서는 무니안의 상징이 빛난다.

숨죽여 솔리디몬의 방을 지나고 제카르슘의 방까지 지난 그의 발걸음은 다른 무니안의 방문 앞에 멈춘다. 이어서 문을 슬며시 열자, 안에는 그를 기다리고 있었다는 듯 다른 두 명의 무니안이 고개를 끄덕인다. 노인이 들어서고 문을 다시 닫는다. 그런 모습에 앉아 있던 무니안 중 하나가 조용히 입을 연다.

"직접 문을 여신 적은 처음이시겠네요, 페키우스 님."

"그러게 말입니다. 약속대로 다 모여주셔서 감사합니다. 헤테르만 님, 지샤치 님."

가장 나이가 많아 보이는 페키우스가 조용히 자리에 앉자마자 은색 수염이 덥수룩한 헤테르만이 서둘러 묻는다.

"공중 정원에 계신 라델린께서 부르셨다면서요. 도대체 무슨 일인 겁니까? 무니안 중에는 그 어린 아르테스 밖에 만나지 않으시는 분인데…."

"흠. 기대했던 것과는 달리 별말씀은 없으셨습니다. 허나 제가 생각하기에는 희망적인 일과 걱정스러운 일이 모두 있는 것 같군요. 그분은 역시 전설의 라델린답게 이미 다 알고 계시는 눈치였습니다. 우리가 솔리디몬을 몰아내려고 한다는 것을 말이지요."

"그게 희망적인 일입니까, 걱정해야 할 일입니까?"

헤테르만의 말에 페키우스가 씩 미소를 짓는다.

"희망적인 것입니다. 우리를 지지하시는 듯한 말씀을 흘리셨거든요."

"하, 다행입니다. 그렇다면 라델린이 뒤에 있는 격인데, 걱정할 일은 또 무엇입니까?"

"라델린은 미래를 보시는 분 아닙니까. 그분께서 제게 그러시더군요. '일어날 일은 결국 반드시 일어나게 되어 있다'. 다들 머릿속에 떠오르는 예언이 하나 있을 텐데요?"

"그, 새로운 에실린 군주에 대한 것 말입니까? 유령 군대를 이끌고 오는 자가 옛 세상을 무너뜨린다는…."

페키우스가 고개를 끄덕이자 지샤치가 한숨을 내쉬며 중얼거린다.

"그것 때문에 솔리디몬도 지금 중앙 도서관에서 몹쓸 짓을 하고 있는 것 아닙니까?"

헤테르만이 그 말에 동조하며 불만스러운 목소리로 답한다.

"맞습니다. 그 귀중한 책들을 소각하다니…. 자기가 정하지 않은 미래에 대한 예언은 아예 부정하겠다는 것이겠지요. 그 추한 꼴을 보기 싫어서라도 차라리 우리 손으로 에실린 군주를 세우는 것이 낫겠습니다."

그러자 잠시 생각에 잠기던 지샤치가 묻는다.

"저기…. 그런데 혹시나 해서 말입니다. 우리 중에 그 인물이 있는 것은 아닐까요?"

그 말을 들은 페키우스가 고개를 젓는다.

"안타깝게도 그건 아닌 것 같더군요. 라델린 님께서는 우리를 지지하는 것 같이 보이셨지만, 이 탑의 무니안 중 누구도 에실린 군주로 여기는 눈치는 아니셨습니다. 그리고 우리가 그 예언에 나온 주인공처럼 파괴적인 행동을 하기엔 좀 무리가 있지 않겠습니까? 지금의 상태를 보면…"

그 말에 노인들은 입을 다물고 자신의 늙은 몸을 돌아본다. 잠시 흐르는 슬픈 침묵을 뚫고, 지샤치가 목청을 가다듬고서 속삭인다.

"크흠, 생각해 보니 그렇긴 하겠네요. 만약 우리 중에 그 예언의 주인공이 없다면, 어쨌거나 솔리디몬보다 그를 빨리 찾아 나서야 할 것입니다. 반드시 일어나는 일이라고 하니 어쩔 수 없지요. 우리의 손으로 주무를 수 있는 군주를 세워야 할 것이 아닙니까? 우선 솔리디몬의 수족을 끊어놓아야 하니 제카르슘은 제게 맡기십시오. 안 그래도 오늘 미끼를 하나 던졌습니다."

"그렇습니까? 어떻게요?"

페키우스가 묻자 지샤치가 의미심장한 미소를 짓는다.

"우리는 알고 있잖습니까? 제카르슘이 모르는 솔리디몬의 비밀을. 이제 그걸 사용할 때가 된 것 같아서, 오늘 아침에 제카르슘 앞에 잘 흘려놓았지요."

"……"

잠시 생각하던 헤테르만의 눈이 커진다.

"그럼 설마, 그 기밀문서를?"

지샤치가 고개를 끄덕인다. 그러자 페키우스는 입꼬리를 올린다.

"흠. 재미있어지겠군요. 그걸 알고 나서 그 성질 사나운 놈이 어떤 짓을 저지를지…"

그 시간, 제카르슘은 자신의 방에서 마치 죽은 사람처럼 가만히 앉아 있다.

그는 차가운 달빛만이 비쳐드는 방 안에서 어둠 속에 파묻혀 있다. 탁자 위에는 값싸 보이는 술병이 가득하다. 그는 취한 듯이 빙긋 웃고 빈 병들을 바라보며 중얼거린다.

"…넌 내가 참 좋아하는 술이란 말이야. 싸구려 맛이 강하게 나는 게, 꼭 나 같거든. 그런데 지금까지 널 버려둘 수밖에 없었다고. 그분, 아니 그놈 때문에 말이야."

그는 앞에 놓은 술병을 입에 갖다 대며 달아오르는 취기에 계속 중얼거린다.

"솔리디몬 그 개 같은 놈이 내 모든 걸 바꾸려고 했지. 내가 좋아하는 술도 이 빌어먹을 탑의 고급스러움과 어울리지 않는다고, 내 말투도 고상한 무늬 안의 자리와 어울리지 않는다고. 하! 심지어 내가 가지려는 여자도 천한 노예 출신이라 어울리지 않는다고…."

웃음을 흘리던 제카르슘의 입술이 바르르 떨린다.

"시키는 대로만 하면 뭐든지 다 주겠다고 했단 말이야…. 내 평생을 바쳐 모신 나의 구원자이자 하늘과 같으신 우리 솔리디몬 님께서. 그래서 난 이렇게 늙어 빠질 때까지 모든 걸 바쳤건만, 결국 그놈이, 이 탑이, 크윽 큭…. 이 빌어먹을 술보다도 싸구려였던 거야, 하하!"

그는 웃음일지, 울음일지 모를 것을 끅끅대며 술병을 세게 쳐서 쓰러뜨린다.

"쨍그랑!"

깊은 고요 속에서 술병들이 나동그라진다. 깨진 술병들에서 독한 향이 나는 술이 줄줄 흐른다. 제카르슘의 흰옷이 술로 젖어 들어간다. 그는 축축해지는 소매를 느끼며 솔리디몬이 자신의 머리에 붓던 붉은 술을 떠올린다. 그러자 술기운에 풀려 있는 두 눈이 분노로 가득 찬다. 그는 깨진 병 조각을 손가락으로 어루만지며 조용히 읊조린다.

"넌 내가 가장 좋아하는 술이니까 특별히 알려주마. 그놈이, 아비도 어미도 없는 나한테 구원자인 양 행세했던 그놈이, 사실 내 어머니를 죽였단다. 안 그래도 별 볼 것도 없던 우리 가문을 부셔버리고…. 난 그걸 지금까지 모르고 있었네, 히히…."

실성한 듯 낄낄거리는 제카르슘은 오전에 있었던 일을 떠올린다. 슈라문들의 기록을 관리하는 지샤치가 비밀스러운 부탁을 했다. 갑자기 처리해야 할 급한 일이 생겼다며, 과거 제거 대상이었던 상급 슈라문들의 기록을 대신 정리해 달라는 것이었다.

솔리디몬의 명령이라며 지금껏 그 기록들을 보여주지 않던 지샤치였다. 그랬던 그가 이제는 이런저런 이유로 문서를 넘겨주고는 금서 정리를 한다며 중앙 도서관으로 사라져 버렸다.

서류를 펼쳐 든 제카르슘은 솔리디몬이 제거한 자들에 대한 기밀 사항들을 보았다. 그중 그의 시선을 잡은 것은 오래전 실패했던 어떤 독살 사건에 대한 것이었다.

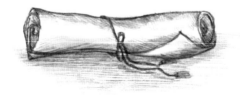

목표: 마에린 상급 슈라문, 칼라르 일가 독살

수행자: 페트샤 (하급 슈라문 지르슙의 처)

성과: 실패

과정:

- 수행자를 작전에 내정 (칼라르 가문의 수하 중 가장 적합하다고 판단).

- 수행자에게 작전 이행 거부 시 가족을 몰살하겠다는 내용 통보.

- 수행자, 작전이 실패할 시에도 자신의 아이만은 살려두는 조건으로 수락.

- 수행자, 칼라르 가의 내부자에게 발각되어 작전 실패.

- 수행자를 교살한 후 자살로 처리.

- 수행자가 계획한 범죄로 사건 수습 (사유: 칼라르 가문에 대한 시기 및 불충).

- 수행자의 가족 처분 (지르슙, 하급 슈라문 지위 박탈 및 추방. 이후 비밀리에 사살).

  비고: 수행자의 아이(제카르슙), 이용 가능성이 높아서 살려두기로 결정.

제카르슙은 마치 술병 조각에게 속삭이듯이 낮은 목소리로 말한다.

"큭⋯. 철천지원수를 은인이랍시고, 개처럼 그놈 손안에서 놀아나다니. 근데 그거 아나? 솔리디몬, 그놈은 날 때부터 사람의 감정이 없었던 미친놈이라잖아. 나쁜 놈의 경지를 넘은 미친놈⋯. 그런 놈 밑에서 있던 세월이 벌써 이렇게 오래되었으니, 나라고 미치지 말라는 법이 있나?"

제카르슘은 천천히 자리에서 일어난다. 그의 소매에 붙어 있던 깨진 술병 조각들이 우수수 떨어진다.

"나도 한번 제대로 미쳐볼 테다. 그놈도 죽이고, 여기 탑에 있는 무니안 나부랭이들도 다 죽이고! 아니, 아니지. 일단 그 전에 그 찢어발겨도 시원찮을 애송이 마에린 놈부터 죽여야겠군. 칼라르 가문만 그때 없어졌어도 내가 이렇게 망가지지는 않았을 테니까. 그래, 가장 고통스러운 방법으로 죽여버리자. 이제는 참을 필요가 전혀 없잖아. 안 그래?"

취기와 분노로 이성을 잃은 듯한 그의 눈이 번득인다. 독한 술에 젖은 소매가 그의 팔을 차갑게 휘감는다. 제카르슘은 휘청거리며 달빛이 비쳐드는 창가로 다가가서 중얼거린다.

"하아…. 훌라르. 네가 가장 아플 곳을 골라서 난도질해 주마. 계획을 세울 거야, 계획을…."

자정이 가까운 늦은 시간, 자라트라 요새의 고문관실 앞에 서 있던 훌라르는 하품을 하며 중얼거린다.

"으하함…. 왜 이렇게 안 나오는 거야."

그는 꽤 오래 서 있었던지 긴 다리를 조금 구부렸다가 편다. 그때 고문관 실에서 인기척이 들린다. 훌라르는 재빨리 몸을 숨기고, 천천히 방에서 걸어 나오는 보리얀과 방장 사내의 모습을 본다. 그들의 손에는 낡은 침대보 같은 것이 들려 있다. 둘은 무언가 이야기를 나누며 지하 감옥 쪽으로 향한다.

"어? 저길 왜?"

훌라르는 고개를 갸웃한다. 그리고 멀찍이서 그들을 지켜보다가 슬쩍 따라

간다. 음침하기 그지없고 숨이 턱턱 막히는 지하 감옥의 내부를 둘러보니, 지금은 갇혀 있는 죄수가 아무도 없는 모양이다. 보리얀과 방장 사내는 쇠사슬을 풀고 시체들을 끌어내린다. 삭을 대로 삭은 시체들은 힘없이 부스러져 내린다. 그들은 그 잔해를 널따란 천에 모두 담아 수습한다. 그리고 지하 감옥에서 나가서 요새 밖으로 향한다.

예비 병사들로 보이는 사내 두 명이 문을 지키고 있다가 보리얀을 보고 깍듯이 인사를 한다. 그녀가 이런저런 지시를 내리자, 그들 중 하나가 근처에서 훈련용으로 쓰이다가 망가져서 버려진 커다란 나무판자들을 구해온다. 보리얀과 방장 사내는 시체들을 담은 천 뭉치를 나무판자 위에 얹어, 달빛이 흐르는 물가에 흘려보낸다. 육지에서 물가로 부는 바람의 방향 덕분에 시체를 담은 나무판자는 저 멀리로 떠내려간다.

보리얀은 아무 말 없이 시체들을 쳐다보다가 죽은 자들을 애도하듯 천천히 고개를 숙인다. 그 옆에 있던 방장도 보리얀을 따라 함께 고개를 숙인다. 두 보초병은 숙연한 표정으로 보리얀과 고문관을 바라본다. 동굴 안쪽에 있던 훌라르는 이 모든 광경을 지켜본다.

철썩거리며 들려오는 물소리와 함께 나무판자가 시야에서 사라지자, 방장 사내가 담담한 얼굴로 말한다.

"밤이 늦었다. 먼저 들어간다."

"…네. 저 친구들 풀어주시는 것 도와주셔서 감사해요."

"뭐, 어차피 나도 저것들 보는 것 별로였다. 관례적으로 해오던 거라 그냥 그렇게 내버려 둔 거지. 사실 어느 고문관서부터 저렇게 시체를 매달기 시작했는지도 잘 모르겠구나."

그는 별들이 떠 있는 맑은 밤하늘을 응시하며 한숨 섞인 목소리로 말을 잇는다.

"원래 악습은 그렇게 전해지는 거 아니겠냐."

"…하지만 이렇게 마음먹는 누군가에 의해 그 악습이 바뀌기도 하네요."

보리얀은 미소 띤 얼굴로 그와 눈을 마주치고 한층 밝은 목소리로 말한다.

"아까 면담해 주셔서 감사해요. 다음에 올 때 꼭 그림 가지고 올게요."

방장 사내는 아무 말 없이 고개를 끄덕인다. 그는 맑은 밤하늘을 쳐다본다. 다시 한번 한숨을 푹 내쉬는 그의 눈시울이 조금 붉어진다. 그는 뒤돌아서 가려다가 보리얀을 흘긋 돌아본다.

"…데리에크다."

"네?"

"내 이름 말이야. 그 뭐냐, 글에 쓰려면 내 이름 필요하지 않겠냐. 아까 네 수첩 보니까 다들 그림에 자기 이름 하나씩 들어가 있던데."

"그럼 저한테 방장님 이름을 알려주시는 거예요?"

그러자 사내가 헛웃음을 짓는다.

"이제 와서 통성명 안 하는 게 무슨 소용이겠냐."

데리에크는 웃는 얼굴로 고개를 설레설레 젓고는 발걸음을 옮긴다.

"그럼 난 먼저 들어간다. 혼자 좀 걷는 게 좋겠어."

보리얀은 터덜거리며 걷는 그의 뒷모습을 바라본다. 한동안 서 있던 그녀는 발걸음을 돌려, 보초병들의 어깨를 두드려 주고는 다시 요새 안으로 들어선다.

천천히 병사장실로 향하는 보리얀의 뒤에서 훌라르의 목소리가 들린다.

"…승급하고 첫 훈련 날이었을 텐데. 힘들지도 않나, 병사장 보리얀?"

보리얀은 귀에 익은 목소리에 표정이 밝아지며 뒤돌아선다. 활짝 웃는 그녀의 눈에 훌라르의 모습이 들어온다.

"오셨구나! 지금쯤이면 와 계실 줄 알았어요."

보리얀이 반기며 다가서자 그는 조금 부끄러운 듯 목청을 가다듬는다.

"그럼. 이미 한참 전에 도착해 있었는데."

"그래요? 그럼 혹시 절 기다리신 거예요?"

훌라르는 짐짓 딴청을 피운다.

"뭐, 조금. 지하 고문실에서 오는 길인가 보던데?"

"네. 오늘이 비로소 약속을 지키는 날이었거든요."

"약속?"

"지하 감옥에 갇혀 있던 시신들을 자유롭게 해주겠다는 약속, 그리고 어두운 감정을 이겨내겠다는 제 자신과의 약속이요. 제가 그랬죠? 그 고문관하고 친구가 되겠다고."

"……."

훌라르는 미소를 머금은 얼굴로 그녀를 쳐다본다. 새로 입은 병사장의 옷이 잘 어울린다. 그는 대견하다는 듯 빙그레 웃는다.

"네가 고문관 실에 있는 걸 보고 무슨 일을 진행 중인지는 좀 짐작했지. 그나저나 오늘은 축하해 줄 일이 많군. 병사장이 된 것도, 그렇게 어려운 일을 해낸 것도. 역시 넌 기대 이상이야."

그 말을 들은 보리얀은 조금 쑥스러워한다. 훌라르는 그녀에게 부드럽게 묻는다.

"듣자 하니 자라트라 요새의 진실을 지킨 영웅이라고 불리고 있다던데. 여자 병사로 고문에서 살아남고 병사장까지 되었으니 그럴 만도 하지. 새로운 병사들은 어때? 너를 잘 따르는 것 같아?"

"음, 제 의지와 상관없이, 사람들은 늘 자기가 믿고 싶은 대로 믿는 것 같아요. 자기들이 원하는 대로 이야기를 퍼트리면서 말이에요. 저더러 영웅이라니…. 언제는 마녀라면서."

"시기가 어려워질수록 사람들은 영웅 이야기를 만들어 내고 믿기를 좋아하니까."

"하지만 저는 영웅이 아닌걸요."

"왜 그렇게 생각하지?"

"글쎄요. 아무리 생각해도 영웅이라는 말이 부담스러워서요. 제가 할 수 있는 거라곤 그저 무슨 상황에서든 열심히 하는 것뿐인데…."

그러자 훌라르가 보리얀의 양어깨를 가볍게 잡는다.

"그게 중요한 거지. 진짜 영웅은 원래 그렇게 만들어지는 거야. 계속 열심히 하다 보면, 어느새 그런 멋진 사람이 되어 있는 거지."

"……."

보리얀이 말없이 그를 쳐다보자 훌라르가 따뜻한 목소리로 말을 잇는다.

"네가 온 마음으로 거부해도 널 영웅으로 믿고 싶어 하는 사람들, 널 영웅으로 만들어서 덕을 보려는 사람들, 네가 영웅이 된 후에 가장 높은 곳에 있을 때 치려는 사람들은 널 그냥 내버려 두지 않을 거야. 이미 너에 대한 인식이 그렇게 박힌 것이니까. 그럼 어떻게 해야 할까, 응?"

"어차피 상황이 그렇게 흘러간다면, 잘 활용해야겠죠. 한번 박힌 인식은 쉽게 바뀌지 않으니까요."

"그렇지. 역시 현명하군."

훌라르는 보리얀의 눈가에 내려온 머리를 천천히 쓸어 올려준다.

"…네가 이뤄낸 일들을 봐. 넌 잘하고 있어. 아주 멋진 사람이라고."

고맙다는 듯이 밝은 미소를 짓는 보리얀의 뺨이 발그레하게 물든다. 가까이서 그녀의 얼굴을 바라보니 그날 밤의 기억이 다시 고개를 든다. 자신도 모르게 보리얀의 입술로 눈길이 향하자, 훌라르는 황급히 시선을 돌린다.

"흠, 그래. 벌써 늦었군. 그럼 나는 이만 가도록 하지."

"지금 가시게요?"

"바, 바쁜 일들이 있어서. 그럼 잘 있고."

훌라르가 걸음을 돌리려 하자, 보리얀이 그의 손을 잡는다. 보리얀을 돌아보는 훌라르의 시선이 흔들린다. 보리얀은 살며시 그의 어깨를 잡고 발돋움을 한다. 그리고 그의 볼에 가볍게 입을 맞춘다.

"쪽."

훌라르는 놀란 눈으로 보리얀을 바라본다. 그의 시선을 조금 피하며 그녀가 변명하듯 말한다.

"바르벨루스에서는 이렇게 인사한다면서요. 키가 안 닿으니까 이마는 힘들 것 같아서…. 그동안 무례했어요. 인사법을 몰랐거든요. 죄송해요."

"……."

훌라르가 아무 말이 없자 보리얀이 그의 얼굴을 살피며 묻는다.

"아저씨?"

훌라르는 미동도 없이 보리얀을 쳐다본다. 그러다가 흐르는 정적을 깬다.

"…아저씨라고 부르지 말지, 이제부터."

"그럼요?"

"그냥 훌라르라고 불러."

그렇게 시간이 흘러 며칠이 지난다. 샛별이 뜨기 시작하는 새벽, 동쪽 호수에서 미다스 궁으로 돌아온 자라트라의 병사들은 배로 물품들을 실어 나르며 바쁘게 요새로 돌아갈 준비를 하고 있다. 병사장 중 하나가 스루딘에게 조심스럽게 묻는다.

"저, 병사장 님로덴, 스루딘 책임 선장님께 질문이 있습니다. 어제가 이곳에서의 마지막 밤이었는데, 왜 그렇게 만찬을 거듭 거절하신 겁니까? 병사들은 오히려 배에서 식사하는 것보다 미다스 궁을 구경하는 걸 더 좋아하지 않았을까요?"

"왜? 아쉬운가?"

"아뇨, 저…. 그게 아니라…."

님로덴이 우물쭈물하자 스루딘은 지레 겁주는 표정으로 그에게 속삭인다.

"사실, 얼마 전에 여기 만찬을 조심하라는 전갈을 받았네. 여기 음식에는 별미로 사람 고기가 나온다는군. 발가락에 발톱까지 그대로 붙어 나온다는데, 아직도 갔었으면 하나?"

"예에? 아, 아닙니다."

"그래, 잘 생각했어. 동쪽 호수에서 이 궁전으로 오는 그 많은 노예 봤지? 여긴 사람까지 사고파는 곳이야. 그러니 뭐라고 없겠나."

"아, 생각해 보니 정말 그렇겠습니다. 얼른 요새로 돌아가시지요."

님로덴이 조금 겁을 먹은 눈치로 말하자 스루딘은 빙긋 웃으며 고개를 끄덕인다. 미다스 궁에서의 일을 마치고 떠나게 되니 마음이 홀가분하다.

'드디어 노예상 놈들과 안녕이군. 특히 중앙 응접실에 있던 그놈이 제일 소름 끼쳤어. 쥐 파먹은 듯이 온몸이 다 얽어서…. 꼴에 왜 황금 가면은 쓰고 있는 건지.'

짐을 옮기며 떠드는 병사들 사이에서 루딘은 종이와 쓸 것을 꺼낸다. 미다스 궁에서 나올 때 마지막 보급품을 챙기며 몰래 가져온 것이다. 그는 정찰 기간 내내 보리얀과 편지를 주고받으며 동쪽 호수에서 알아낸 내용을 틈틈이 전했다. 무언가를 열심히 적는 그의 입가에 미소가 지어진다.

'…이제 조금만 있으면 만나게 되겠지. 기다려. 곧 갈게.'

병사들은 마지막 점검 사항들을 마치고, 선장실로 들어간 스루딘은 보고할 내용에서 빠진 것이 없나 살핀다. 그러던 중 그는 의문스러운 표정으로 중얼거린다.

"아무리 생각해도 이상하단 말이야. 서쪽 호수에 있을 때 봤던 것과 진주의 양이 너무 다르잖아. 동쪽 호수는 왜 이렇게 적은 거지? 노동력이 금이나 다른 광물을 캐내는 데 더 많이 사용되고 있어서 그렇다고는 하는데…. 흠. 도저히 못 믿겠어. 그런데 지금까지 바르벨루스에서 이걸 묵인했다는 게 더 이상하군. 뭔가 수상해."

곧이어 날이 완전히 밝아오자 배들이 모두 떠날 준비를 마친다.

"부우우."

항해의 시작을 알리는 고동 소리와 함께 자라트라의 배들이 미다스 궁의 해변을 떠난다. 즈로이아는 황금 궁전의 꼭대기 탑 난간에 기대어서 그 모습을 바라본다. 그리고 스루딘이 탄 배가 떠나는 것을 보며 중얼거린다.

"음, 마음에 들었는데 아쉽군. 그럼 다음 기회에."

즈로이아는 오묘한 미소를 짓더니, 무슨 생각이 들었는지 씩 입꼬리를 올리며 안으로 들어간다.

한편, 자라트라 요새에서는 도착을 알리는 배의 고동 소리가 새벽 공기를 가른다. 남쪽 해상으로 갔던 정찰선들이 도착한 것이다.

"부우우우!"

드디어 가장 큰 배가 우두둑거리는 소리를 내며 해안가 부두에 도착하고, 작은 배들도 뒤따라 들어온다. 대기 중이던 병사들이 재빠르게 정박을 진행한다. 하나같이 만신창이가 된 배들의 모습을 살피는 보리얀의 표정이 어둡다. 이어서 배 안에 있는 사람들이 내릴 준비를 마치자 그녀는 병사들을 정렬시키고 외친다.

"병사장 보리얀, 바얀 호의 도착을 알립니다!"

저벅, 저벅. 배에서 내리는 발소리 뒤로 바얀의 모습이 보인다. 보리얀은 예를 갖추어 바얀에게 인사를 올린다. 바얀은 아무 말 없이 물끄러미 보리얀의 모습을 쳐다본다. 보리얀이 고개를 들자, 바얀은 마침내 그녀의 얼굴을 본다. 병사장의 옷을 입고 있는 성숙한 딸의 모습이 그의 눈에 비친다.

"……"

바얀의 강직한 눈에 눈물이 고인다. 보리얀은 아버지의 모습을 보며 눈물을 참는다. 아버지와 딸은 아무 말도 없이 서로를 바라본다. 바얀은 천천히 보리얀에게 손을 내민다. 보리얀은 병사장의 예를 갖추어 바얀의 손을 잡고 정중히 인사를 올린다.

보리얀이 바얀의 딸임을 알고 있는 부대의 병사들은 그 모습을 숙연하게 바라본다. 병사 중 하나가 옆에 서 있는 피샤트를 팔꿈치로 슬쩍 치며 이렇게 속삭인다.

"그 아버지에 그 딸이네. 저 모습 좀 봐."

이어서 다른 병사들을 부축하며 내리는 지오투스의 모습이 보이자, 보리얀의 부대원으로 있는 피샤트의 눈동자가 기쁨과 다행스러움으로 커다래진다. 그와 눈이 마주친 지오투스는 보일 듯 말 듯 한 미소를 짓는다.

멀리 서서 바얀의 상태를 살피던 투르는 그가 무사한 것을 보고 안도의 한숨을 내쉰다. 바얀은 투르에게 다가가 예를 갖추어 인사를 올린다. 투르는 그의 인사에 미소를 지으며 공손히 답한다.

"오랜만입니다, 바얀."

바얀은 지친 고개를 들고, 오랜 친구를 보는 듯 미소 짓는다.

"반갑습니다, 투르 씨. 아니 투르 관리 장교님."

투르는 바얀을 데리고 요새 안으로 들어간다.

"무사히 돌아와 줘서 고맙습니다. 일단 푹 쉬고 몸을 잘 추스르세요. 중요하게 논의할 사항이 있으니 차차 얘기합시다."

바얀 호가 도착하고 난 후, 자라트라 요새에는 바얀 책임 선장의 강인한 통솔력과 각종 무용담에 대한 이야기가 퍼진다. 특히 어디선가 나타나서 그를 도왔다는 새들에 대한 이야기가 화젯거리다. 보리얀은 미소를 지으며 몰래 하늘의 형제들에게 고마움을 전한다. 그녀는 아누다르가야 동쪽에서 루딘과 스루딘 선장이 무사히 돌아오기를 기다리며 생각한다.

'그나저나 루딘을 언제 볼 수 있으려나? 이제 취침실이 바뀌어서….'

며칠 후, 마침내 동쪽으로 갔던 스루딘의 정찰선들까지도 무사히 돌아온다. 그날 저녁 투르의 방에서는 모처럼 바얀과 스루딘이 함께 모인다. 반가운 인사를 나눈 그들은 그간 서신으로 주고받을 수 없었던 내용을 이야기한다. 이어서 새로운 관리 장교의 자리에 앉을 내정자에 대한 내용이 거론된다. 이전에 이미 투르와 많은 대화를 나눈 바얀은 그저 미소를 지으며 묵묵히 앉아 있다. 투르의 말을 듣던 스루딘이 깜짝 놀란 얼굴로 묻는다.

"예? 저를 내정하셨다고요? 바얀이 아니고요?"

"나는 투르 관리 장교님께 다 이야기를 들었네. 그리고 그럴만한 이유가 있어. 나도 자네가 관리 장교를 맡아줬으면 해."

"하지만 정작 힘든 정찰은 자네가 갔다 왔지 않은가? 정 새로운 관리 장교가 임명되어야 한다면 자네가 되어야지. 다들 그걸 알 텐데?"

"쉬운 정찰이 어디 있겠나. 자네가 미다스 궁에서 겪었던 사람들을 생각하면, 오히려 내가 남쪽으로 갔던 게 다행이라는 생각이 드네. 알다시피 나는 사람보다는 괴물을 다루는 게 더 편하거든. 관리 장교의 역할도 마찬가지일 걸세. 나는 직접 나가서 싸우는 선장으로 사는 것이 더 잘 맞아. 이 요새에는 자네의 재치와 현명함이 필요해, 스루딘."

스루딘은 미심쩍은 얼굴로 투르를 보고 묻는다.

"벌써 바얀에게 다 말씀하셨군요, 그렇죠? 이 친구가 이렇게 결정이 빠른 사람이 아니거든요. 물론 배 위에서는 빼고."

그러자 투르가 고개를 끄덕이며 빙그레 웃는다.

"자, 바얀 책임 선장의 뜻도 잘 들으셨지요?"

"에휴⋯. 팔자야."

스루딘은 골치가 아프다는 듯 고개를 푹 숙이다가 묻는다.

"그런데 절 내정했다는 그 상급 슈라문은 누구십니까? 절 어떻게 아시는 거지요?"

"있습니다. 마치 보이지 않는 곳에서 끓어오르는 마그마 같은 분이지요."

스루딘은 고개를 갸웃하며 의심스럽다는 듯 투르를 바라본다.

"보아하니 전에는 조용히 계셨던 것 같은데⋯. 왜 갑자기 그러시는 거지요? 혹시, 카슘의 죽음과 관련이 있는 겁니까?"

"글쎄요. 알 수는 없지만 바르벨루스 내부에서 무언가 변하고 있는 모양입니다. 분명한 것은 그분이 당신들을 돕고 싶어 하신다는 거지요. 저도 마찬가지고요."

투르의 말을 듣고 스루딘은 그와 바얀을 번갈아 쳐다본다. 그러자 바얀이 웃으며 넌지시 말한다.

"봐, 이 요새와 우리를 도와주시려고 그러는 것이라잖아. 그러니 그분의 뜻을 따라 관리 장교직을 잘 맡아주게. 원래 서쪽 호수에서 최고 선장도 자네가 해야 했던 것, 알지? 이번엔 나도 봐주지 않을 거야. 이제 진짜 자네 차례라고."

"몰라. 난 직책에서 자유롭고 싶은 사람인데⋯. 내가 관리 장교가 되면 다들 이곳에서 도망가게 내버려 둘 테니 후회하지나 말게."

투르가 그런 스루딘을 보고 웃는다.

"그러지 말고 이 요새를 살만한 곳으로 좀 만들어 보는 게 어떻겠습니까? 당신의 자제도 이제 어엿한 병사장이 되었는데요. 벌써 오늘부터 다른 승급자들과 함께 숙소도 병사장실로 옮겼습니다."

"루딘을 병사장으로 승급시키셨습니까?"

"그렇습니다. 아직까지는 내가 관리 장교니까요. 정찰에서 돌아온 이들의 보고서 정리와 승급 결정은 내 몫입니다. 루딘은 이전에도 뛰어난 실력으로 평가 실적이 매우 좋았습니다. 이번에 구조를 재정비하며 승급시킬 병사들이 많아져서, 그들을 이끌 병사장들이 여럿 필요해졌습니다. 루딘은 그중 한 명으로 적격이고요."

바얀은 투르를 바라보고 미소 짓는 얼굴로 묻는다.

"저, 그런데 왜 우리에게 자꾸 존칭을 하십니까? 전에 있던 그 카슘이라는 자는 언제나 격식을 강조하던데 말입니다."

"이 요새의 질서를 무너뜨리지 않는 선이라면, 존경할 만한 분들에게 존칭을 쓰는 게 무슨 잘못이겠습니까. 카슘처럼 별 볼 일 없는 자들이야말로 명칭과 격식 뒤에 숨는 것입니다. 그간 이곳은 사람들 간의 소통과 합심이 매우 어려운 구조로 운영되었습니다. 병사들을 부품처럼 쓰고자 했던 바르벨루스의 관료들이 만든 규율들을 기본으로 삼았기 때문이지요."

바얀은 생각에 잠긴 얼굴로 중얼거린다.

"도대체 왜 그러는 건지 잘 이해가 되지 않는군요. 서쪽 호수의 선원들처럼 병사들이 서로 간의 이해가 높고 신뢰가 있다면, 정찰을 나가도 성공할 확률이 더 높을 텐데요. 사실 실전에서는 협동심만큼 중요한 것이 없는데…."

그러자 스루딘이 고개를 젓는다.

"윗선에서 병사들끼리 뭉치는 걸 좋아할 리가 있겠나. 그러다가 막말로 요새 전체가 바루벨루스에 반기를 들기라도 하면 어떡하라고."

그 말에 동의한다는 듯 투르가 고개를 끄덕인다.

"그렇습니다. 사람들을 중심으로 힘이 뭉치는 것은 위험한 일이지요. 마음이 맞는 이들끼리는 같은 뜻을 세우는 법이니까요. 무력과 지력이 합해지는 것보다 더 무서운 것이 어디 있겠습니까. 그런데 이제, 우리에게는 그 힘이 필요합니다. 제 위에 계신 그 상급 슈라문께서 원하시는 게 그것이거든요."

투르는 자신을 쳐다보는 바얀과 스루딘을 응시하며 나지막이 덧붙인다.

"그분은 지금 잔잔하던 세상에 돌을 던지고 계십니다. 자라트라 요새가 그 시작이고요. 그래서 지금, 이곳엔 당신들과 같은 영웅이 필요합니다. 병사들이 온전히 믿고 한마음으로 따를만한 지도자 말입니다."

바얀은 이해한다는 얼굴로 고개를 끄덕이고, 스루딘은 뭔가 생각이 난 듯 두 눈을 반짝인다. 그는 손깍지를 끼고 이렇게 중얼거린다.

"그렇군요. 그럼 이왕 이렇게 된 거, 확실하게 해봐야겠네요."

같은 시간, 보리얀과 사타니크는 병사장실로 들어오는 새로운 병사장 둘이 있다는 소식을 듣고 물건들을 정리하는 중이다. 사타니크는 괜히 툴툴거린다.

"아니, 뭐 위층도 있고 아래층도 있고 해서 방이 좁은 건 아니지만…. 그래도 어떤 녀석들인지 모르겠으니."

"괜찮을 거야, 형. 이번 정찰에서 승급한 사람들이라고 하니까 실력자들이겠지. 그러고 보니 이전에 투르 관리 장교님께서 나한테 한번 얘기하신 적이 있었어. 병사장실마다 꽉 차서 우리 방에도 곧 두어 명이 더 올 거라고."

그때 방으로 다가오는 발걸음 소리가 들린다. 사타니크는 빨리 보리얀을 일으켜 세우며 속삭인다.

"온다! 처음부터 기선을 제압해야 해. 만만하게 보이지 마라."

"하하, 기선 제압이 형 주특기이긴 하지."

이어서 누군가 병사장실로 들어온다. 그 얼굴을 본 보리얀과 사타니크는 깜짝 놀란다. 사타니크는 성한 한쪽 눈을 깜박이며 외친다.

"지, 지오투스 병사장님!"

빙그레 웃는 얼굴의 지오투스가 그 둘을 보며 미소 짓는다.

"잘들 있었나."

보리얀과 사타니크는 지오투스의 짐을 받아들고 그를 얼싸안는다. 지오투스는 환하게 웃으며 그들의 등을 두드려 준다.

"부상자들을 돌보느라고 지금껏 특수병대 숙소에서 지냈다. 이제야 병사장실로 배치를 받아서 복귀했는데, 반가운 얼굴들을 보니까 좋군."

지오투스는 이제부터 자신이 특수병대장을 맡게 되었다고 말한다. 책임 선장의 곁에서 부대의 지휘를 돕고, 정찰병으로 선별될 가능성이 큰 부대원들을 직접 훈련하게 된 것이다.

"이야, 멋있습니다! 저는 예비 병사에서 올라온 일반 병사들의 훈련을 맡고 있습니다."

지오투스는 보리얀의 말을 듣고 대견하다는 듯 그녀의 어깨를 툭툭 두드려 준다.

"자네가 해낼 줄 알았어. 이번 정찰 때 바얀 책임 선장님을 보필하면서, 그 훌륭한 기질이 어디서 왔는지 잘 알겠더군. 이제 서로 말 놓고 편하게 지내지. 사타니크, 자네도 마찬가지고."

사타니크는 웃으며 뒷머리를 긁적인다.

"이거, 엄청 반갑기는 한데…. 상관이었던 분과 한방을 쓴다니 정말 어색하군요. 격식을 떼고 말 놓는 건 더 어색할 것 같은데요."

"하하, 이 요새에서는 늘 변화에 잘 적응해야 하잖나."

그때 병사장실로 가까워지는 다른 발소리가 들린다. 지오투스가 방문 쪽으로 고개를 돌린다.

"아, 나 말고도 여기로 배정받은 이가 한 명이 더 있다고 하던데…."

이내 발걸음 소리가 멈추더니, 구불거리는 은색 머리가 목 뒤까지 자란 에 실린 청년 한 명이 고개를 비죽 내밀고 병사장실 안을 살핀다. 그와 눈이 마주친 보리얀의 두 눈이 휘둥그레진다.

"루, 루딘?"

"어?"

루딘은 보리얀을 보고 한걸음에 병사장실로 달려 들어온다. 그는 보리얀을 부둥켜안고 번쩍 들어 올리며, 반가움에 소리를 지른다.

"보리얀! 너 여기 있는 거야?"

"루딘!"

서로 반가워서 꼭 껴안고 있는 보리얀과 루딘을 보며 지오투스는 저자는 누구지, 하는 표정으로 이 광경을 지켜본다. 사타니크는 그 옆에서 혀를 쯧쯧 차며 이렇게 중얼거린다.

"저, 저 은색 머리 놈…. 역시 나는 안중에도 없군."

사타니크는 지오투스의 짐을 챙겨 들고 그의 손을 이끌며 말한다.

"지오투스, 우리는 빠져줍시다. 쟤들은 아래층 쓰라고 해요. 우리가 위층 쓰지요, 뭐. 지내봐서 알죠? 위층이 더 좋아요. 저 둘의 상황은 내가 설명하겠습니다."

지오투스는 사타니크의 손에 이끌려 위층으로 올라가며 중얼거린다.

"방금까지는 격식 떼기가 어렵다더니…"

여러모로 혼란에 빠진 지오투스는 사타니크와 올라가고, 보리얀과 루딘은 다시 만난 기쁨에 사로잡혀서 환호성을 지른다.

그런데 그들은 미처 눈치채지 못했지만, 살짝 열린 문틈으로 조용히 그 광경을 지켜보는 이가 있다. 스루딘의 도착 소식을 듣고 요새를 찾아온 훌라르다. 그는 관리 장교실에 들르기 전에 잠깐 보리얀을 볼까 하고 병사장실로 온 참이었다. 그런데 예상하지 못한 풍경에 미간이 구겨진다.

보리얀을 안고 있는 에실린 사내. 그를 노려보는 훌라르의 짙은 자주색 눈동자가 번뜩인다. 단번에 그자가 누군지 알아볼 수 있다. 잘리사야 섬에서 보리얀과 입을 맞추던 그놈의 모습을 어떻게 잊을 수 있을까. 훌라르는 불타오르는 눈동자로 루딘을 응시하며 심히 불편하다는 듯 생각한다.

'…저, 저 에실린 놈이 여긴 왜?'

— 2장 —

{ 고여 있는 웅덩이에 던진 돌 }

이른 아침, 바르벨루스의 거대한 탑 옆에 있는 신전에는 고요한 햇살이 비쳐든다. 텅 빈 신전 내부를 둘러싼 거대한 기둥의 희고도 투명한 무늬가 마치 구름을 섞어서 얼려놓은 듯하다.

섬세하게 다듬어진 매끈한 제단 앞, 조금 긴장한 표정의 아르테스가 모자를 뒤집어쓰고 앉아 있다. 그런데 누군가의 조용한 발걸음이 가까워진다. 그역시 망토의 모자 속으로 얼굴을 깊게 숨기고 있다. 후문을 통해 들어온 그는 일곱 개의 날개 형상이 새겨진 매끄러운 바닥을 가로질러 차분히 아르테스의 옆에 앉는다. 그리고 모자를 살짝 젖히며 조용히 말한다.

"안녕하셨습니까, 아르테스 님."

모자 아래에서 드러나는 훌라르의 얼굴을 보고 아르테스는 조용히 묻는다.

"…비밀리에 온 것이 맞겠지? 난 여기 오래 못 있어."

"걱정하지 마십시오. 탑에서 나오는 게 쉬운 일이 아니었을 텐데, 고생하셨습니다."

"부모님 기일 핑계로 신전에서 잠깐 기도를 하겠다고 했어. 시간이 없으니 우선 물어볼게. 요즘 도대체 무슨 일을 꾸미고 있는 거야? 당신이 자라트라 요새에 일으키고 있는 일들을 들었단 말이야. 전에는 미다스 궁에서 서쪽 호수로 진출하려는 노예상들을 견제하더니…."

훌라르는 빙긋 웃는다.

"영민하신 우리 최고 무니안 님께서 벌써 눈치를 채셨군요. 맞습니다. 이제부터 좀 많이 바빠질 것 같습니다. 공중 정원에 계신 그분께서 제 개혁안을 승인해 주셨거든요."

"개혁안?"

"차차 알게 되실 테지요. 아르테스 님께선 우선 건강부터 신경 쓰십시오. 그 독약을 언제까지 받아서 드실 생각입니까?"

"계획이 있어. 그렇게 금방 죽지는 않을 테니 너무 걱정하지 마. 맞다. 내가 부탁한 것은 가져왔어?"

"당연히 챙겨왔지요."

훌라르는 주머니에서 아누다르가야 동쪽 문양이 새겨진 사탕을 꺼내서 건넨다. 아르테스는 그것을 받아들고 조금 안심하는 표정을 짓는다.

"휴우, 다행이다. 고마워."

"그런데 왜 항상 다른 것도 아니고 이 사탕만 가져오라고 하십니까?"

"음, 그게 사실…."

그때, 신전 정문 밖에 있던 사람들이 들어오는 소리가 들린다. 훌라르가 다시 모자를 깊게 쓰고 자리에서 일어서며 말한다.

"아무튼 이제부터 바르벨루스에서 저를 보기는 힘드실 겁니다. 부디 건강하세요."

"뭐? 그럼 어디 있을 건데? 안전한 곳인가?"

훌라르는 씩 웃는다.

"…차루타스의 연못에 돌 던지러 갑니다."

자리에서 일어난 훌라르는 유유히 신전을 가로질러 후문을 통해 밖으로 나
간다. 정문에서는 하급 슈라문들이 들어와서 아르테스에게 돌아갈 시간임을
알린다. 아르테스는 걱정스러운 표정으로 천천히 자리에서 일어선다.

'부디 무사해야 할 텐데.'

오후의 태양이 뜨거운 자라트라에서는 새로운 형태의 협동 훈련이 한창이
다. 사타니크가 이끄는 갑판부대와 루딘이 이끄는 잠수 부대가 배 위에서 실
전에 가까운 협력 훈련을 하고 있다. 지오투스는 그들 중 특수병대를 꾸릴 만
한 이들을 눈여겨 찾는다. 보리얀은 자신의 부대와 근처 해변을 달리며 그 모
습을 바라본다.

'확실히 요새의 분위기가 변하고 있구나.'

미소 짓는 보리얀의 시선이 루딘에게로 향한다. 그는 정찰에서 있었던 이
야기를 병사장실에 있는 모두에게 들려주었다.

"동쪽 호수에서 상선들을 인도하며 봤는데, 노예선들이 다 중앙 섬 쪽으로
만 가는 건 아니었어요. 작은 배 몇 척은 비밀리에 남쪽으로 보내졌거든요.
샤테이드인지 하는 그 섬으로 간다던데…. 거기에 노예들과 함께 몇 명의 이
상한 사람들이 타고 있었어요."

"이상하다니?"

"대여섯 정도는 머리부터 발끝까지 천에 묶여서 이송되었는데, 처음엔 시체들인지 알고 깜짝 놀랐어요. 그런데 다 무슨 침에 맞아서 잠들어 있었던 거더라고요."

그러자 지오투스가 진지한 표정으로 고개를 끄덕였다.

"샤테이드의 마취침일 거다. 샤테이드는 중앙 섬에서 가장 멀리 떨어진 남동쪽에 있는 작은 섬이야. '샤'에 가까워서 괴물들도 많지만, 날씨도 험한 데다가 암초가 워낙 심한 곳이지. 알려진 거라곤 마녀들의 보금자리가 있다는 것뿐, 나도 직접 거길 가본 적은 없어."

"흠. 그런데 그 배들은 처음 보는 모습이었어요. 배에 무슨 커다란 동물의 비늘 같은 것이 붙어 있더라고요. 물에 절어버린 깃털들 같기도 하고."

루딘이 기억을 더듬자 사타니크가 말했다.

"아마 네가 본 건 '라플라'가 아닐까 싶은데. '배 새'들 말이다."

"배 새? 그건 또 무슨 소리야?"

보리얀이 헤사티오 차를 한 모금 마시며 묻자, 사타니크는 옛날에 보았던 것을 떠올리며 답했다.

"여기 오기 전 동쪽 호수에서 배를 탈 적에 본 적이 있다. 아주 가끔, 밤에만 날아다니는 희한한 새들이 있었지. 나는 처음에 배인 줄 알았어. 그런데 알고 보니 그것들은 새의 형상을 하고 있더군. 늘 남쪽으로 날아가는 거야. 거기에 뭐가 실려 가는지는 아무도 몰라."

호흡을 조절하며 달리는 보리얀의 얼굴에 송골송골 땀이 맺힌다. 그녀는 이마를 훔치며 골똘히 생각에 잠긴다.

'…정말 배도 되고, 새도 되는 동물이 있다는 건가?'

바쁜 하루가 지나고 어느새 노을이 찾아온다. 바르벨루스 남쪽에 위치한 부유한 도시, 차루타스에서는 붉게 저무는 하늘 아래로 주황빛 기와가 얹어진 지붕들이 빛난다. 검은 지카들이 끄는 수레가 멈추어 서더니 훌라르가 내린다. 그 뒤로 세네칼이 간단한 짐들을 챙겨 따라 나온다. 아주 평범한 옷으로 갈아입은 그들은 짙은 색 망토를 두르고 있다. 훌라르는 하늘을 향해 고개를 들며 미소 짓는다.

"차루타스…. 참 오랜만이군. 난 이 동네가 좋아."

"훌라르 님께서는 바르벨루스 빼고는 다 좋아하시잖습니까?"

세네칼의 말에, 훌라르는 빙긋 웃으며 그의 손에 들려 있는 간단한 짐들을 받아들고 길을 휘익 둘러본다.

"그렇긴 하지. 그래도 동쪽 호수는 바르벨루스보다도 머물기에 별로요. 이유는 선생도 잘 아실 테지. 어디 보자, 우리 '귀찮음 씨'를 만나기로 한 약속 장소가…."

그들은 고운 토벽으로 지어진 네모반듯한 건물들을 지난다. 건물의 벽마다 손으로 일일이 짠 독특한 무늬의 휘장들이 걸려 있으며 바닥은 큼직하고 단단한 돌로 정갈하게 정비되어 있다. 오가는 사람들과 동물들의 발소리가 달그닥거리며 들린다. 날이 저물자 건물 외벽에 등이 하나둘 내걸린다.

빵 굽는 냄새가 가득한 거리를 지나, 훌라르와 세네칼은 정원이 잘 가꾸어진 어느 고급 여관 안으로 들어간다. 은은한 악기 소리가 들려오는 실내에는 기다란 탁자들이 놓여있다. 식사를 하는 사람들 저 뒤로 구석 쪽에 앉아 있던 한 사내가 훌라르를 부른다.

"아, 오셨군요. 여깁니다."

훌라르와 세네칼은 사내를 보고 반가운 기색으로 다가간다. 사내는 쓰고 있던 망토의 모자를 벗고 빙긋 웃으며 그들을 맞이한다. 훌라르는 자리에 앉으면서 말한다.

"잘 있었나, 피트레온? 당분간 여기저기 떠돌며 지내려고 하는데, 다른 놈들은 통 믿을 수가 없어서 말이야. 투르는 아직 요새에서 바쁠 테고…."

피트레온은 괜히 한숨을 내쉬며 툴툴거린다.

"그렇다고 이렇게 저한테 오시다니요. 지금 동쪽에 가서 할 일도 많은데."

"하하. 당연히 자네가 게으름 피울 줄 알았지. 아니나 다를까, 아직 출발을 안 했더군."

피트레온은 앞에 놓인 도자기 병에서 훌라르에게 마실 것을 따라 권한다.

"그러고 보니 미다스 궁의 즈로이아 궁주가 투르를 썩 마음에 들어 하는 모양입니다. 요새 왜 ㄱ 멋있는 파견사는 안 오냐고 저에게 자꾸 묻더군요. 내, 참."

"흠, 즈로이아는 늘 군대를 이끄는 이들에게 욕심을 가지니까 그렇지. 한번 가슴에 손을 얹고 생각해 보게. 자네는 그런 사람이 아니잖아?"

"뭐, 그렇기는 하죠."

"그래서 내가 자네를 거기다 보내는 걸세. 그래야 자네도 즈로이아에게서 안전하고, 투르도 안전하겠지. 물론 둘 다 다른 의미로."

"에휴…."

피트레온이 고개를 절레절레 젓자 훌라르는 그를 달래는 투로 말한다.

"즈로이아가 자네를 탐내지 않는 걸 다행으로 여기게. 물론, 그 여자는 아누다르가야 전체에서 가장 대단한 미모를 가지고 있지. 사내들이 정신을 못 차리는 게 당연해. 그런데 알고 보면 정말 무시무시한 여자라고. 모든 정나미가 뚝 떨어질 만큼."

"아무튼 그 여자에게 무슨 꿍꿍이가 있는 것 같기는 했습니다. 이번에 관리 장교가 바뀌면 자라트라 요새에 물자를 엄청나게 지원하겠다는군요. 그것도 바르벨루스 몰래 말입니다."

"됐다고 해. 몰래 받는 건 늘 뒤가 구린 법이야. 즈로이아는 속을 알 수가 없어. 분명 바라는 게 있어서 미끼를 던지는 걸 텐데, 그 거미줄에 걸려든 자는 못 살아남아. 지금 그 여자가 미다스 궁에서 무니안들을 구워삶는 걸 봐."

"아무래도 자라트라 요새에 변화가 오는 틈을 타서 뭘 좀 해보고 싶은 모양인데…. 무니안들이 훌라르 님을 노리고 있다는 것도 알고 있는 듯합니다."

"그게 뭐든 조금만 기다리라고 해. 지금은 해야 할 일이 있어서 말이야. 자네는 몰래 동쪽 호수로 가서, 내가 알아보라고 한 일부터 좀 처리해. 그동안 차루타스는 내가 맡지. 아 참, 잘 알겠지만 이제부터는 시종 없이 혼자 움직여야 해."

"알겠습니다. 그런데 이렇게 몸소 뛰어다니시니 일이 진행되는 속도가 정말 무섭긴 하군요. 훌라르 님의 가문 대대로 내려오는 성격에 대한 이야기가 맞긴 한가 봅니다."

피트레온이 웃으며 말하자 훌라르는 자기 앞에 놓인 잔을 비우며 말한다.

"흠. 뿌리 있게 내려오는 소문은 늘 절반 정도 맞는 법이지."

"그럼 조상 중에 정말 불을 다루실 수 있는 분이 계셨습니까?"

눈을 둥그렇게 뜨고 묻는 피트레온을 보고 훌라르는 알 수 없는 미소를 짓는다.

"글쎄?"

잠시 침묵이 이어진다. 피트레온은 훌라르의 얼굴을 살피더니 조용히 말한다.

"아무튼 잘 숨어 계십시오. 위층에 자리는 봐놨습니다."

"그러지. 말한 대로 동쪽 호수를 부탁하네."

피트레온과 헤어진 훌라르와 세네칼은 높다란 여관의 맨 꼭대기 방으로 올라간다. 방 안으로 들어서자 커다란 창문으로 도시의 모습이 한눈에 보인다. 노을이 금방 저문 하늘에 벌써 달이 고개를 내밀고 있다. 훌라르는 천천히 방을 한 바퀴 돌아보며, 짐을 풀고 있는 세네칼에게 말한다.

"이제 제카르슘이 찾아올 때까지 기다리면 되겠소. 그래도 막 금방 오진 않을 거요. 나름 체면이 있는데."

"네? 그자와 암살자들에게서 숨으신 것 아니었어요?"

"숨을 곳이 어디 있겠소, 이 좁은 세상에. 물론 내가 시간을 벌기 위해 이리저리 피해 다니긴 하겠지만 그는 틀림없이 직접 찾아올 거요. 선생도 알다시피 일전에 있었던 암살 시도들은 잘 통하지 않았고, 라델린 님께서도 나를 보호하는 입장이니까. 이제 내가 차루타스까지 흔들면 직접 나를 찾는 방법밖에는 없다는 걸 알게 되겠지. 그동안 슈라문 직위만 유지가 되면 괜찮을 텐데…."

"제카르슘이 아무리 무니안 중 하나라고는 하나, 바르벨루스에서는 훌라르 님을 쉽게 내칠 수 없겠지요. 중요한 실무를 담당하고 계시는 데다가 여러모로 그들의 비밀들을 알고 계시지 않습니까."

훌라르는 조용히 고개를 젓는다.

"그런 것이야 그들에게 중요하지 않소. 아르테스 님과 '그분'이 아니었다면, 나는 이미 죽은 목숨이었을 거요. 그리고 당연히 지금과 같은 일을 벌일 시도조차 하지 않았겠지."

"흐음…. 그런데 정말 제카르슘이 직접 찾아올까요?"

훌라르는 창가를 내다보며 고개를 끄덕인다.

"그놈은 그전에도 그랬거든…. 우리 집을 불태울 때."

훌라르의 짙은 자주색 눈동자가 번뜩인다. 세네칼은 소름이 돋는지 긴장한 얼굴로 묻는다.

"그럼 어떡하시게요? 무니안들은 본래 스스로 병마에 걸려 죽지 않으면 그 누구도 죽일 수 없는 신성한 존재들 아닙니까? 그가 훌라르 님을 해치려 한다면, 아무리 훌라르 님의 무술이 뛰어나다고 해도….”

훌라르가 씨익 웃으며 속삭인다.

“실험은 한번 해봐야지. 그게 진짠지 아닌지.”

그는 천천히 숨을 내쉬며 훤하게 떠오르는 붉은 달을 쳐다본다.

“그 전에 피트레온이 동쪽 호수에서 무슨 소식이라도 좀 가져왔으면 좋겠군.”

다들 피곤에 지쳐 잠든 늦은 밤, 자라트라 요새에는 환한 달빛이 쏟아져 들어온다. 보리얀은 잠을 이루지 못하고 뒤척인다. 그녀의 두 눈은 창가에서 달빛을 받으며 쉬고 있는 웹실론을 향해 있지만 생각은 다른 곳에 있다.

‘…훌라르라고 부르랬는데. 무슨 뜻이지?’

그녀의 기억은 바로 이 침대에서 그녀의 이마에 입을 맞추던 훌라르의 모습에 닿는다. 그의 살결에서 느껴지는 은은한 향이 가까워졌을 때, 잠결에 어렴풋이 스치는 기분 좋은 달콤함이려니 생각했다. 그런데 잠시 후 이마에 부드러운 입술의 촉감이 느껴졌다. 달아오른 것처럼 뜨거운 그의 입술이었다.

놀라서 눈을 번쩍 뜨던 순간, 보리얀은 후회했다. 계속 자는 척할걸.

‘멍청하긴. 내가 왜 그렇게 대답했지? 입술이 뜨거워서 깼다니….’

보리얀은 뒤척이며 창가 쪽으로 돌아누운다. 그게 바르벨루스식 인사인 줄도 모르고 가슴이 설레었던 것이 좀 창피하기도 하다. 그럼 훌라르는 지금껏 바르벨루스에서 만나는 사람마다 그렇게 인사를 했을까? 다른 여인들에게도? 분명 그녀들도 그의 이마에 입을 맞추었겠지. 고급스러운 옷을 입고, 예쁜 미소를 지으며…. 왠지 기분이 나쁘다. 그녀는 조금 뾰로통한 표정으로 달을 바라보다가 고개를 젓는다.

'정신 차리자. 그분은 명령대로 날 보살펴주는 것뿐이잖아. 괜히 이상한 마음 가지지 말아야지. 나와는 다른 사람이야.'

그런데 마음이 정리되기는커녕 서글픈 마음이 울컥 올라온다.

'내가 이 요새에서 이렇게 매일 훈련으로 보내는 동안 그분은 세상을 누비고 다니겠지? 이 요새는 그저 관리 중인 지역 중 하나일 테니. 그리고 춤도 못 추는 투박한 나와는 다른, 훨씬 고급스럽고 우아한 사람들과 어울리겠지.'

"휴우…."

보리얀은 한숨을 내쉰다.

'심지어 이제는 자주 보지도 못할 거라고 하셨는데…. 차루타스로 가야 한다고.'

보리얀은 자신이 그에게 건넸던 인사를 떠올린다. 그녀가 볼에 입을 맞추었을 때 훌라르는 당황스러워 보였다. 그녀로서는 나름 용기를 낸 것이었다. 예의를 갖추어야겠다는 생각 이면에는 다른 마음도 있었다. 말로 표현할 수 없는 그 마음 때문에 그녀는 잠들 수가 없다.

그때 건너편 침대에 누워 있던 루딘이 조용히 보리얀을 부른다.

"보리얀, 자?"

"…응?"

보리얀이 무슨 일이냐는 듯이 그를 바라보자, 루딘은 대답 없이 침대에서 일어나 앉는다. 그러더니 살금살금 다가온 후 천천히 그녀의 침대에 걸터앉는다. 멀뚱히 그를 쳐다보는 보리얀에게 그가 속삭인다.

"잠이 안 오네."

"그래? 나도."

"있잖아…."

루딘이 보리얀의 얼굴을 향해 고개를 조금 숙이며 말끝을 흐린다. 그의 긴 머리카락이 옆으로 누워 있는 보리얀의 얼굴을 간지럽힌다. 보리얀은 작은 소리로 큭큭 웃고 루딘의 머리를 살짝 잡아당긴다.

"너 머리 좀 잘라야겠다. 아니면 더 기를 거야?"

그러자 루딘은 하려던 말을 삼키고 웃으며 묻는다.

"…그치? 많이 길었지? 네가 좀 잘라줄래?"

"그러지 뭐."

"지금?"

루딘의 물음에 잠시 생각하던 보리얀은 침대에서 몸을 일으킨다.

"그래. 잠도 안 오는데. 천하고 가위 같은 것 좀 찾아봐."

루딘은 탁자 서랍에서 조용히 천과 가위를 꺼내서 보리얀에게 건넨다. 보리얀은 천을 바닥에 깔고, 그를 환한 달빛 아래 앉힌다. 보리얀의 손길이 루딘의 구불거리는 머리를 대충 빗어 내린다. 루딘은 그 느낌이 좋다는 듯 미소를 지으며 눈을 감는다. 보리얀이 가위를 대기 전에 그에게 묻는다.

"얼마나 짧게?"

"네가 원하는 만큼. 넌 긴 게 좋아, 짧은 게 좋아?"

"나? 글쎄…."

잠시 생각하는 보리얀의 머릿속에 훌라르의 짧은 머리가 떠오른다. 그녀는 자기도 모르게 볼을 조금 붉히며 대답한다.

"흠, 아무래도 짧은 게 좀 멋있겠지?"

"그래? 그럼 짧게 해줘."

루딘이 말하자, 보리얀은 알겠다며 그의 머리카락을 이리저리 살피고 가위질을 시작한다.

"사각, 사각."

보리얀은 집중해서 루딘의 긴 머리를 다듬어 나간다. 그녀의 손이 머리카락을 훑을 때마다 루딘은 기분 좋은 소름이 살짝 돋는 것을 느낀다. 정말 그리웠다. 이렇게 보리얀과 단둘이 보내는 시간이.

그런데 어느 정도 머리카락을 잘라 가던 보리얀이 조금 자신감을 잃은 목소리로 말한다.

"저기, 근데…. 그 머리가 길이만 짧게 잘라 놓는다고 되는 게 아닌 것 같아. 나는 내 머리도 대충 잘라서, 솔직히 좀 자신이 없거든. 그냥 네가 평상시 하던 길이로 자르자. 응?"

"그래, 그것도 좋아. 네가 하고 싶은 대로 해."

보리얀이 고개를 끄덕이고 가위질을 좀 더 하자, 곧 루딘은 귀밑머리가 구불거리는 예전의 모습으로 돌아온다. 얼추 마무리가 되었다고 생각한 보리얀은 자른 머리카락을 정돈하며, 뿌듯한 표정으로 루딘의 머리를 이리저리 살핀다. 보리얀이 기억하는 바로 그 모습이다.

"이제 됐다. 내 솜씨도 썩 나쁘지 않은데? 네가 볼 수 있으면 좋을 텐데. 역시, 너한테는 이 길이가 잘 어울리는 것 같아. 워낙 익숙해서 그런가?"

루딘의 얼굴을 마주 보고 앉은 보리얀은 그의 앞머리를 손가락으로 정돈해 준다. 그녀는 루딘의 얼굴에 조금 남아 있는 머리카락을 후후 불며 털어준다. 그러다가 자신을 바라보는 두 은회색 눈동자와 시선이 마주친다. 무언가 하고 싶은 말이 있는 듯한 눈빛이다. 보리얀은 말없이 루딘을 쳐다본다.

루딘의 두 눈에 보리얀의 얼굴이 담긴다. 정찰 기간 내내 너무나도 보고 싶었던 그 얼굴…. 잠시 보리얀을 바라보던 루딘은 말을 꺼내는 대신, 가위와 바닥에 깔아 놓은 천을 옆으로 밀어서 치운다. 그리고 천천히 보리얀의 양 볼을 자신의 두 손으로 부드럽게 감싸 쥔다.

　"……."

　보리얀은 조금 흔들리는 시선으로 루딘을 바라본다. 보리얀을 마주 보는 루딘의 눈동자에는 오랜 그리움과 기다림이 뒤섞여 있다. 루딘의 엄지손가락이 보리얀의 입술을 살며시 쓰다듬는다. 그는 점점 자신의 입술을 보리얀의 입술 쪽으로 기울인다. 가까워지는 거리를 따라 그의 숨결이 느껴진다. 그런데 루딘의 입술이 닿으려는 순간, 보리얀은 무의식적으로 살짝 고개를 돌린다.

　루딘은 조금 멈칫한다. 보리얀은 그에게서 조금 물러나며 작은 소리로 말한다.

　"여, 여기서 이러면 안 되지 않아?"

　루딘은 잠시 아무 말 없이 그녀를 응시한다. 정찰에서 돌아왔을 때부터 느꼈던 것이지만, 보리얀의 눈빛은 어딘가 낯설다. 그가 없었던 사이, 무슨 일이 있었던 것일까? 그녀의 눈에서는 그가 지금 가지고 있는 감정을 찾아볼 수가 없다. 루딘은 살짝 떨리는 입술 사이로 말한다.

　"…아, 미안. 네가 너무 그리웠거든."

　보리얀은 루딘의 눈에 어리는 슬픔과 실망감을 본다.

　"나, 나도 네가 보고 싶었어, 루딘. 정말이야."

　보리얀은 그 누구보다도 루딘을 오래 보아왔기에 그의 진심을 느낄 수 있다. 그렇기에 더더욱, 이제는 잘리사야 섬에서의 입맞춤처럼 가벼운 떨림으로 그에게 다가갈 수가 없다. 부디 어색하지 않게 이 상황을 넘겨야 할 텐데…. 그녀는 자신의 볼을 감싸고 있는 그의 두 손을 자신의 손으로 잡아서 천천히 내린다. 대신, 미소를 지으며 그의 이마에 살짝 입을 맞춘다.

"쪽."

그녀는 아무 일 없다는 듯 루딘을 우정어린 눈으로 바라본다.

"이게 바르벨루스에서 헤어질 때 하는 인사래. 너무 늦었으니까, 이제 빨리 자."

"……."

보리얀은 먼저 자리에서 일어나서 루딘에게 손을 내민다. 루딘은 말없이 그녀의 손을 응시한다. 보리얀은 조금 채근 대듯이 속삭인다.

"어서. 네 침대까지 데려다줄게. 가자. 뒷정리는 내가 할게."

웃으며 말하는 그녀의 다정한 목소리가 어릴 때와 똑같다. 작고 까무잡잡했던 손이 어느새 여인의 손이 되었을 뿐이다. 루딘은 자신의 손을 뻗어 그녀의 손을 잡는다.

자신의 침대에 몸을 누이고 나서도 루딘은 보리얀의 손을 쉽게 놓지 않는다. 그는 가만히 그녀의 손등에 입을 맞추며, 애써 장난기가 조금 섞인 말투로 말한다.

"잘 자, 아가씨. 아무튼 머리 잘라줘서 고마워."

보리얀은 빙긋 웃으며 루딘의 머리를 한 번 쓰다듬고, 그를 따라 조금 장난스럽게 말한다.

"그래, 잘 자. 너한텐 이 머리가 어울려. 짧은 건 상상이 안 돼."

그 시간, 차루타스의 여관에서는 훌라르가 잠들지 못하고 둥글게 뜬 달을 바라보고 있다. 수정 등잔이 이따금 불어오는 따뜻한 바람에 흔들린다. 창가에 기대어 선 훌라르는 한쪽 입꼬리를 비죽거리며 혼잣말을 한다.

"달이 좋은 밤이군."

훌라르의 표정을 찬찬히 살피던 세네칼이 묻는다.

"또 무엇이 마음에 거슬리시는 겁니까?"

훌라르는 잘리사야 섬에서 보리얀과 함께 자신의 배 위에 있던 루딘의 모습을 떠올리며, 기분이 나쁜 듯 중얼거린다.

"그 눈 큰 에실린 놈이 스루딘의 아들이었다니. 투르는 왜 하필 그 둘을 한 방에 붙여 놔가지고…. 에잇."

"이제 눈 좀 붙이시지요. 내일도 사람들의 눈을 피해 차루타스의 의원들을 만나야 하실 것 아닙니까. 말씀하신 대로, 하길웨인과 그의 아들 하칠소아와 약속을 잡아놓았습니다. 그들은 아침에 중앙 장터에서 기다리고 있을 겁니다."

"흐음…."

훌라르는 생각에 잠긴 표정으로 방을 왔다 갔다 하다가 세네칼을 보고 묻는다.

"그래. 지금 내가 그런 생각을 할 때가 아니지. 아무튼 우리 작전이 꽤 잘 실행되는 것 같지 않소? 오늘 낮에도 여기저기 돌아다녀 보니까 반응이 괜찮은 것 같던데. 우리가 풀어놓은 이야기꾼들이 제값을 하는 것 같더군."

세네칼이 고개를 끄덕이고 그에게 다가온다.

"네, 모크샤의 알에 대한 이야기는 언제나 사람들의 관심거리니까요. 무니안들에 대한 불신은 이미 높아질 대로 높아진 상태입니다. 천 년 전에도 모크샤가 탄생하지 않았는데, 이천 년이 다 되어가는 지금에도 나올 기미가 전혀 보이지 않으니…. 모크샤의 알이 어느 정도 자랐는지 직접 눈으로 확인하게 해달라는 선동이 꽤 효과적입니다."

훌라르는 냉소를 지으며 탁자 앞으로 가서 잔에 천천히 마실 것을 따른다.

"사실 그렇잖소. 가끔 행사 때에나 얼굴을 비치고 위엄을 부리는 무니안들인데, 뭐가 좋다고 그들을 떠받들고 있겠냔 말이오."

"무니안들은 아무도 죽일 수 없는 신성한 신체를 가진 자들이라고 하지 않습니까. 천하무적으로 오랜 삶을 누릴 수 있기에, 모크샤의 알을 돌볼 수 있는 특권을 쥐고 두려움의 대상이 되는 것이지요."

"흥, 그래 봤자 골골거리는 영감들이 이백 년 정도 사는 것 가지고."

훌라르는 투덜거리며 세네칼에게 잔을 하나 채워 건넨다. 세네칼은 그것을 공손히 받아든다.

"그래도 저번에 이천 년을 살아온 분이 돌아왔지 않았습니까. 그것도 거대한 나무와 함께 공중 정원에 마법처럼 나타나셨다면서요. 차루타스 사람들이 그 축제가 열릴 때 얼마나 열광했는지 아시지요?"

그 말을 듣고 고개를 끄덕이던 훌라르가 잔을 입술에 가져다 대며 중얼거린다.

"열광. 그것이 얼마나 무서운 단어인지…."

그는 잠시 생각에 잠긴 얼굴로 조용히 잔을 비우더니 세네칼에게 말한다.

"사람들의 열광, 모크샤의 탄생을 믿는 희망, 아직도 신성의 기운이 이 땅에 남아 있다는 믿음. 그것을 이용해서 얼마나 많은 일이 벌어졌는지 한번 생각해 보시오. 그리고 그 모든 거짓이 일어날 수 있었던 이유는 바로 이곳 차루타스가 그동안 바르벨루스를 지지해 왔기 때문이지."

세네칼이 훌라르를 바라보며 미소 짓는다.

"자라트라 요새, 미다스 궁, 그리고 차루타스에까지 손을 뻗치시는 이유가 거기에 있는 것이겠군요. 제가 예전에 말씀드린 사냥의 기술을 기억하시나 봅니다."

"하하, 당연하지. 최고의 스승에게서 배운 것인데 어떻게 잊겠소. 선생이 그렇게 말씀하시지 않았소? 나보다 큰 짐승을 잡을 때는 우선 덤비지 말고 덫을 놓아야 한다. 하지만 그 덫은 단지 그의 발목을 아프게 무는 톱니가 아니라, 사방에서 보이지 않게 옥죄는 올가미가 되어야 한다."

세네칼은 빙그레 웃고 고개를 끄덕인다.

"발목 한쪽만 붙잡고 있으면, 도리어 성난 동물의 발길질에 당할 수가 있으니 여러 방향에서 동시에 숨통을 조여야 한다고 말씀드렸죠. 자라트라 요새의 병력, 미다스 궁의 자본, 차루타스의 민심. 이제 천천히 올가미를 조이고 있으니 앞으로는 시간의 흐름을 잘 읽어서 활용하는 것이 중요할 겁니다."

"맞는 말이오. 그리고 내일이면 그 올가미의 한쪽 끝자락이 수면 밖으로 드러나겠지. 자라트라 요새에서 새로운 관리 장교의 취임식이 있을 테니."

훌라르가 기다란 손가락으로 물기가 묻은 입술을 쓸며 미소를 짓는다. 그는 기대된다는 듯 두 눈을 반짝인다.

"스루딘이 어떻게 해내는지 두고 봅시다."

관리 장교의 취임식이 있는 아침, 자라트라 요새에서는 시종 한 명이 커다란 나무 상자를 들고 스루딘의 방으로 향한다. 루딘과 나이가 비슷해 보이는 그의 눈은 총명함으로 반짝인다. 조금 긴장한 듯 보이는 발걸음에는 기대감이 서려 있다. 시종은 방 앞에 도착하여 목을 가다듬고 말한다.

"스루딘 관리 장교님, 말씀하신 것을 가지고 왔습니다."

"그래? 들어오게."

시종이 방 안으로 들어서자 관리 장교복을 입고 있는 스루딘의 늠름한 뒷모습이 보인다. 그는 반가운 표정으로 시종을 돌아보더니, 싱긋 웃는다.

"고맙네. 인사하기도 전에 일부터 시켜서 어쩌나. 워낙 정신없는 아침이니 양해해 주게. 자네가 켄트라지?"

"아, 예. 제 이름은 어떻게…."

"오늘부터 새로운 시종이 올 거라고 얘기 들었네. 아무쪼록 잘 부탁하네."

켄트라는 황송하다는 듯 고개를 숙인다.

"영광입니다. 최선을 다해 모시겠습니다."

"참 똑똑해 보이는 친구로군. 근데 자네, 왠지 낯이 익은 것 같은데?"

"…그렇습니까?"

켄트라가 시치미를 떼며 살짝 미소를 짓는다. 스루딘은 고개를 갸웃하며 잠시 그를 쳐다보다가 나무 상자를 연다. 커다란 함 안에는 온갖 값비싼 보석 장신구와 금붙이들이 번쩍인다.

"에휴. 카슘 그놈이 참 많이도 해 먹었군. 이게 다 병사 지원금으로 돌아갔어야 하는 건데. 아무튼, 연설 때 내가 자네에게 신호를 보낼 거야. 그럼 이걸 가지고 올라와 주게. 알겠지?"

"네, 관리 장교님."

스루딘은 창문에 비친 자신의 모습을 한 번 들여다보고 숨을 크게 내쉰다.

"시간 다 됐겠다. 이제 나가 보자고."

방을 나서는 스루딘은 저 앞에서 나오고 있는 바얀을 만난다. 바얀은 긴장한 얼굴의 스루딘을 보고 빙그레 웃는다.

"왜? 떨리나?"

스루딘은 바얀에게 속삭이듯 중얼거린다.

"에이, 적성에 안 맞아서 원…. 다신 이런 거 안 할 거야."

"왜? 나는 이번에 자네가 기획한 취임식이 꽤 마음에 드는데. 마치 한 편의 연극 같달까?"

스루딘은 꼭 맞는 소매가 답답한지 손목을 조금 풀며 대답한다.

"원래 무대에서 진행되는 행사는 다 연극 같은 걸세. 관객들이 누구인지, 그리고 그들에게 어떤 반응을 끌어내고 싶은지에 따라 그 행사의 분위기와 배우가 달라지는 것뿐이야."

"그렇군. 그럼 나는 오늘 무슨 역인가?"

"자넨 자리 따위에는 관심 없는 영웅스러운 책임 선장 역, 나는 그 영웅과 한배를 탄 관리 장교 역. 목표는 우리를 각각 따르는 병사들을 하나로 규합시키는 거지."

"하하, 좋아."

바얀과 스루딘이 계단을 내려가자 다른 책임 선장들과 관리 장교들이 그들을 기다리고 있다. 책임 선장은 여덟이고 관리 장교는 넷인데, 그들 중 루에린은 바얀뿐이다. 관리 장교들이 웃는 얼굴로 스루딘을 맞이한다.

"축하하네, 스루딘 관리 장교. 좋은 연설 기대하겠네."

스루딘은 그들과 이미 친분을 꽤 쌓은 듯 보인다. 관리 장교들은 바얀에게도 반갑게 인사를 건네기는 하나, 아무래도 에실린인 스루딘이 관리 장교가 된 것을 마음에 들어 하는 눈치이다. 그 옆에 서 있는 책임 선장들은 존경하는 눈빛으로 바얀을 쳐다보며 조금 아쉬운 표정을 짓는다. 바얀은 웃어 보이며 그들 곁에 선다. 바얀의 옆에 서 있던, 조금 젊어 보이는 책임 선장 하나가 그에게 고개를 숙이며 공손하게 말한다.

"이번에 스루딘 선장님과 함께 정찰을 갔다 와서 진급된 님로덴입니다. 바얀 책임 선장님과 한 자리에 서게 되어서 영광입니다."

"그랬군요. 축하합니다. 함께 스루딘 관리 장교님을 잘 도웁시다."

드디어 취임식의 시작을 알리는 북소리가 들린다. 스루딘은 큰 숨을 들이쉬며 바얀을 쳐다본다. 바얀은 그와 눈빛을 교환하고 살짝 고개를 끄덕인다. 이어서 투르가 연단에 올라, 수백 명의 병사들을 둘러보며 우렁찬 목소리로 외친다.

"모두 기억할 것이다. 이전, 우리는 이 자리에서 간악했던 관리 장교 하나를 처단했다. 하지만 오늘은 새로운 미래를 열 인물을 소개하는 자리로 다시 모였으니, 이보다 상징적인 날이 또 어디 있겠는가?"

병사들은 한껏 사기가 오른 목소리로 환호성을 지른다. 투르는 기쁜 표정으로 말을 잇는다.

"지금껏 관리 장교직과 파견사의 일을 겸했던 나, 투르는 드디어 마음을 놓고 내 본업에 충실할 것이다. 이제 기쁜 마음으로 자라트라의 새로운 관리 장교를 소개하겠다!"

병사들이 박수를 치며 들뜬 목소리로 함성을 지르는 가운데, 투르는 스루딘을 향해 고개를 돌린다. 스루딘은 천천히 연단의 계단을 오른다. 다른 관리 장교들과 책임 선장들이 그의 뒤를 따른다.

"와아아! 스루딘, 스루딘 책임 선장님이 관리 장교가 되셨다!"

"어? 바얀 책임 선장님이 승급하실 줄 알았는데?"

스루딘의 모습을 본 병사들의 뜨거운 반응이 자라트라 요새를 가득 메운다. 스루딘은 투르와 악수를 한 후, 병사들에게 절도 있는 인사를 보낸다. 이어서 그는 여유 있는 목소리로 연설을 시작한다.

"이 자리에 서니, 드디어 자라트라 요새에 있는 모든 병사의 얼굴이 보이는군. 저기 반가운 얼굴들도 보이고. 안녕, 다들 내 이름을 아는가?"

스루딘이 묻자 병사들이 환하게 웃으며 너도나도 스루딘의 이름을 환호한다.

"참 신기한 일이지. 서쪽 호수에서 아무것도 모르고 이 요새에 왔을 때가 엊그제 같은데, 지금은 이렇게 모두가 내 이름을 알고 있다니. 그러고 보니 궁금해지는군. 다들 자신이 훈련받던 그 첫날을 기억하는가?"

스루딘은 고개를 끄덕이는 병사들의 얼굴을 둘러보며 말을 잇는다.

"그대들에게 솔직히 말하자면, 나에게 이 요새의 첫인상은 참 별로였다네. 물론 명예롭고 좋은 취지로 모인 것은 알겠으나, 알지도 못하는 사람들과 목숨을 나누며 싸워야 한다는 것도 이상하고, 하루하루 정신없이 살다 보니 도대체 무엇을 위해 내가 뱃사람이 되기로 했는지를 잊어버리게 되더군. 그중에서도 가장 마음에 안 드는 것이 무엇이었는지 아나? 배식이었어. 아무리 식사까지 훈련의 일부라고 해도 너무하지, 딱딱한 빵 한 덩어리와 술 한 병만 주는 것이 웬 말인가? 오히려 정찰을 나갔을 때 더 배불리 먹을 수 있겠더라니까? 하하, 이제야 이 자리에 올라서 그것을 말할 수 있어서 아주 속이 후련하다네!"

병사들이 맞다는 듯 와아 하고 호응하며 웃음을 터트린다. 스루딘은 고개를 끄덕이며 그들에게 손을 들어서 소리를 잠재우고 짐짓 분노에 찬 목소리로 이렇게 말한다.

"그런데 그 때깔 좋은 이유 뒤에는 바로 이런 것이 숨어 있더군! 다들 두 눈을 똑똑히 뜨고 잘 보게."

스루딘이 손짓을 하자 시종 켄트라가 커다란 상자를 들고 온다. 스루딘은 병사들이 보는 앞에서 그 상자를 열더니 그 안에 있는 것을 모조리 연단 바닥으로 쏟아붓는다. 각종 보석과 금붙이들이 와르르 떨어지자, 병사들은 놀란 눈으로 숨을 참고 웅성거린다. 그들을 둘러보며, 스루딘은 격앙된 목소리로 외친다.

"이 모두가 전 관리 장교 카슘이 착복한 것들이라네! 아누다르가야 어디에선가 두둑한 뒷배를 둔 그놈이 다른 관리 장교들, 책임 선장들, 그리고 자네들에게 돌아갈 음식을 빼앗고, 무기를 줄여가며 이렇게 자기 뱃속만을 불려놓았단 말이지. 그런데 그는 늘 우리에게 무엇을 요구했지? 명예로운 죽음일세! 그럼 그 명예로운 죽음이란 도대체 무엇을 위했던 거란 말인가? 대답해 보게. 자네들은 정녕 무엇을 위해 이 고생을 하며 싸워 왔는가?"

병사들은 분노에 찬 눈으로 연단 바닥에 쏟아진 보물들을 응시한다. 무거운 침묵이 흐르자, 스루딘은 그 고요함 속에서 천천히 연단을 오가며 모든 병사의 표정을 읽는다. 그리고 바얀을 돌아보더니 침착하고 분명한 목소리로 말한다.

"여기, 병사들 모두가 잘 아는 이번 남쪽 정찰의 영웅이 있네. 자신은 계속 그대들과 배를 타고 싶다며, 굳이 나에게 관리 장교직을 넘긴 바얀 책임 선장 말일세. 나는 그와 함께 서쪽 호수에서 나고 자랐고, 함께 뱃사람이 되어 괴물을 모조리 잡겠다는 꿈을 키워왔으며, 그를 최고 선장으로 모셨지. 이렇게 평생을 바쳐 괴물과 싸워온 그에게 한번 물어보겠네. 바얀, 부디 나와서 말해 주게. 그대가 싸우는 이유는 무엇인가?"

모든 병사의 이목이 바얀에게 집중된다. 바얀은 천천히 스루딘의 앞으로 걸어 나와서 공손히 인사를 한다. 스루딘이 답례하며 잠시 자리를 비켜주자, 옆에 선 그는 병사들을 둘러보며 근엄한 목소리로 입을 연다.

"스루딘 관리 장교님, 저는 영웅이 아닙니다. 그런 것이 되고 싶은 적도 없었지요. 다만 제가 선택하지 않은 것에 대한 부당한 책임을 지고 싶지 않았을 뿐입니다. 그리고 제가 옳다고 생각하는 대로 살 자유를 얻고자 했습니다. 그래서 저는 괴물과 싸우는 뱃사람이 된 것입니다."

바얀은 존경의 눈으로 자신을 쳐다보는 병사들을 향해 외친다.

"모두가 보다시피 저는 루에린입니다. 한 번도 그 사실에서 자유로울 수 없었습니다. 하지만 배에서는 다릅니다. 목숨을 걸고 괴물과 싸울 때, 배에 탄 모든 이들은 그저 살아남고자 하는 한마음으로 모인 사람들일 뿐이니까요. 목숨을 걸고 싸워본 이들만이 목숨을 지키는 법을 압니다. 그래서 저는 가만히 앉아만 있는 무니안들을 위해 싸우지 않고, 그들이 만들어 놓은 명예를 위해 싸우지 않습니다."

바얀은 자신에게 미소 짓고 있는 스루딘을 돌아보고 마지막으로 덧붙인다.

"나의 오랜 친구이자, 존경스러운 관리 장교인 스루딘 님. 저더러 무엇을 위해 싸우냐고 물으셨지요. 저는 이 땅에서 저와 같이 소수 종으로 살아가는 사람들, 그리고 그들과 함께 나은 세상을 만들고자 하는 사람들, 무엇보다도 그러한 우리 모두를 자유롭게 할 모크샤의 탄생을 위하여 싸웁니다!"

바얀이 힘 있는 목소리로 외치자, 와아아 하며 우레 같은 함성과 박수가 쏟아져 나온다. 루에린, 히드린, 마에린, 유피린, 에실린, 셰트린 할 것 없이 모든 종류의 병사들이 바얀의 말에 환호한다. 스루딘과 바얀의 뒤에 서 있던 다른 책임 선장들과 관리 장교들 또한 박수를 보낸다.

스루딘은 바얀의 손을 잡고 흩뿌려진 보석들과 금붙이를 밟고 서서 외친다.

"거짓된 명예와 탐욕의 황금 위에 우뚝 설 수 있는 것은 우리가 세우는 고매한 정신뿐이다. 자라트라 요새는 신뢰와 협동의 정신으로 다시 한번 새로워질 것이며, 우리는 모두 함께 자유로워질 것이다! 병사들이여, 대답해 주게. 우리는 무엇을 위해 싸우는가?"

병사들은 벅차오르는 가슴으로, 한목소리가 되어 외친다.

"모크샤의 탄생을 위하여!"

스루딘은 그들을 따라 소리친다.

"그렇다! 다시 한번 외쳐보자! 우리는 무엇을 위해 싸우는가?"

"모크샤의 탄생을 위하여!"

"둥둥둥둥!"

울려 퍼지는 북소리와 함께 병사들의 뜨거운 함성이 온 연병장을 메운다. 연단 가장자리에서 스루딘과 바얀을 지켜본 투르는, 만족스러운 표정으로 가만히 고개를 끄덕이며 생각한다.

'하하. 훌라르 님께서 사람 하나는 참 잘 보시는군.'

새파란 하늘이 열린 아침, 차루타스의 장터에서는 장사 준비가 한창이다. 망토의 모자를 눌러 쓴 훌라르와 세네칼이 그 거리를 유유히 걷는다. 상인들은 색색의 하늘거리는 천막을 세우고 고급스러운 물건들을 즐비하게 늘어놓는다. 좁은 골목 안쪽으로는 융단 가게의 직조물들이 가지런히 걸려 있다. 훌라르는 그것들을 하나하나 헤치며 골목 안으로 향한다. 이어서 그가 마지막 융단을 들어 올리자 앞에 두 히드린 사내가 드러난다. 간소한 의회복을 입고 있는 중년의 의원과 그의 아들이다. 그들은 훌라르와 세네칼을 보고 공손히 예를 표한다. 훌라르는 반가운 얼굴로 인사를 건넨다.

"하길웨인, 하칠소아. 이게 얼마 만인가."

"안녕하셨습니까, 훌라르 님."

"하칠소아는 이제 완전히 못 알아보겠군. 어릴 때 우리를 가르쳤던 세네칼 선생까지, 이렇게 다 함께 보는 건 참 오랜만이지?"

"그렇습니다. 여기 계신 제 아버지께서 바르벨루스를 떠나기로 결정하시기 전, 훌라르 님의 댁에서 뵈었던 것이 아마 마지막이었지요. 이렇게 다시 뵐 수 있을 줄 몰랐습니다. 슈라문이 되셨다는 것도 소문으로만 들었는데…."

하칠소아의 말을 듣고, 옆의 하길웨인이 미소 지으며 입을 연다.

"세월이 참 빠릅니다. 이렇게 장성한 훌라르 님의 모습을 보니 예전에 제가 따랐던 칼라르 님의 위용이 떠오르는군요. 저는 아직도 그분의 용맹함을 기억하고 있습니다. 제가 바르벨루스에서 슈라문이었던 시절, 그분을 따랐던 것은 분명 우리가 같은 뜻을 가지고 있었기 때문이었지요. 힘이 없었던 저는 어쩔 수 없이 이곳으로 내려와야 했지만…."

훌라르는 조금 씁쓸한 미소를 짓는다.

"글쎄. 아무래도 난 할아버지의 용맹함을 닮지는 못한 듯하오. 아버지께서 독살당하셨을 때도 할아버지는 꿋꿋이 가문의 터전을 지키려 하셨지만, 나는 바르벨루스를 떠나고만 싶었거든. 혹시 모르지. 아버지를 잃었을 때 우리 가족도 고집부리지 않고 떠났다면 지금 어머니만은 살아계셨을지도…. 어쨌든 다 지난 이야기인데 무엇 하겠소. 다른 이들의 눈에 띄지 않게 좀 걸읍시다."

그들은 맵싸한 향신료를 파는 가게를 지나고, 색색 가지 등잔을 파는 가게들도 지난다. 분주히 오가는 사람들을 이리저리 피하며 하칠소아가 나지막한 목소리로 속삭인다.

"훌라르 님, 말씀하신 대로 사람들이 동요하고 있습니다. 저길 보십시오."

하칠소아가 토벽에 붙어 있는 벽보들을 가리킨다. 야자수 잎을 말려 만든 널따란 종이에 쓰인 문자들과 그림이 눈에 띈다. 무니안들을 지탄하고, 모크샤의 알을 누구나 볼 수 있게 공개하라는 내용이다. 훌라르는 그것을 보고 무언가 생각이 날듯 말 듯 한 표정을 짓는다.

"야자수 잎이라. 좋은 방법이군. 흠, 어디서 봤더라. 저렇게 말린 잎을 쓰는 걸 본 적이 있는데…."

생각에 잠겨서 벽보들을 보는 훌라르에게 하길웨인이 심각한 얼굴로 속삭인다.

"보시다시피 일반 사람들의 분노는 높아지고 있으나, 차루타스의 의원들은 아직 대부분 바르벨루스의 무니안들을 지지하고 있습니다. 무니안들의 신성함을 두려워하는 게지요. 그래서 만약 사람들의 동요가 더 심해지면 자라트라에 병사들을 요청하여 시민들을 통제해야 한다는 의견까지 나오고 있습니다."

훌라르가 한쪽 입꼬리를 올리며 알 수 없는 미소를 짓는다.

"그래? 그것참 기발하고 아름다운 생각이군. 그럼 좋지."

"네?"

훌라르는 하길웨인을 돌아보고 씨익 웃는다.

"그대는 상황을 살피는 척하다가, 내가 신호를 보내면 자라트라 쪽에 병사 파견을 요청하자고 의회를 설득해 주시오. 단, 바르벨루스의 무니안들과 슈라문들 모르게 처리해야 할 텐데 그건 아무쪼록 그대에게 맡기지. 그렇게 되면 내가 돌보는 병사들을 이 도시에 보낼 수 있을 거요."

"아니, 그럼…."

놀란 얼굴의 하길웨인은 행인들을 피하느라고 잠시 말을 잇지 못한다. 일행은 사람들을 피해서 다른 골목으로 접어든다. 갖가지 거울들을 파는 상점을 지나면서 하길웨인과 세네칼이 조금 뒤처진다. 그러자 훌라르 옆으로 다가온 하칠소아가 하길웨인 대신 묻는다.

"그럼, 자라트라 요새에도 관여하고 계신다는 겁니까?"

"내가 지금껏 무니안들의 심부름을 하며 놀고만 있지는 않았거든."

"그렇군요. 그동안 조용히 지내오셔서 무엇을 하고 계시나 궁금했는데, 이렇게 훌라르 님의 본모습을 다시 보니 기쁩니다."

"내 본모습이라…."

훌라르는 잠시 멈추어 서서 거울에 비친 자신의 모습을 쳐다본다. 망토의 모자 아래로 번득이는 그의 자주색 눈이 타오르듯 빛난다. 훌라르는 무엇이 생각났는지, 하칠소아를 가까이 끌어당기며 그에게만 들리게 묻는다.

"자네는 아직도 옛날에 하던 그 놀이를 계속하나? 왜, 어렸을 때 나한테 보여줬지 않나. 손짓만으로도 물방울을 들어 올렸다 내렸다…."

하칠소아는 소스라치듯 깜짝 놀란다.

"아, 아니, 아직도 그걸 기억하고 계셨습니까?"

"그럼. 내가 아는 히드린 중에 그런 걸 할 수 있는 이는 자네밖에 없었어."

하칠소아는 바로 뒤에 따라오는 하길웨인과 세네칼을 살피고 조용히 고개를 젓는다.

"지금 같은 시국에 그걸 들키면 샤테이드로 추방당할 겁니다. 아버지두 모르고 계십니다. 부디 비밀을 지켜주세요."

훌라르는 알겠다는 듯 고개를 끄덕인다. 이어서 밀려드는 인파를 헤치고 그의 곁에 멈추어 선 세네칼이 속삭인다.

"아까 하길웨인 님이 그러시던데, 얼마 있으면 곧 바르벨루스에서 슈라문들이 올 것이라고 합니다. 차루타스의 상황이 심상찮은 걸 눈치챈 모양이지요. 예상했던 대로입니다. 좀 더 정신이 없어지겠네요."

"그럼. 돌을 던졌으니 기다렸던 혼란이 오는 것이지."

훌라르는 하길웨인과 하칠소아를 보며 말한다.

"점점 사람들이 몰리니 오늘은 이만 헤어지도록 하지. 연락할 테니, 조만간 다시 보세."

하칠소아와 하길웨인은 고개를 끄덕이고 자연스럽게 반대쪽 골목으로 들어간다. 그들과 헤어져서 걷던 훌라르와 세네칼은 골목에서 나와서 중앙 시장 쪽으로 다시 발걸음을 돌린다. 무니안들을 지탄하는 내용을 담고 있는 야자잎 벽보가 즐비하게 붙어 있다. 상인들과 손님들은 한 군데에 모여 앉아서 모크샤의 알에 대한 이야기를 걱정스럽게 주고받는다. 그 모습을 눈여겨보던 훌라르는 커다란 과일 가게를 지나며 문득 발걸음을 멈춘다. 그는 여러 과일 중, 한편에 놓여 있는 헤사티오 열매들을 보고 작게 탄성을 지른다.

"아, 생각났다!"

"뭘 말씀이십니까?"

"야자수 잎을 수첩에 쓰던 사람."

그는 이제서야 기억난다는 듯 열매를 바라본다.

'그때, 내 배에서 보리얀이 자기가 만든 수첩을 그 은색 머리 놈에게 보여줬었지. 야자수 잎을 말려 만든 거라고 그걸 보여주면서, 서로 오손도손 뭐라고 하다가 그 둘이…. 에잇!'

훌라르는 짜증 난다는 듯이 모자를 홱 벗어버린다. 세네칼은 발돋움을 해서 조용히 그에게 다시 모자를 씌워놓는다.

"보리얀이 많이 보고 싶으신가 봅니다. 그렇죠?"

"하, 갑자기 그게 무슨! 내가 왜?"

"훌라르 님, 당신은 마에린입니다. 제가 많이 봐와서 아는데, 마에린들은 마음속에 담아두는 것이 있으면 속에서 불이 나더군요. 지금 훌라르 님처럼요."

"하하, 나 참 어이가 없어서…."

훌라르는 심통이 난 얼굴로 고개를 홱 돌린다. 세네칼은 진지한 척하며 조금은 놀리는 투로 말한다.

"어쩝니까. 지금은 비샤다도 못 부르니 자라트라로 날아갈 수도 없을 텐데요."

훌라르는 심기가 매우 불편한 얼굴로 헤사티오 열매를 노려보더니, 마음을 먹은 듯 과일 가게의 주인을 부른다.

"주인 양반. 여기 있는 헤사티오 열매 싹 다 주시오."

그러자 마음씨 좋게 생긴 가게 주인인 유피린 사내가 놀란 듯 묻는다.

"어? 이건 서쪽 호수에서 오는 것이라 좀 귀한데요. 한두 개도 아니고, 정말

다 드립니까?"

훌라르가 고개를 끄덕인다.

"오늘 가장 빠른 배로 어딜 좀 갈 거요. 한나절 반 정도 지나도 상하지는 않 겠지?"

"하하, 헤사티오 열매는 껍질이 단단하여 잘 상하지 않습니다. 일주일간 두 고 드셔도 거뜬할 겁니다."

"다행이군. 자루째 주시오."

그렇게 헤사티오 열매들을 다 사버린 훌라르가 묵직한 꾸러미를 안아 들며 세네칼을 바라본다.

"어차피 이삼 일 후에 요새에 갈 생각이었잖소? 그냥 오늘 바로 나루터로 갑시다. 해안가를 돌아 자라트라로 가는 것이 가장 빠를 테니."

앞장서는 훌라르를 보고, 세네칼은 고개를 절레절레 저으며 한숨 섞인 목 소리로 중얼거린다.

"에휴. 내 입이 방정이지."

양손으로 꾸러미를 안은 훌라르는 앞서가며 입을 비쭉거린다.

"쳇, 도대체 그놈의 수첩에는 뭐가 있었길래…."

한편, 자라트라 요새에 있는 고문관들의 숙소에서는 누군가 숨죽여서 눈물 을 훔친다. 애송이 고문관들이 자리를 비운 사이, 데리에크가 헝겊으로 눈가 를 닦고 있다. 그의 곁에는 보리얀의 그림이 놓여 있다. 그림 한편에는 이러 한 짧은 글이 적혀 있다.

'데리에크 아저씨는 요새에서 으뜸가는 고문관이다.

하지만 어릴 적 그의 꿈은 정원사가 되는 것이었다.

유독 그의 손에서만 무럭무럭 자라나던 꽃과 나무들.

능력을 다 잃었다고 믿는 아저씨는 포기하려 하지만,

언젠가는 생명의 느낌이 다시 그의 문을 두드리기를.

마음에 봄이 찾아오고, 손끝에 온기가 돌아오기를.'

그림 속에는 온갖 아름다운 들꽃과 나무들에 둘러싸여 기분 좋게 쉬고 있는 한 유피린 남자가 보인다. 데리에크는 그림이 있는 부분을 한참 바라보더니, 그것을 들고 벽으로 향한다. 그리고 벽에 걸려 있던 고문 목록이 적혀 있던 종이를 떼내고 그 자리에 조심스럽게 그림을 꽂아 넣는다. 홀로 서서 그림을 바라보던 그의 머릿속에 지금껏 살아온 세월이 스친다.

어릴 때 팔려 갔던 샤테이드는 끔찍한 곳이었다. 차마 말할 수 없는 풍경이 펼쳐지던 마녀들의 소굴. 그곳에서는 죽어가는 아이들이 대부분이었다. 운 좋게 살아남은 그는 중앙 섬으로 팔려 온 후 네카루트 무기소에서 오랫동안 노예로 일하며, 하루하루를 의미 없는 노동에 시달렸다.

'차라리 괴물과 싸우다가 죽는 것이 낫겠다고 생각해서 요새에 지원했었는데….'

그는 피식 웃는다. 자라트라에서 병사가 되고자 했던 그에게 배정된 자리는 고문관이었다. 예비 병사로 들어가기에는 그의 나이가 너무 많다는 것이 이유였다. 결국 괴물과 싸우기는커녕, 그는 이 지하 감옥에서 괴물 같은 일을 수행하며 살아야 했다. 그러다가 보리얀이라는 이상한 여자 병사를 만나게 된 것이다.

전혀 예상하지 못한 일이었다. 고문 대상이었던 그녀에게 이런 선물을 받게 될 줄은.

"……."

데리에크는 그림의 나무들을 응시한다. 아주 오래전, 새싹을 움 틔워내던 희열이 떠오른다. 그는 마치 그 느낌을 기억해 내듯 손끝을 살살 매만져 본다. 그러다가 멋쩍은 듯이 코를 훔치며 웃고는 중얼거린다.

"하여튼, 참 희한한 애야."

그는 한숨을 내쉬고 수건을 주섬주섬 챙겨서 청결실로 향한다. 문이 닫히자 방 안에는 고요함이 감돈다.

그런데 천장에 있던 죽은 이끼들 몇 줄기가 천천히 고개를 든다. 그것들은 점점 그의 머리카락처럼 청록색으로 물들어 간다.

늦은 밤, 즈로이아는 콧노래를 흥얼거리며 미다스 궁 근처의 해변을 걷고 있다. 을씨년스러운 달빛이 그녀의 뒷모습을 비춘다. 그녀의 뒤에는 못마땅한 얼굴을 한 무니안 페키우스의 모습이 보인다. 망토의 모자를 깊게 써서 얼굴을 가린 그는 걸음을 멈추며 퉁명스럽게 묻는다.

"왜 굳이 이런 곳에서 보자고 한 게야? 궁전을 놔두고."

"비밀 대화는 산책하듯이 자연스럽게 해야 들키지 않는 것 아니겠습니까, 호호."

즈로이아는 페키우스를 돌아보며 덧붙인다.

"밖에서 걸으니 좋지 않으십니까? 시종들이 귀찮게 따라붙지도 않고요. 맞다, 듣자 하니 꽤나 흉흉한 소식이 돌고 있던데…. 차루타스와 자라트라 요새의 움직임이 심상치가 않다면서요?"

"쯧쯧. 벌써 소문이 여기까지 퍼진 게로군."

"도대체 무슨 일입니까?"

"미다스 궁과는 관련 없는 일이다."

"세상에 서로 관련 없는 일이 있나요? 혹시 모르지 않습니까, 제가 도울 수도 있을지."

"……."

잠시 즈로이아를 쳐다보던 페키우스가 입을 열기로 마음먹었는지 조용히 말한다.

"아무에게도 알리지 말 거다. 곧 새로운 에실린 군주가 바르벨루스를 집어삼킬 것이야. 우리는 그 군주가 될 후보를 찾는 중이다. 라델린께서 함께 하시니, 솔리디몬에게 맞서서 우리가 탑을 손에 넣을 때가 온 것이다."

"새로운 에실린 군주요?"

"그래. 그런 예언이 있었는데, 안타깝게도 곧 이루어질 모양이다. 정 그렇다면 솔리디몬보다 우리가 먼저 그 군주를 세워야 하겠지. 이렇게 한시가 급한 상황이거늘, 그 훌라르라는 상급 슈라문 놈이 지금 이 난장판을 만들어 놓고 있단 말이다. 헌데 그놈은 무슨 이유에서인지 라델린께서 보호하고 계시니, 함부로 직위를 박탈하거나 죽일 수는 없는 노릇이고…."

그 말을 들은 즈로이아가 한쪽 눈썹을 조금 올린다.

"흐음. 그렇단 말이지요? 그럼 훌라르를 그렇게 가만히 두실 것입니까?"

"현재로는 훌라르에게 암살자들을 보내는 것이 최선이다. 헤테르만 님과 지샤치 님도 동의한 사항이지만, 일단 군주를 찾는 게 우선이니까. 군주만 세운다면 자연스럽게 솔리디몬을 제거하고 새로운 체제를 선포할 수 있을 테지. 그럼 일이 더 커지기 전에 차루타스와 자라트라 요새를 진정시킬 수 있다."

"외람된 말씀이지만…. 차루타스와 자라트라의 상황을 좀 우습게 보고 계신가 봅니다?"

"전에도 비슷한 일들이 있었지만 모두 구름같이 흩어져버렸지. 무지한 자들은 잘 뭉치는 만큼 금방 흩어지는 법이니까. 군중이 술렁거리는 것을 일일히 신경 쓸 필요는 없다."

"지금은 상황이 좀 다르지 않습니까? 곧 모크샤가 깨어날 시기가 다가오는 데다가, 라델린까지 계신데."

"그 라델린께서 새로운 군주의 시대가 온다고 하지 않으시냐. 탑의 미래에 대한 뜻이 있으니까 가만히 두시는 것이겠지. 솔리디몬을 몰아내는 게 우선이다."

즈로이아는 씩 웃으며 그에게 넌지시 주머니 하나를 건넨다. 그 안에는 그녀가 예전에 그에게 주었던 것과 같은 물건이 담겨 있다. 그녀는 오묘한 미소를 걸치고 페키우스에게 묻는다.

"전에는 그래도 솔리디몬 님이라고 존칭을 붙이시더니, 이제는 완전히 본색을 드러내시는군요. 그동안 무슨 변화가 있으셨길래…."

페키우스는 주머니를 탁 받아든다.

"이제 진정한 탑의 주인께서 우리 편이시지 않느냐. 더는 그놈에게 머리를 조아릴 필요가 없지."

주머니를 열어 물건을 살피는 페키우스의 모습을 보고 즈로이아는 잠시 생각한다.

　'새로운 에실린 군주? 이 교활한 늙은 쥐새끼들, 그런 예언을 지금까지 숨기고 있었다니! 나야말로 원하는 자를 그 자리에 앉힐 수 있다면 더 이상 바랄 게 없겠군. 무니안들을 깡그리 몰아낼 절호의 기회잖아? 저 노인네들의 눈에 들 만큼 적당히 정치적이고, 저들의 만행을 알게 되었을 때 처단해 줄 만큼 적당히 정의로운 인물이라…'

　누군가가 머릿속에 스쳤는지 즈로이아의 눈이 반짝인다. 그녀는 가려고 발걸음을 돌리는 페키우스에게 넌지시 말을 흘린다.

　"아 참, 이번에 새롭게 자라트라 요새에서 관리 장교 자리에 앉은 자를 아십니까? 아주 괜찮은 에실린인데, 직접 보니 탐나더군요."

　"누구?"

　"스루딘이라고 하던데…."

— 3장 —

❴ 찾아온 기회와 던져진 미끼 ❵

동이 트려면 아직 먼 새벽, 모두가 깊이 잠든 자라트라 요새의 병사장실 안에서는 꿈결에 뒤척이는 루딘의 모습이 보인다. 그는 무슨 악몽을 꾸는지 잔뜩 찡그린 얼굴로 식은땀을 흘린다. 감은 눈 아래로 두 눈동자가 빠르게 움직인다. 팔과 다리를 조금 허우적대던 그는 숨을 몰아쉬며 두 눈을 번쩍 뜬다.

"으으…. 헉!"

두근두근. 심장이 요란하게 뛴다. 그의 은색 머리카락 몇 가닥이 젖은 이마에 달라붙어 있다. 루딘은 불안한 표정으로 일어나서 보리얀이 있는 곳을 살핀다. 저 너머 침대에서 곤하게 잠들어 있는 그녀의 모습이 보인다. 루딘은 가슴을 쓸어내린다.

'휴우, 꿈이었어.'

그는 잠시 앉아서 호흡을 가다듬는다. 눈동자가 두려움으로 떨린다. 그는 손을 들어서 이마의 땀을 훔친다. 온몸이 식은땀으로 젖어 있다. 조용히 일어선 그는 젖은 윗옷을 벗은 후, 주변의 마른 천을 들고서 소리 없이 방을 나선다.

청결실로 간 루딘은 텅 비어 있는 온천으로 들어간다. 경직된 몸에 따뜻한 물이 닿자, 긴 숨이 입술 사이로 흘러나온다. 잠시 앉아 있던 루딘은 천천히 몸을 누인다. 수증기 아래로 머리끝까지 더운물이 차오르며 그의 심장 소리 이외에는 아무것도 들리지 않는다.

"······."

몸을 감싸는 물의 온기에 서쪽 호수에서의 나날이 떠오른다. 시간이 지나고 장소가 변해도 물속에서 느껴지는 감정은 언제나 똑같다. 집 같은 포근함과 함께 밀려오는 익숙한 슬픔, 다시 볼 수 없는 가족들에 대한 그리움, 그리고 죽음이 남기고 간 상실이라는 어두운 그림자···.

다시 악몽의 장면이 떠오른다. 처참하게 부서지는 배와 가라앉는 보리얀의 모습. 혹시 그 저주의 순간이 점점 다가오는 것은 아닐까. 불안에 숨이 막힌다.

'아직도 보리얀은 모르고 있겠지. 내가 진짜 두려워하는 게 뭔지.'

이제 그녀의 존재는 마치 자신의 일부처럼 느껴지지만, 어느 순간 묘한 설렘과 호기심으로 그의 심장을 뛰게도 한다. 그렇기에 아름다운 여인이 된 그녀의 곁에 있는 것은 황홀한 일인 동시에 인내가 필요한 일이다. 루딘이 조금씩 숨을 내뱉자 보글거리는 기포가 수면 위로 올라온다.

'그 애와 단둘이 이야기를 나누기 위해선 훈련이 끝날 때까지 하루 종일 기다리며 참아야 해. 가끔 협동 훈련이 있는 날은 웃으며 장난을 걸고 싶은 충동을 참아야 하고. 그리고 밤에는···.'

루딘은 자신도 모르게 입술을 조금 깨문다. 비밀이지만, 모두가 잠든 밤에는 보리얀의 입술을 향해 빠져들고 싶은 마음을 참아야 한다. 하지만 그것보다 가장 참아 내기가 힘든 것은 따로 있다. 그런 자신을 쳐다보는 그녀의 눈빛이다. 그 우정어린 눈빛.

루딘의 머릿속에는 도저히 떨쳐낼 수 없는 기억이 떠오른다. 누군가 보리얀을 찾아왔었다. 키가 훤칠하게 큰 사내였는데, 그는 갈색 망토에 달린 모자를 깊게 눌러쓰고 있었다. 그 사내는 병사장실 밖으로 보리얀을 불러내서는 헤사티오 열매가 가득 담겨 있는 커다란 자루를 건넸다. 그리고 그때, 열린 문틈으로 루딘은 똑똑히 보았다. 지금껏 자신을 바라보는 눈빛과는 전혀 달랐던, 그 사내를 향한 보리얀의 눈빛을. 상기되던 보리얀의 얼굴과 그들이 헤어지며 나누던 '바르벨루스식 인사'….

순간 가슴 속에서 무언가 뜨거운 것이 치밀어 올라, 루딘은 수면 위로 향하며 숨을 내뱉는다.

"푸후우!"

물속에서 나온 루딘은 숨을 크게 들이쉰다. 보리얀의 말에 따르면 그 사내는 분명 고마운 존재였다. 고문에서부터 그녀를 구해주고 따뜻한 마음으로 보살펴주는 상급 슈라문이라고 했으니까. 하지만 그를 떠올리는 루딘의 마음은 한없이 불편하기만 하다. 솔직한 마음으로는 보리얀을 요새에서 데리고 나가서 도망치고 싶은 생각이 굴뚝 같다. 그녀가 배 근처에도 갈 수 없는 곳에서 모테라의 저주로부터 안전하게, 그리고 그 사내가 더는 그녀를 찾을 수 없게.

잠시 앉아서 호흡을 가다듬던 루딘은 피식 웃는다. 이른 새벽이라 그런지 말도 안 되는 생각들이 고개를 내민다. 그는 잠시 수면 위를 가만히 응시하더니 엷은 미소를 짓고 나직이 중얼거린다.

"…나도 참. 무슨 생각을 하는 건지."

그는 복잡하게 끓어오르는 마음을 욱여넣듯이 다시 물속으로 잠수한다.

한편, 푸른 새벽빛이 내린 바르벨루스의 중앙 도서관에서는 누군가 제카르슘과 마주 서 있다. 비밀리에 만난 그들의 주위에는 아무도 없다. 망토의 모자를 벗자 드러나는 즈로이아의 얼굴을 보며 제카르슘은 씩 미소를 짓는다.

"…물건은?"

"서신으로 그렇게 협박을 하셨으니 가지고 올 수밖에요. 갑자기 부르신 이유부터 좀 말씀하시지요?"

즈로이아의 가시 돋친 말투에서는 증오가 느껴진다. 제카르슘은 씩 웃더니 비꼬는 투로 말한다.

"흠. 이제야 네가 나한테 궁금한 것이 생겼나 보구나. 그렇지?"

"……."

즈로이아는 화를 억누르며 차가운 목소리로 묻는다.

"대답하세요. 갑자기 물건을 가지고 오라고 한 이유가 뭡니까? 그리고 내 자매들의 라플라 부대는 왜 건드리려는 거죠?"

"하하. 내게 원대한 계획이 있거든."

제카르슘은 즈로이아에게 스윽 다가가며 말을 잇는다.

"드디어, 우리의 아들을 죽인 놈을 사냥할 것이다."

"…무, 무슨 소립니까?"

"그 마에린 놈 말이다. 모든 조치가 끝났으니 이제 실행에만 옮기면 된다."

늘 묘한 여유로움이 흐르던 즈로이아의 눈동자가 흔들린다.

"사냥이라니, 그럼 고작 그 한 놈을 죽이자고 라플라 부대를 동원할 생각이

신 겁니까?"

"설마. 다 계획이 있으니 걱정하지 말 거라. 명령만 제대로 따르면 네 자매들이 다치는 일은 없을 테니까. 하지만 거역한다면, 그때는 좀 걱정해야 할 게야. 내가 명령에 불복하는 놈들을 어떻게 처분하는지는 너도 잘 알겠지?"

즈로이아는 아무 말 없이 그를 노려보며 생각한다.

'샤테이드를 난도질이라도 할 작정인가? 이상하군. 지금까지 이렇게까지 도를 넘는 일은 없었는데….'

그녀는 의심스러운 얼굴로 묻는다.

"이게 솔리디몬 님께서도 승인한 일입니까? 그분의 일 처리 방식 같지 않은데요."

"그놈 이름은 두 번 다시 입 밖에 꺼내지 마라. 곧 내가 직접 없앨 것이니. 일단 우리 아들에 대한 복수가 먼저다. 너도 날 도와야 할 것이야."

즈로이아는 제카르슘의 일그러진 얼굴을 보고 두 무니안의 사이에 무슨 일이 생겼음을 직감한다. 그녀는 회심의 미소를 숨기며 빈정거린다.

"훗, 복수라니. 그런 계획에 마음대로 저를 포함시키지 마시지요. 당신에게 겁탈당해서 낳은 자식, 한 번도 내 아들로 생각해 본 적 없습니다. 죽었다는 소식을 들었을 때도 하나도 슬프지 않더군요. 차라리 속이 다 시원하던데."

"이런 독한 년!"

제카르슘이 이글거리는 눈으로 힘껏 즈로이아의 멱살을 쥔다. 하지만 즈로이아는 숨이 막히는 가운데에서도 눈을 치뜨고 그를 비웃듯이 내뱉는다.

"흐읍, 낳자마자 얼굴도 한번 못 보게 하고 데려가더니, 이제 와서 무슨 정을 바라는 겁니까? 듣자 하니 당신도 아비 노릇을 제대로 한 것 같지는 않던데…."

"닥쳐라!"

제카르슘은 분노에 겨워 즈로이아를 내던진다.

"컥, 컥! 콜록콜록!"

바닥으로 나동그라진 즈로이아가 엎드려서 숨을 몰아쉰다. 제카르슘은 그런 그녀를 이글거리는 눈으로 노려보다가 끓어오르는 화에 한 손을 번쩍 든다. 하지만 이내 주먹을 꽉 쥐고서는 손을 천천히 내린다. 그는 씩씩대며 나지막히 말한다.

"…넌 항상 이 모양이었지. 지금껏 내가 모든 것을 주었음에도, 단 한 순간도 그걸 고마워하지 않았어. 결국 너도 다른 놈들과 똑같았던 거야. 어떻게든 날 이용하려고만 하는 이 더러운 노예 출신 계집."

그는 한쪽 몸을 숙여서 즈로이아의 눈을 노려본다. 그녀의 연한 갈댓빛 눈동자에서 그에 대한 경멸이 느껴진다. 제카르슘은 그런 즈로이아의 얼굴을 잡아서 들어 올리며 말을 잇는다.

"네 반반한 얼굴에 가득한 오만방자함을 보면 피가 거꾸로 솟는다만, 어디 두고 보거라. 난 끝까지 널 가지고 말 테다. 한번 마음먹은 건 손에 넣어야 직성이 풀려서 말이야. 네 몸은 이미 가져보았으니, 이제 반드시 네 복종을 받아내고야 말 것이야. 내가 훌라르를 없애고 무니안 놈들까지 죄다 처리하면…. 그땐 너도 내게 굴복할 수밖에 없을 테지."

"……."

즈로이아는 가소롭다는 듯이 그를 노려보더니 냉기가 흐르는 미소를 걸친다.

"글쎄, 굴복의 정의를 다시 생각해 보시지요. 결국 내 반반한 얼굴에 홀려서 내가 원하는 자리에 앉혀준 것은 당신이 아닙니까? 내가 어떤 독한 말을 내뱉어도 당신은 날 못 죽입니다. 내가 던진 모든 유혹의 덫에 굴복한 건 당신이라고요. 손에 잡히지 않는 나를 가지고 싶어 미치겠지요? 반반한 껍데기만 보니까 그럴 수밖에요. 자, 어디 한번 이걸 보시지요."

그녀의 말이 끝나는 순간, 즈로이아의 얼굴이 점점 변하기 시작한다. 젊음으로 빛나던 그녀의 얼굴은 곧 흉측한 노파의 얼굴로 일그러진다. 쭈글거리는 입은 들쥐의 주둥이처럼 기형적으로 툭 튀어나와 있고, 시커먼 눈 주변은 푹 꺼져서 마치 해골 같다. 머리카락이 듬성듬성하게 다 빠진 이마에는 사마귀들이 솟아 있다. 그녀는 갈라지는 목소리로 이렇게 말한다.

"자, 어떠십니까? 아직도 가지고 싶으신지요, 이 셰트린 마녀를?"

제카르슘의 표정에는 순간적으로 당황스러움과 거부감이 스친다. 흐르는 침묵 사이에서 잠시 그 모습을 응시하던 즈로이아는 씨익 웃는다. 그리고 서서히 본래의 모습으로 얼굴을 바꾸며 말한다.

"만약 내 자매들의 라플라 부대가 무사히 돌아오지 못한다면, 당신이 가지고 싶어 하는 이 반반한 여인은 두 번 다시 볼 수 없을 겁니다. 나도 당신에게 당한 걸 생각하면 작은 복수를 해야 하지 않겠습니까?"

그러자 제카르슘은 껄껄 웃는다.

"하하, 역시 대단한 마법이군. 고대 셰트린의 힘을 가진 자들은 제 모습뿐만 아니라 모든 금속과 광물까지도 자유자재로 다룰 수 있다지? 네가 마녀로서 가진 힘은 일찍이 알았다만, 그 고운 껍데기 속에 이런 모습까지도 숨기고 있었구나. 뭐…. 생각해 보면 너도 곧 죽을 나이가 다 되었으니 그럴 만도 하겠지."

제카르슘은 흥미롭다는 듯이 그녀의 얼굴을 바라보며 알 수 없는 미소를 짓는다.

"이래서 내가 너를 가지고 싶다는 거다. 바로 진짜 네 모습이 없다는 것. 그게 나와 똑같거든. 우리는 껍데기만 있지, 그 껍데기가 없으면 아무것도 아닌 놈들이 아니더냐? 넌 젊고 반반한 여인의 껍데기를 쓰고, 난 성스러운 무늬 안의 껍데기를 쓰고…. 나는 잔인하게, 너는 독하게 이 자리에까지 올라왔지. 반반한 계집들은 많아도 너 같은 계집은 없다. 지금까지 내 손에 잡히지 않은 건 너 하나거든."

"호호. 칭찬이 과하시네요. 누가 들으면 저를 몹시 짝사랑하시는 줄 알겠습니다."

즈로이아가 슬쩍 입꼬리를 올리고 말하자, 제카르슙은 그녀의 손을 우악스럽게 쥐고 바닥에서 일으켜 세운다.

"어디 계속 발악해 보거라. 그래도 네년은 죽을 때까지 내 손아귀에서 못 벗어난다. 이제 물건이나 내놓아라."

"……."

즈로이아는 잠시 아무 말 없이 서서 그를 노려본다. 침묵이 흐르는 가운데 그녀는 천천히 품을 더듬는다. 그리고 망토 속에서 작은 주머니를 꺼내 든다. 제카르슙은 그것을 탁 낚아챈다. 주머니를 열어 물건을 확인한 그는 낮은 목소리로 묻는다.

"이번 물건의 주의사항은?"

"흠, 같은 걸 자꾸 물어보시네요? 아무리 수액의 힘이 강하다고 해도, 이미 타고난 능력으로 힘을 다루는 자보다 강할 수는 없다니까요. 그런 이들은 벌써 이렇게 수액이 되어버렸는데 걱정할 게 뭐라고. 소심하긴."

"말조심해라."

제카르슘은 경고라도 하듯 그녀를 쳐다보더니 이내 걸음을 옮겨서 도서관 밖으로 나가버린다.

뚜벅거리는 그의 발소리가 울리며 점점 멀어지자, 즈로이아는 알 수 없는 미소를 짓고 그의 뒷모습을 응시한다.

'…드디어 솔리디몬과 틀어졌다 이거지? 이제 네놈이 죽을 때도 머지않았겠구나. 멍청한 사내들은 언제나 자신의 힘을 과대평가한다니까. 그게 그놈들을 주무르기 쉽다는 장점이기도 하지만.'

그녀는 중앙 도서관을 휙 둘러본다. 자물쇠로 굳게 잠겨 있는 금서들의 칸이 보인다. 그녀는 새로운 에실린 군주에 대한 예언을 떠올리며 미소를 짓는다.

'지금쯤이면 그 세 무니안 놈들이 스루딘에게 작업을 시작했을 것이고…. 이제 난 아르테스와 몰래 만나기로 한 시간까지 여기 숨어 있으면 되겠군. 모처럼 바르벨루스까지 왔으니 사탕도 전해주고, 오늘은 조금 재미있는 얘기를 해줘야겠어. 이제 그 애도 슬슬 알 때가 되었으니까.'

새들이 지저귀는 소리를 따라 이른 아침이 밝아온다. 자라트라 요새에서는 협력 훈련 중인 병사들의 소리가 바쁜 하루의 시작을 알린다. 스루딘은 고민스러운 표정으로 서류를 들여다보고 있다. 그는 앞에 앉아서 함께 서류를 검토하는 바얀을 향해 묻는다.

"에휴…. 언제나 남쪽 해상이 말썽이지. 또 정찰 명령이라니. 자네, 정말 갈 거야?"

"바르벨루스에서 직접 지시한 정찰인데 선택의 여지가 있겠는가."

스루딘은 탐탁지 않다는 듯이 바얀을 바라보고 궁시렁거린다.

"그러니까 내가 뭐랬나? 너무 잘해도 안 된다고 했지? 남쪽 해상에서 예전에 자네가 세운 공이 너무 커서 이렇게 된 것 아닌가. 하필이면 자네의 도움이 필요하다니 원⋯. 어떻게 벌써 그쪽까지 자네 실력에 대한 소문이 들어간 건지."

"너무 걱정하지 말게, 스루딘. 서류를 잘 보면 별로 어려운 정찰도 아니잖나. 난 그저 후속 부대들을 위해서 사기를 진작시켜주고 앞길만 터주는 역할을 하면 되는 걸 뭐."

"그럼 병사장들은 누굴 데리고 갈 건가? 훌라르 님의 요청대로 지오투스와 사타니크는 이미 차루타스로 보내기로 했는데⋯. 자네가 그들을 데리고 가려면 부대를 다시 배치해야 할 거야."

"아닐세. 전에도 합의했다시피, 훌라르 님의 작전을 고려했을 때는 차루타스 출신인 지오투스와 육탄전에 출중한 사타니크를 보내는 것이 나을 거야. 한방을 쓰며 돈독한 사이기도 하고, 부대원들끼리 협동 훈련도 많이 시키는 것 같더라고. 함께 보내면 서로 도움이 될 것이네."

"그러면 누굴 데리고 갈 건가?"

바얀은 빙긋 웃고 스루딘에게 고급스러운 종이쪽지를 하나 건넨다.

"여기, 이런 서신을 받았네. 한번 읽어보게."

스루딘은 바얀이 건네는 것을 들어서 읽는다. 바르벨루스의 직인이 새겨진 것으로 보아서 최소한 상급 슈라문 이상의 사람이 직접 보낸 것이다. 편지에는 바얀의 뛰어난 통솔력을 칭찬하며 부디 남쪽 해상의 정찰을 잘 부탁한다는 내용이 적혀 있다. 또한 그의 딸인 자라트라의 병사장 보리얀을 훌륭한 본보기로 세워, 앞으로 여자 병사들이 입대할 수 있는 여건을 만들 계획이라고도 적혀 있다. 주욱 읽어 내리던 스루딘은 마지막 문장들을 중얼거리며 읽는다.

"…그렇기에 이번 정찰에 두 부녀가 함께하여 요새의 이름을 빛내준다면, 사라브라의 발전적인 미래에 큰 도움이 될 것이라고 믿는다. 부디 바얀 책임 선장과 보리얀 병사장 및 다른 부대원들이 안전히 귀환하여, 영웅적인 본보기를 보여주기를 기대한다."

편지를 읽은 스루딘이 눈을 둥그렇게 뜨고 묻는다.

"그럼 보리얀도 데리고 가라는 거잖아? 정말 그럴 생각인가?"

"뭐, 어차피 이 요새에서 정찰은 피할 수 없는 것이잖나. 보리얀에게는 이 요새에서 나서는 첫 정찰이 될 테지. 보고서에 적힌 괴물들을 보면 저번처럼 그렇게 위험하지도 않아. 보리얀에게도 좋은 경험이 될 걸세."

"아이고 팔자야. 그럼 나머지 병사장으로 누가 갈지는 딱 예상이 되는군."

스루딘의 말에 바얀은 잘 모르겠다는 표정을 지으며 어깨를 으쓱한다. 그러자 스루딘은 한숨을 푹 내쉬고 고개를 절레절레 젓는다.

"에이, 이런 답답한 사람. 루딘이 제 아버지인 나보다 자네의 딸을 더 따르는 걸 알지 않는가? 저번에 그 애를 억지로 정찰에 데려가서 보리얀과 떨어뜨려 놓았더니, 거의 부자의 연이 끊길 뻔했네. 그때 단단히 약속했어. 무슨 일이 있더라도 정찰을 갈 때에는 보리얀하고 같이 가게 하는 걸로."

"그래? 그럼 루딘을 보낼 텐가?"

"선택의 여지가 없다니까. 또 옛날처럼 밀항이라도 하면 어떻게 하라고."

"하하, 루딘은 여러모로 참 믿음직한 젊은이야. 역시 자네를 보고 배운 것이겠지?"

"휴우. 원래 아이들은 부모에게서 닮으라는 것은 안 닮고, 쓸데없는 것만 닮지 않나. 다 내 잘못이겠지."

서로 이런저런 말을 주고받는 스루딘과 바얀을 보며 문가에 서 있는 켄트라가 빙긋 미소를 짓는다. 그는 예전에 자신의 아버지가 돌아가셨을 때 마지막으로 해주셨던 말을 떠올린다.

'···켄트라, 진짜 가족은 핏줄이 아니라 마음이 만드는 거란다. 부디 네가 가족처럼 따를 수 있는 분을 모시거라.'

그 후, 며칠간 자라트라 요새는 정찰 준비 때문에 한창 분주해진다. 스루딘은 보고 사항을 꼼꼼히 챙기고, 최대한 병사들이 안전히 정찰을 할 수 있도록 만전을 기한다. 보리얀은 바르벨루스의 특명에 자신의 이름도 적혀 있었다는 것에 조금 들뜬 눈치다. 하지만 루딘은 별로 마음이 편해 보이지 않는다. 그는 스루딘에게 괴물들이 그리 걱정할 수준이 아니라는 것을 듣고 나서야 비로소 조금 안심한다. 아버지가 보리얀과 함께 자신을 정찰에 합류시켰다는 건 그만큼 안전하다는 뜻이니까.

루딘에게 내색하지는 않지만, 사실 보리얀의 생각 한구석에도 모테라의 저주가 떠나지 않는다. 하지만 바르벨루스의 명이기에 피할 수도 없는 상황이므로 그녀는 훌라르가 예전에 해준 말을 떠올리며 마음을 다잡는다. 그런 저주 같은 것은 믿지 않는 것이 상책이라고. 그녀 부대의 병사들은 다들 바얀과 보리얀이 함께 떠나는 명예로운 정찰에 참여하고 싶어서 훈련에 열중한다.

중앙 섬의 서쪽이 그렇게 복작스러운 가운데, 남쪽 도시 차루타스에서는 그보다도 더 정신없는 혼란이 일어나고 있다. 널찍하게 잘 닦인 도로 위는 온갖 사람으로 북적인다. 거리에서 무니안들을 비판하는 연설을 하는 자들과 그들을 막으려고 의회에서 보낸 자들이 서로 옥신각신하고 있다. 그러던 중 사내 한 명이 목에 핏대를 세우고 외친다.

"의회의 의원들은 들으시오! 우리의 의견을 바르벨루스에 전해달라고 한 지가 보름이나 넘었소! 그대들을 그 자리에 앉힌 게, 바르벨루스의 시종 노릇이나 하라고 그런 줄 아시오?"

그러자 주변에 있던 사람들은 옳소, 하며 그를 옹호한다. 옆에 있던 다른 이도 목소리를 낸다.

"의회에서 못하겠다면 우리가 직접 바르벨루스로 갑시다! 전 모크샤 샤카르문께서는 분명 모든 사람에게 다 신성이 깃들어 있다고 하셨습니다. 모크샤님은 본디 만인을 사랑하시고 만인들에게 사랑을 받는 존재인데, 왜 우리는 그 신성한 알이 어찌 되고 있는지 볼 수가 없단 말이오?"

"맞소! 게다가 무니안들의 숨겨진 자식에 대한 이야기는 또 어떻고? 슈라문 자리를 비롯해 온갖 요직에 앉아 있는 이들이 그렇게 많다면서? 전에 처형당한 자라트라 요새의 부패한 관리 장교에 대한 소문 들었소? 그자 또한 그동안 무니안 아버지의 힘을 빌려 엄청난 사람들을 죽였다는 게 밝혀졌다고 하더이다!"

"뭐야? 내 조카도 자라트라 요새에 있는데!"

사람들은 웅성거리며 의회에서 보낸 이들을 밀치고 성난 소리로 분노를 표출한다. 훌라르는 좁은 길목의 그늘 속에는 그 모든 풍경을 조용히 지켜보고 서 있다. 팔짱을 낀 채 벽에 기대고 있는 그의 뒤에서, 세네칼이 고개를 내밀고 속삭인다.

"훌라르 님. 자라트라 요새에서 병사들을 보낼 준비가 끝났다는 서신이 왔습니다. 하칠소아에게 작전을 일러두었으니, 병사들이 도착하는 대로 함께 그것을 수행할 것입니다."

"그렇소? 하길웨인이 의원들 사이에서 역할을 제대로 해주었나 보군."

"네. 의원들이 그의 말에 동요되어 자라트라 병사들을 몰래 들여오는 걸 찬성했다고 합니다. 내려왔던 슈라문들은 시민들을 진정시킬 방법이 있다는 걸 보고 받은 후에 돌아갔고요. 의원들이 바르벨루스의 녹을 받아서 그런지, 무니안들이 더 심각하게 생각하기 전에 서둘러 사태를 수습하려는 압박이 큰가 봅니다."

훌라르는 고개를 끄덕인다.

"흠. 알겠소. 혹시 요새에서 온 다른 소식은 없고?"

"보리얀이 궁금하신 거지요? 안 그래도 말씀드리려고 했는데, 그 아이가 바얀 책임 선장과 첫 정찰을 나갈 것으로 보입니다. 남쪽 해상이라던데⋯. 스루딘 관리 장교가 보낸 서신을 보니 그렇게 위험하지는 않은 것 같습니다."

"정찰이라고?"

훌라르가 정색을 하며 세네칼을 돌아본다. 세네칼은 훌라르를 조금 진정시키듯이 속삭인다.

"자자, 일단은 너무 걱정 마세요. 후발 부대의 길목만 터주는 역할이라고 했습니다. 슬슬 걸음을 옮기시지요. 피트레온이 기다리고 있을 겁니다."

훌라르는 걱정이 가득한 얼굴로 마지못해 발걸음을 돌린다.

'하필 내가 요새에 가지 못할 때 정찰이 잡혀버리다니. 보리얀을 명단에서 빼라고 직접 서신이라도 보내야 하나? 그래도 군법이라는 것이 있는데, 그게 현명할지는 모르겠군.'

세네칼은 그의 오른팔을 쳐다보며 묻는다.

"팔의 상처는 좀 어떠십니까? 암살자들과 싸우시다가…."

"괜찮소. 칼날이 살짝 스친 정도요. 어쨌든 날 죽이려는 놈들이 들이닥쳐도 여태껏 내가 슈라문 자리에 있는 걸 보니, 그분이 나를 지키고 계시긴 한 것 같군."

그 말을 듣고 세네칼은 다시 생각해도 끔찍하다는 듯 손으로 이마를 짚는다.

"휴우…. 아무리 전설의 라델린 님께서 지켜주셔도 그렇지, 훌라르 님의 뛰어난 검술이 아니었다면 우린 이미 죽은 목숨이었을 겁니다. 오늘은 다른 장소에 묵을 곳을 잡아놨습니다. 눈에 띄지 않는 좀 더 안전한 곳으로요."

둘은 예전에 피트레온을 만났던 여관에 다다른다. 여관 안은 수군거리며 떠들어대는 사람들의 목소리로 온통 시끄럽다. 저기 안쪽에, 그들에게 귀를 기울이며 차를 홀짝거리는 피트레온의 모습이 보인다. 그는 사람들의 이야기에 집중한 나머지 훌라르가 왔는지 모르는 눈치다. 훌라르는 그의 옆에 다가가서 기다란 검지로 그를 툭툭 친다. 피트레온은 놀라서 마시고 있던 차를 조금 도로 내뿜는다.

"무슨 얘기가 그렇게 재밌는데 내가 오는 것도 못 보나, 피트레온?"

훌라르가 묻자 피트레온은 자리를 조금 비켜 앉아서 그들이 앉을 자리를 만든다.

"아니, 전에 봤을 때와 이곳의 분위기가 많이 변해서 말입니다. 이제는 사람들이 그냥 불만을 수군거리는 수준을 넘어서, 무니안을 지지하는 세력들과 맞서 싸우기라도 할 기세네요. 어떻게 이 도시를 이렇게 만드신 것입니까? 아무리 하칠소아와 하길웨인이 도왔다지만…."

"사용한 방법은 많지만 핵심은 별거 없다네. 사람들에게 자기 힘을 일깨워 주는 거지. 대중은 자신이 할 수 있는 일에 열광하거든. 자존심 높은 차루타스 시민들에게, 그들이 사실상 바르벨루스의 노예였다는 걸 깨닫게 해 주었다네. 안 그래도 가득 차 있던 그들의 불만과 의심에 불씨를 던진 셈이지."

"아이고, 콧대 높기로 유명한 여기 사람들의 자존심을 건드리셨다고요? 역효과가 나지 않은 게 다행이네요. 노예라니…."

작은 목소리로 속삭이는 피트레온에게 훌라르가 씩 미소 짓는다.

"노예가 별것인가? 자신의 힘을 포기하고 생각하길 멈추는 순간 누구나 노예가 되는 거야. 달랑 증서 한 장으로 노예가 만들어지는 게 아니잖나. 무니안들의 성스러움이 주는 공포, 이 도시를 움직이는 황금의 힘, 그리고 잘못된 세상에 대항하기 두려워하는 개인의 나약함이 모두를 노예로 만드는 것이지."

훌라르의 말에 세네칼이 고개를 끄덕이며 덧붙인다.

"우리는 사람들이 듣고 싶어 하는 얘기와 그들의 힘으로 할 수 있는 것들을 효과적으로 귀띔해 준 게 답니다. 무니안들의 거짓된 성스러움과 그들의 숨겨진 자식, 황금 때문에 차루타스에 생기는 종속적인 세금 문제, 그리고 이 도시에서 봉기하는 사람들이 모크샤를 탄생시키는 영웅이 될 것이라는 것 등등…. 나머지는 목소리가 큰 자들에게 맡겼지요."

피트레온은 고개를 끄덕이다가 무언가 생각이 났는지 듯 눈을 동그랗게 뜬다.

"황금 얘기가 나왔으니까 말인데요, 듣자 하니 바르벨루스에서 차루타스를 압박할 목적으로 세금을 더 거둬들이겠다고 했나 봅니다. 현재 이곳에서 유통되는 금 물량에도 지장을 미칠 정도인가 보던데…. 혹시 이게 훌라르 님께 도움이 되는 상황일까요?"

"흐음. 도움이 되는 상황으로 만들어 봐야지. 앞으로 무슨 일이 벌어질지는 자차 알게 될 테니, 이제 동쪽 호수와 미다스 궁의 소식을 좀 말해 보게."

훌라르가 묻자 피트레온은 잠시 주변을 살피고 속삭인다.

"말씀하신 대로 미다스 궁의 즈로이아를 만났습니다. 알고 보니, 이미 그 여자는 바르벨루스로 가는 노예와 황금의 양을 줄일 생각이 있었나 보더라고요. 전에 무니안들과 모종의 거래를 했던 것 같던데…. 아무튼 훌라르 님의 뜻을 따라서 바르벨루스로 갈 물자를 더 묶어두겠답니다. 그런데 언제나 그렇듯이 조건을 걸더군요. 무니안들에게 훌라르 님의 명을 받은 것이 발각될 시자기가 위험하다며, 자라트라의 정예병을 좀 보내달라고 했습니다."

"그렇군. 비슷한 요구를 할 거라고 예상은 했지. 그 여자는 항상 병력을 가지고 싶어서 안달이었으니까. 좋아. 그녀에게 정예병들을 보내주겠다고 서신을 보내게."

피트레온은 깜짝 놀란 눈으로 훌라르를 쳐다본다.

"네? 정말 요새의 병사들을 보내시려고요?"

그러자 훌라르가 나긋한 목소리로 대답한다.

"병사들을 왜, 어떻게 보낼지는 아직 말하지 않았잖나. 생각해 놓은 이들이 있어. 일단 차루타스에 병사들이 당도하면 곧 지시를 내릴 테니 기다리게. 그건 그렇고, 내가 진짜로 알아보라고 했던 건 어떻게 됐나?"

"에휴, 말도 마십시오. 정말 목숨이 위태로웠다니까요. 지시받은 대로, 표면상으로는 앞서 말씀드린 내용을 즈로이아와 논의하러 온 것처럼 행동했습니다. 그리고 차루타스로 돌아오는 척하며 동쪽 호수로 갔지요. 그런데 거기서 정말 이상한 것들을 봤습니다. 정신을 잃은 어린 애들이 거적때기 같은 것에 둘둘 말려서 이상한 노예선들에 태워졌는데, 글쎄 그 노예선이…."

피트레온은 목소리를 낮추며 훌라르에게 고개를 가까이 대고 말을 잇는다.

"그 노예선이 날지 뭡니까."

훌라르는 제정신인가 하는 표정으로 미간을 찌푸리며 피트레온을 쳐다본다. 그러나 그 옆에 앉아 있는 세네칼은 굳은 얼굴로 말한다.

"라플라, '배 새'들이군요."

"선생이 아는 것들이오?"

훌라르가 묻자 세네칼이 고개를 끄덕인다.

"수행자들의 도시, 케파르카 지역에서 공부할 때 들은 적이 있습니다. 샤테이드에 서식하는 독특한 야생 동물에 대해 말이지요. 그곳의 마녀와 연금술사들이 그것들을 가축처럼 길들여 놓았다는 소문이 돌더군요. 샤테이드는 워낙 비밀스러운 곳이라, 아마 많은 이들이 라플라에 대해서 알지는 못할 것입니다. 그런데 거기에 동쪽 호수의 아이들을 실어서 갔다니…."

그 말을 들은 피트레온이 한숨을 내쉰다.

"휴우, 그래서 제가 샤테이드로 따라갔다는 것 아닙니까. 무슨 일인지 알아내려고요."

훌라르는 놀란 눈으로 피트레온을 바라본다.

"정말? 아주 믿기 힘들군. 자네답지 않은데?"

"곰곰이 생각해 보니까, 이상한 배들이 샤테이드로 향한다는 것을 안 이상 그냥 돌아갔다가는 훌라르 님께서 절 가만두지 않으실 것 같더라고요. 그래서 이왕 여기까지 왔는데, 다시 귀찮게 왔다 갔다 하지 말고 일을 한꺼번에 처리해야겠다는 생각이 들었습니다."

"하하, 훌륭하군. 이런 식으로 자네의 귀찮음이 쓸모가 있을 때도 있다니. 어서 말해보게. 목숨 걸고 샤테이드에 가서 알아낸 게 무엇인가?"

피트레온은 마른침을 꿀꺽 삼키고 입을 연다.

"끔찍합니다. 노예상 중 하나를 어렵게 매수하여 그의 조수인 척 배에 탔는데, 그 배가 날아서 샤테이드까지 갔습니다. 마녀들이 사는 곳이라고 들어서 예상은 했지만 풍경이 참…. 경비도 어찌나 삼엄하던지. 어쨌든 애들을 끌고 들어간 곳에서는 분명 무슨 이상한 일들이 일어나고 있었습니다. 자세히는 볼 수 없었지만 자지러지는 비명이 들렸거든요. 그런데 애들 중 하나가 도망가려고 하다가 제 바지를 붙잡았는데, 제 바지에서 연기가 나지 뭡니까! 엄청 뜨거워서 깜짝 놀랐습니다. 마치 그 아이의 손이 닿는 곳에 불이 붙는 것 같더라니까요. 마에린 애인 것처럼 보였습니다만…."

피트레온은 훌라르를 바라보며 말끝을 흐린다. 훌라르의 눈이 번뜩이는 것에 섬칫 놀랐기 때문이다. 그는 훌라르의 눈치를 살피며 이렇게 말을 잇는다.

"아무튼 거기 모인 애들은 하나같이 이상했습니다. 물론 마녀들은 더 이상했고요. 그런데 제일 이상한 건, 거기서 즈로이아를 봤다는 겁니다."

"뭐라고?"

훌라르와 세네칼은 놀란 얼굴로 피트레온을 응시한다.

"제가 샤테이드에서 다시 동쪽 호수로 가려고 할 때, 즈로이아가 그 섬에 도착하는 걸 봤습니다. 저는 황급히 몸을 숨겼고요. 마녀들이 그 여자를 아주 정중하게 맞이하는 걸 봤습니다. '물건이 준비되었다'고 하면서요. 그 물건이 뭔지는 잘 모르겠습니다만, 아무튼 뭔가 대단한 건가 봅니다."

충격을 받은 훌라르는 아랫입술을 손가락으로 매만지며 깊은 생각에 빠진다. 한동안 침묵이 감돈다. 이어서 그는 무언가 깨달은 듯, 뒤통수를 얻어맞은 것 같은 얼굴로 중얼거린다.

"샤테이드. 왜 그 생각을 지금까지 못 했을까."

시간이 흘러 어둑어둑한 밤하늘이 내려앉는다. 바르벨루스에서는 별들이 하나둘 고개를 내밀기 시작한다. 공중 정원에는 전설의 라델린과 함께 나타났다는 거대한 나무가 뿌리를 내리고 있다. 초승달같이 생긴 공중 정원은 탑 내부로 이어진 계단 하나와 연결되어 있을 뿐, 말 그대로 허공에 떠 있다.

"사르낫 님!"

누군가 공중 정원을 향해 계단을 올라오며 외친다. 계단의 끝과 맞닿아 있는 둥근 입구에 매달린 반투명한 천이 펄럭거린다. 그 사이로 얼굴을 드러낸 것은 새하얗게 질린 아르테스다. 그녀는 거대한 나무 위를 올려다보며 외친다.

"사르낫 님! 어디 계시나요? 말씀드릴 게 있어요!"

"여기 있단다, 아르테스."

공중 정원까지 이어져 있는 거대한 나무의 뿌리 위 어디선가, 라델린 사르낫의 온화한 목소리가 들린다. 아르테스는 숨을 몰아쉬며 공중 정원의 부드러운 풀 더미에 주저앉고 말한다.

"마침 저를 불러주셔서 다행입니다. 충격적인 걸 들어서 하루 종일 표정을 숨기고 있기가 힘들었는데…. 미다스 궁주 즈로이아가 비밀리에 만나자길래 일찍 중앙 도서관에 갔었습니다. 그런데 그 마녀가 제게 너무나도 끔찍한 얘기를 들려주었어요."

"그래? 무슨 일이니?"

"그게…. 지금까지 모든 게 다 거짓이었습니다. 솔리디몬과 다른 무니안들에게 신성한 힘이 있는 게 아니었어요. 죄다 사기꾼들이었다고요!"

아르테스는 마음을 진정시키려고 애쓰며 떨리는 목소리로 말을 잇는다.

"여기 있는 무니안들 모두가 지금껏 사람들을 속인 거예요. 그들은 신성한 에실린의 힘을 가진 것도, 타고날 때부터 긴 수명을 가진 것도 아니었어요! 마녀들의 소굴 아시죠? 그곳에서 정기적으로 이상한 수액을 만들어 바치는데, 다들 그걸 마시고 지금껏 살아남았던 거래요!"

"흐음. 즈로이아가 마침내 네게 그것을 말해준 모양이구나."

"네. 무니안들의 명령 때문에 샤테이드에 갇혀 있는 마녀들 모두가 어쩔 수 없이…. 가만, 혹시 다 알고 계셨던 거예요?"

"너무 노여워하지 말거라, 아르테스. 미래를 본다는 것은 때때로 큰 저주가 될 수 있단다. 알맞은 때를 위해 견디는 것은 정말 참기 어려운 고통이거든."

"예? 알맞은 때라니요? 도대체 무엇을 기다리시는 건데요?"

아르테스가 충격을 받은 듯 이해가 되지 않는다는 표정을 짓자 사르낫은 한숨을 쉬고 천천히 답한다.

"세상이 스스로 변화를 받아들일 준비가 될 때까지 기다리는 중이지. 진정한 기적은 그것을 받아들일 수 있는 이들에게 찾아오거든."

"아니, 지금 당장 그 나쁜 놈들을 몰아내도 모자랄 판인데…. 그놈들이 세상을 이 지경으로 만들고, 그 많은 사람을 죽였잖아요? 어떻게 그냥 가만히 두고만 보세요?"

아르테스가 거의 울먹거리며 분하다는 듯이 묻는다. 사르낫은 그녀의 감정이 조금 가라앉을 때까지 기다린다. 그리고 차분히 말한다.

"얘야, 나라고 왜 화가 나지 않겠느냐. 무력함이 주는 고통을 이 세상 그 누구보다도 오래 경험한 것이 이 늙은이란다. 하지만 그것이 바로 미래를 보는 자가 짊어져야 하는 마음의 무게지. 지금 네가 보고 있는 무니안의 일은 세상의 어리석음 중 일부에 지나지 않는단다. 분노하기 전에, 이전 모크샤 샤카르문 님의 뜻을 생각해 보거라. 무수히 많은 진주의 형상으로 세상에 내리시어 스스로를 희생하신 그분의 뜻을…."

"……."

아르테스가 이해할 수 없다는 표정을 짓자 사르낫은 그녀를 달래듯이 말을 잇는다.

"나는 이 세상에서 그분을 뵌 이들 중 남아 있는 유일한 사람이란다. 샤카르문 님께서는 마지막으로 이런 말씀을 남기셨지. 우리가 '세상에서 가장 귀한 진주'를 바쳐야만, 천 년에 한 번씩 돌아오는 언젠가 다음 모크샤가 탄생할 것이라고. 그래서 나는 세상이 준비되는 때를 기다리는 것이란다. 가슴을 찢는 고통을 감내해야 하더라도…."

담담히 말하는 사르낫의 목소리가 조금 떨리더니, 그는 이내 조용히 훌쩍인다. 아르테스는 그것을 가만히 듣다가 조심스럽게 묻는다.

"사르낫 님…. 우시는 거예요?"

"이천 년을 산 늙은이라고 감정이 없는 건 아니거든. 나도 아픔을 느끼는 사람이란다. 단지 그것을 더 멀리 보고, 더 오래 견딜 수 있는 것뿐이지."

"무슨 일인데 그러세요?"

"그동안 괴로움에 둘러싸여 살았지만, 곧 내가 견디기 어려운 커다란 고통이 찾아올 것 같아서 마음이 아프구나."

그 말을 들은 아르테스는 덜컥 겁이 나는 얼굴로 묻는다.

"네? 그 정도로 큰일이라면 우리가 견딜 수 있을까요?"

"언제나 그렇듯이 견뎌내야겠지. 무슨 일이 있더라도."

"……."

공중 정원에는 잠시 침묵이 흐른다. 풀벌레 소리가 가끔 찌르르거리며 고요함을 메운다. 근심스러운 얼굴로 생각에 잠기던 아르테스가 한숨을 내쉬고 중얼거린다.

"휴우. 언제나 그렇듯이 무슨 말씀이신지는 잘 모르겠어요. 그래도 제가 뭐라도 도울 수 있다면 좋을 텐데, 아무 힘도 없는 어린 애일 뿐이라…."

"아니다, 아르테스. 너 자신이 가진 힘을 믿었으면 좋겠구나. 너는 이 탑에서 유일하게 고대 에실린의 힘을 가진 아이잖니. 네가 태어났을 때 네 가문에서는 일찍이 너의 힘을 알아봤기에 그것을 숨기려고도 했지. 네 힘과 가문의 명성이 무니안들에게 이용되는 것을 원하지 않았으니까."

"글쎄요…. 고대 에실린의 힘이라고 해도 잘 다치지 않는 것 빼고는 별것 없는 것 같은데요. 왜 고대 에실린의 힘을 가진 자들은 신성한 무니안이 되면서, 다른 고대 에린의 힘을 가진 이들은 마녀로 몰려 샤테이드에 갇히는 건지도 모르겠어요."

"사람들의 두려움 때문이겠지. 다른 에린들의 힘은 눈에 보이지만, 에실린들의 힘은 그렇지 않으니까. 저 달빛처럼 말이다, 아르테스."

사르낫은 공중 정원 위에 환하게 뜬 은빛 달을 가리키며 말을 잇는다.

"에실리온, 즉 달은 다른 이들의 빛을 받아들여 자신을 밝게 하는 힘이 있지. 그와 비슷하게, 태초에 에르께서는 에실린들에게 다른 에린들의 힘을 방

어할 수 있는 힘을 주셨다고 전해진단다. 그것이 마에린이 다루는 불이던, 히드린이 다루는 물이던, 셰트린이 다루는 광물이던, 유피린이 다루는 식물이던, 루에린이 다루는 영혼과 동물이던…. 그들에게 더 강한 공격을 받을수록 에실린들은 그만큼 센 힘으로 맞설 수 있게 된 것이야. 그게 그들이 옛날 추락의 전쟁에서도 살아남았던 이유이기도 했다는구나."

그 말을 들은 아르테스는 무언가 생각난다는 듯이 사르낫 쪽을 돌아본다.

"아아, 그러고 보니 즈로이아가 이런 말을 했어요. 수액을 만들면서 가장 고생스러운 것이, 저같이 고대 에실린의 힘을 가진 이들을 찾는 것이라고요. 그들의 힘이 있어야 그나마 무니안들이 이 수액에 들어 있는 힘을 사용할 수 있다고 하던데요? 그것 없이는 수액의 힘마저도 흡수할 수 없다고…."

"그 무니안들에게는 신성한 에실린의 힘이 없으니까 그런 것 아니겠니."

"……."

"그나저나 즈로이아가 너를 많이 생각하는 것 같구나. 그런 얘기도 해주고, 사탕도 챙겨주고. 그렇지?"

"잘 모르겠어요. 이상한 마녀인 건 틀림이 없어요. 솔직히 조금 무서워요."

"그래?"

"네. 겉으로는 상냥하고 아름다워 보일지 몰라도, 도대체 속으로 무슨 생각을 하는지 알 수가 없어서요."

"흐음. 언제나 겉모습만으로는 사람을 판단하기 어려운 법이지. 나도 궁금하구나. 이제 즈로이아가 어떤 선택을 할지."

"궁금하시다고요? 미래를 보실 수 있으시잖아요?"

"여러 가지 미래의 가능성이 있지만, 결국 어떤 선택을 하는지는 그 사람에게 달린 것 아니겠니. 나는 그저 그 선택을 옳은 방향으로 이끌도록 도와줄 수 있을 뿐이란다."

사르낫은 말끝에 슬픈 목소리로 중얼거린다.

"…물론 그중에는 운명적인 선택도 있겠지만."

달이 점점 높게 오르는 늦은 밤, 자라트라 요새에서는 스루딘이 고민스러운 얼굴로 책상에 앉아 있다.

'아무리 생각해도 영 께름칙하단 말이야. 바르벨루스에서 지금 자라트라에서 일어나는 일을 달갑게 여길 리가 없는데. 바얀이나 보리얀을 그렇게 지지할 리도 없고. 수상해….'

그때, 문밖에서 켄트라가 조용한 목소리로 말한다.

"저, 스루딘 관리 장교님, 늦은 시간에 죄송합니다. 바르벨루스에서 급한 서신이 와서요."

"바르벨루스에서?"

스루딘은 켄트라에게 들어오라고 하며 그에게서 서신을 받아들고 묻는다.

"고맙네. 그런데 자네 생각에도 뭔가 좀 이상하지 않나? 바얀에게도 그러더니, 나에게도 서신을 보내고…. 이런 게 자주 있는 일이 아닐 텐데."

"그러게 말입니다. 분명 일반적인 상황은 아닌 것 같습니다."

그는 켄트라에게 잠시 앉으라고 자리를 권하고 서신을 펼쳐 들더니 깜짝 놀란다.

"허, 이것 보게. 무니안들의 인장이 세 개나 있네? 무니안 헤테르만, 지샤치, 페키우스. 도대체 무슨 사안이길래…."

그 말을 들은 켄트라도 놀라서 눈을 동그랗게 뜨고, 서신을 읽는 스루딘의 표정을 살핀다. 심각하게 서신을 읽어가던 스루딘의 표정이 점점 굳는다. 그는 믿을 수 없다는 듯이 중얼거린다.

　"이…이게 무슨 소리지?"

　스루딘이 놀라서 서신을 읽고 있는 그 시간, 요새의 지하에서는 보리얀이 고문관실의 문을 두드리고 있다.

　"데리에크 아저씨, 저예요. 드릴 말씀이 있어서 왔어요."

　방장 데리에크는 조금 머뭇거리다가 문을 연다. 이어서 고문관실 안을 둘러보는 보리얀의 두 눈이 휘둥그레진다. 푸릇푸릇한 이끼가 폭신하게 딱딱한 돌바닥을 덮고 있고, 천장과 벽은 작은 버섯들과 포슬포슬한 이끼로 덮여 있다. 심지어 침실 공간 주변에는 향기로운 꽃들이 자라고 있다.

　"……."

　할 말을 잇지 못하는 보리얀에게 안으로 들어오라는 듯 손짓하며, 데리에크가 말한다.

　"음…. 보다시피 일이 좀 있었다. 들어와라."

　보리얀은 마치 신비로운 세상을 구경하듯 환한 미소를 지으며 주변을 둘러본다. 데리에크가 조금 버벅거린다.

　"다른 고문관 애들 둘은 이미 알고 있다. 지금은 청결실에 가서 없는데, 처음엔 그 애들도 되게 놀랐다가 이젠 꽤나 좋아라 하고 있거든. 이게 어떻게 된 것이냐 하면…. 저 그림 있잖니, 네가 준 것. 그걸 보고 내가 손끝으로 옛날에 있었던 힘을 좀 느껴보다가 실수로 이끼 몇 개를 피운 것 같은데, 그게 퍼지기도 했고…. 너무 오랜만이라 그런지 내가 힘 조절을 못 한 것도 있고….”

보리얀은 감격스러운 눈으로 데리에크의 손을 꼭 잡으며 작게 외친다.

“우와, 아저씨! 정말 멋져요! 진짜 신기해요. 이 요새에서 이렇게 예쁜 방은 처음 봐요!”

“…그, 그러냐?”

“네! 전 아저씨께서 다시 힘을 되찾으실 줄 알았어요. 역시!”

데리에크는 조금 멋쩍은 듯이 미소 짓다가 걱정스러운 목소리로 말한다.

“에휴, 이러다가 다시 샤테이드로 팔려 가는 건 아닌지 모르겠다. 이 요새에서 과연 이걸 수용해 줄지….”

“요새도 점점 변하고 있잖아요. 제게 좋은 생각이 있어요. 일단 여기 내려오는 사람은 저 말고는 아무도 없으니, 제가 비밀을 지키고 있을게요. 그리고 제가 정찰에서 돌아오고 나서 스루딘 관리 장교님께 얘기해 보는 거예요. 그분이라면 틀림없이 이 요새에서 아저씨를 보호해 주실 수 있을 테니까요.”

“정찰이라고? 괴물을 죽이러 가라는 명령을 받은 거냐?”

“네. 사실 그걸 얘기해 드리려고 온 거예요. 한동안 못 뵐 것 같아서요.”

“……”

데리에크는 잠시 말을 잇지 못하고 서 있다가, 조금 걱정스러운 얼굴로 보리얀을 보고 말한다.

“위험할 텐데. 안 그러냐?”

“음…. 보통은 그런데, 다행히 기존의 정찰들보다 위험하지는 않은 것 같아요. 제 아버지께서도 같이 가시는걸요. 별로 걱정하지 않으셔도 될 거예요.”

“그래? 언제쯤 돌아올 것 같은데?”

"보고 받은 내용을 보면 제가 타는 배는 후발 부대의 길목만 트는 역할이라, 아마 금방 돌아올 거예요. 보름 정도도 채 안 걸릴 거예요."

"네가 어떤 애라는 건 내가 누구보다도 잘 안다만…. 그래도 조심해라."

"헤헤, 알았어요. 아저씨께서 자꾸 걱정하시니까, 저도 비밀 하나 알려드릴게요."

보리얀은 데리에크에게 조금 몸을 숙이며 말을 잇는다.

"사실, 저도 아저씨처럼 다른 사람들에게는 없는 힘을 가지고 있거든요. 저는 동물들하고 소통할 수 있어요. 만약 무슨 일이 있으면 물수리 같은 큰 새들이 저를 도와줄 거예요."

"뭐어? 정말이냐?"

"쉿, 비밀이에요."

보리얀은 깜짝 놀란 얼굴로 자신을 바라보는 데리에크에게 눈을 반짝이며 말한다.

"이 세상에는 우리 같은 사람들이 더 있을지도 몰라요. 혹시 알아요? 우리가 뭔가 멋진 일을 해낼 수 있을지? 제가 돌아오면, 우리가 스루딘 관리 장교님과 함께 이 요새를 조금씩 바꿔봐요!"

"…무슨 꿈 같은 소리를 하는 건지, 원."

"아, 마침 떠오르는 생각이 있어요. 요새에 정원을 만들면 좋을 것 같지 않으세요? 그럼 제가 새들을 거기로 부를게요. 아마 엄청 아름다운 장소가 될 텐데."

데리에크는 생기있게 조잘거리는 보리얀을 바라보며 어이가 없다는 듯 웃음을 터트린다.

"허, 정원이라고? 그런 걸 좋아하는 줄은 또 몰랐네."

"서쪽 호수에서 제가 알던 어떤 할아버지 댁에 정원이 있었거든요. 가끔 그곳이 좀 그립기도 해요. 동물들이 자유롭게 오가던 예쁜 곳이었는데. 엄청나게 큰 헤사티오 나무도 있었고."

그 말을 들은 데리에크는 농담 섞인 어조로 말한다.

"그래? 그럼 네게 집이 생기는 날에는 그런 나무가 있는 정원을 하나 만들어 줘야겠구나. 요새에서 살면서 그런 날이 올지는 모르겠다만."

"우와! 정말이죠? 약속하신 거예요?"

"어휴, 그 말을 또 믿는 거냐. 알았으니 무사히 돌아오기나 해라."

보리얀은 환하게 웃으며 고개를 끄덕인다. 그리고 그에게 인사를 건넨 후 고문관실에서 나오며 생각한다.

'이런 일을 아시면 훌라르 님이 깜짝 놀라시겠지? 내가 정찰을 하러 가는 건 아실지 모르겠네. 가기 전에 한번 볼 수 있으면 좋을 텐데….'

밤이 깊은 시간, 훌라르는 보리얀의 정찰 소식을 떠올리며 잠을 이루지 못하고 서성인다. 불안한 눈빛으로 생각하던 그는 이내 마음을 정한다.

'아무래도 안 되겠군. 이성적으로 생각해도 자라트라의 군법보다는 라델린 님의 명령을 수행하는 것이 더 중요하지. 난 그 애를 안전하게 지킬 의무가 있잖아? 마음이 불편해서 잠도 안 오고…. 그냥 스루딘에게 편지를 보내야겠어. 보리얀만이라도 정찰에서 빼내라고.'

훌라르는 세네칼이 잠든 것을 보고 직접 탁자에서 종이와 쓸 것을 꺼내서 빠르게 서신을 작성한다. 그리고 망토를 입고 모자를 뒤집어쓴 다음, 세네칼이 깨지 않도록 조용히 문을 열고 방 밖으로 향한다.

　여관의 맨 아래층으로 내려간 그는 여관 주인에게 두둑히 비용을 지급하며, 서신을 자라트라 요새로 즉시 보내라고 요청한다. 훌라르를 알아보지 못하는 주인은 그러겠다고 대답하며 흔쾌히 그것을 받아든다. 서신을 발에 묶은 새가 출발하는 것까지 확인한 훌라르는 방으로 돌아오며 생각한다.

　'정찰을 가는 것도 절대 안 될 일이지만, 정찰 내내 그 에실린 놈하고 붙여놓는 것은 더더욱 안 될 일이지. 하아, 얼른 내가 자라트라 요새로 찾아가든지 해야 하는데….'

　소리 없이 방 안으로 들어온 훌라르는 가만히 침대에 몸을 누인다. 피곤한 하루였지만, 오늘 역시 머리 뒤편에서 보리얀에 대한 생각과 걱정이 떠나질 않았다. 그는 문득 보리얀이 자신의 볼에 입을 맞추었던 것을 떠올리며 미소를 짓는다. 그리고 물끄러미 창밖을 바라보며 생각한다.

　'…큰일이네. 보고 싶군.'

　"휘익 팍!"

　"됐다! 떨어졌어!"

　밝은 달빛을 받으며 하늘로 날아오르던 새가 예상치 못한 화살에 맞아서 추락한다. 근처 건물의 옥상에서 검은 복면을 쓴 사내 한 명이 활을 내린다. 그는 만족스러운 미소를 짓더니, 옆에 있는 다른 사내에게 명령을 내린다.

　"어서 새를 주워서 서신을 확인해라."

　그러자 그 말을 들은 옆의 사내는 등잔을 들고 서둘러 계단을 내려간다. 이어서 활을 쏜 사내의 뒤쪽에서 흰색 망토의 모자를 뒤집어쓴 노인 하나가 걸어 나오며 말한다.

"역시 명중이로군. 자네의 궁술에 대한 소문은 많이 들었는데, 이렇게 밤중에서도 날아가는 새를 맞추다니. 훌륭해."

"황송합니다, 무니안 제카르슘 님."

제카르슘은 훌라르가 묵고 있는 여관의 건물을 노려보며 중얼거린다.

"조금만 늦게 도착했으면 큰일 날 뻔했군. 쥐새끼 같은 마에린 놈이 잘도 숨어다니는구나."

"훌라르가 있는 곳을 알아냈으니, 오늘 공격하실 겁니까?"

"아직은 아니다. 조금 더 기다려야 하거든. 사냥에는 때가 중요한 법이라."

제카르슘은 뜻 모를 미소를 짓고 답한다. 복면을 쓴 사내는 고개를 끄덕이고 활과 화살을 수습한다. 잠시 후, 서신을 가지러 갔던 사내가 날개를 다쳐 퍼득거리는 새를 들고 온다. 제카르슘은 새를 받아들고 서신을 펼쳐서 읽더니 씨익 웃는다. 그리고 흡족하다는 듯이 중얼거린다.

"후후, 절절하군. 그 계집애를 정말 마음에 두기라도 한 모양이야."

그는 무슨 생각인지 훌라르의 서신을 품속에 넣고, 자신의 손에서 퍼득거리는 새를 잠시 쳐다본다. 문득 어린 날의 기억이 되살아난다. 자신의 손에 새를 쥐여주던 솔리디몬의 얼굴이 머릿속에 스친다.

'…기다려라. 다음은 네놈이다.'

그는 분노어린 손으로 새의 모가지를 비튼다.

바르벨루스 탑 안의 중앙 도서관에서는 밤늦게까지 금서를 살피던 솔리디몬에게 누군가 다가온다. 마에린 하급 슈라문, 미샤틴이다. 그녀는 침착한 목소리로 고한다.

"솔리디몬 님. 죄송하지만 제카르슘 님은 지금 자리에 안 계신다고 합니다."

"뭐라? 요새 그놈의 동태가 수상하구나. 탑을 샅샅이 뒤져서라도 데리고 와라."

"그게, 탑 내에 계시지 않은 것 같습니다."

"……."

솔리디몬은 미샤틴을 한번 올려보더니, 알겠으니 물러가라는 듯이 손짓을 한다. 미샤틴이 멀어지자 그는 책을 덮으면서 중얼거린다.

"어딜 나돌아다니는 게야? 시키지도 않은 짓을 하고 있나 보군. 돌아오면 다시 조련해야겠어. 아니면 처단하든지."

그는 쌓여있는 예언서들을 쳐다보며 생각에 잠긴다. 라델린이 거대한 나무와 함께 탑에 나타났던 역사적인 날, 그 전설의 존재는 가장 처음 훌라르를 공개적으로 부르고 난 후 비밀리에 솔리디몬을 불렀다. 그리고 그에게 탑의 미래에 대한 솔깃한 이야기들을 해주었다.

'분명, 그때 말하는 투로 보아서 라델린은 자기 분수를 알고 있었어. 예전에는 자기가 탑을 쥐고 있었는지는 몰라도 이제는 내가 곧 탑이라는 것을 알고 존중하는 눈치였으니. 나에게 귀띔까지 해주었잖아? 내가 제일 두려워하는 예언의 실행이 다가오고 있으니까 대비를 하라고. 그래서 이렇게 중앙 도서관에 틀어박혀서 살다시피 하는데…. 어째 세상이 좀 희한하게 굴러가는군?'

솔리디몬은 긴 머리를 한번 뒤로 넘기며 차가운 미소를 짓는다.

'어쨌든 라델린은 탑의 편일 수밖에 없다. 탑에서 인정해 주는 신성함이 아니라면, 그저 죽지 못해 사는 늙은이에 불과하니. 이천 년 동안 방랑하다가 결국 돌아온 것을 보면 탑의 힘에 굴복한 게지. 아무튼 나도 슬슬 움직여야겠군. 오랜만에 직접 나서서 일을 해야겠어.'

솔리디몬은 자리에서 천천히 일어나서 유유히 중앙 도서관을 떠난다. 먼발치에서 그를 눈여겨보던 미샤틴은 걱정스러운 얼굴로 생각한다.

'제카르슙이 멋대로 움직였다니…. 훌라르 님께서는 안전하시겠지?'

며칠 후 새로운 날이 밝아오는 아침, 훌라르의 서신을 받지 못한 바얀 호는 정찰을 위해 출항한다. 스루딘 관리 장교의 배웅을 받으며 떠난 병사들의 마음은 한껏 부풀어 있다. 차루타스 이남까지는 중앙 섬의 해안을 따라서 움직이기에 괴물에 대한 걱정이 없다. 항해는 순조롭고, 배 위에서 나는 새들을 보는 보리얀의 얼굴에는 미소가 걸린다.

남쪽 해상에 들어서고야 자잘한 괴물들이 발견된다. 정찰 경험이 많은 바얀은 길목에서 만나는 작은 괴물들을 쉽게 제압한다. 보리얀과 루딘이 선발하여 함께 온 병사들도 각자의 실력을 잘 발휘한다. 그 덕분에 배에 탄 이들의 사기는 더욱 드높아진다.

정찰에서는 드물게 날씨도 맑고 물살까지 좋아서, 그들은 그다음 날에 이미 후발 부대와 교대하기로 한 곳 근처까지 도착한다. 스루딘이 물자 지원을 잘해준 덕분에 먹을 것과 마실 것도 걱정이 없다. 날이 저물자 야간 보초병을 자처한 보리얀은 갑판 위로 나와서 쏟아지는 별을 바라본다. 그리고 멋진 모습으로 돌아가서 훌라르를 볼 생각에 가슴이 설레는 듯 미소를 짓는다.

'…정찰을 잘 마치고 돌아가면, 당당하게 훌라르라고 이름을 불러야지.'

루딘은 그런 그녀의 모습을 조금 떨어진 곳에서 지켜본다. 그는 애써 모테라의 저주에 대한 생각을 지우려고 애쓴다. 사실, 생각해 보면 선원들 사이에서 전해오는 책에서 본 근거 없는 미신에 가까운 것이지 않은가. 자꾸 그 얘기를 했다가는 보리얀이 자신을 겁쟁이라고 생각할 것 같기도 하다. 하지만 하루가 흐르고 저녁때가 가까워지자, 그의 걱정은 점점 커져간다.

후발 부대를 기다리고 있는 바얀 호 주변의 물살이 심상치 않다. 파도가 점점 거세어져서 바얀 호 주변의 배들이 휘청거릴 정도로 물속이 요동치고 있다. 바얀은 침착하게 명령을 내린다.

"괴물이 다가오고 있는 모양이다. 다들 자리를 지켜라."

병사들은 두려워하는 기색 없이 바얀을 믿고 따른다. 수면이 들썩거리더니 저 멀리에서 다가오는 괴물의 모습이 보인다. 한눈에 봐도 예상했던 크기를 뛰어넘는다. 점점 수면 위로 모습이 드러나는 괴물은 거대한 기둥처럼 생겼다. 기둥에는 날카로운 이빨이 수도 없이 많이 달려 있고, 속에는 불덩이들이 들었는지 화염이 번득거리는 것이 비친다. 바얀은 미간에 힘을 주며 그것을 응시한다.

'저런 건 처음 보는데…'

하지만 그 기둥은 괴물의 일부분에 지나지 않는다. 이어서 괴물의 거대한 몸통이 드러나자, 병사들은 다들 입을 다물지 못한다. 바얀 호보다 두 배는 큰 지느러미에는 가시처럼 끝이 뾰족한 기다란 통들이 여러 개 달려 있다. 그 통에서는 괴물이 숨을 내쉴 때마다 불이 뿜어져 나오는데, 그 힘이 어찌나 강한지 수면이 부글부글 끓어오른다. 그때, 보리얀의 마음속에서 윕실론이 외치는 소리가 들린다.

'으아아, 자기야! 저거 바로 그거잖아, 투케뻬쩨르! 그것도 초대형이야! 도

망쳐, 무조건 도망쳐야 해!'

'뭐라고? 그게 뭔데?'

그때, 상황이 심상치 않다는 것을 직감한 바얀이 다급히 명령을 내린다.

"망루에 있는 병사들은 모두 내려와라! 대포를 준비하라!"

보리얀은 윕실론의 소리를 들을 새도 없이 일단 명령이 떨어지는 대로 움직인다. 괴물은 바얀 호와 주변에 있는 배들 주위를 돌며 공격하기 시작한다. 대가리 위의 기다란 통이 휘어지더니 주변 배들의 돛을 내리친다.

"우지끈!"

"바얀 호, 괴물의 통을 향해 대포를 조준하라!"

바얀의 명령 소리를 듣자, 보리얀에게 윕실론의 다급한 외침이 들린다.

'자기야, 저 기다란 통을 건드리면 안 돼! 저 통 안에는 엄청나게 많은 투케뻬쩨르 새끼들이 들어 있을 거야! 걔네들이 물로 돌아가려고 파닥대면서 막 불꽃을 뿜어댈 거라고! 불바다가 될 거야!'

보리얀은 당장 바얀에게 달려간다. 그리고 괴물의 기다란 통을 조준하려는 그에게 재빨리 외친다.

"책임 선장님, 안 됩니다! 저 기둥 같은 것을 터트리면 배가 불탈 겁니다!"

"뭐라고?"

"옛날 잘리사야 섬에서의 정찰을 기억하시지요? 제발 저를 믿으십시오."

"책임 선장님! 조준 끝났습니다. 쏠까요?"

대포가 준비되었음을 알리는 한 병사장의 말에 바얀은 잠시 고민하더니, 곧 명령을 바꾼다.

"작전을 바꾼다! 대포 말고, 그물포를 쏜다! 일단 꼼짝 못 하게 만들어라!"

"갑판 병사들, 그물포 준비!"

바얀은 빠르게 보리얀의 목에 걸려 있는 가죽 주머니를 확인하며 그녀에게 묻는다.

"병사장은 저 괴물에 대해 아는가?"

"네, 저것은 투케삐쩨르라는, 잘 알려지지 않은 고대 괴물의 변종입니다. 보시다시피 불 때문에 수중 작전은 위험할 수 있습니다. 그리고 저 긴 통에는 불덩이 같은 새끼 괴물들이 가득할 겁니다. 제가 어떻게 알고 있는지는 부디 나중에 물어봐 주십시오."

바얀은 고개를 끄덕이고 생각한다.

'보고 받은 사항에 이런 내용은 없었다. 이 정도의 강력한 괴물에 대비하지는 못했는데, 보리얀의 말대로 수중전도 못 하고, 배들도 꼼짝할 수가 없는 상황이라면….'

"펑!"

그물 대포들이 발사된다. 바얀 호와 다른 세 대의 배에서 쏘아 올린 탄탄한 그물이 괴물의 몸체 가운데에 솟아나 있는 기다란 통에 완벽히 적중한다. 루딘이 보리얀의 곁으로 와서 다급하게 묻는다.

"이게 무슨 일이지? 분명 여기 있다고 알고 있던 괴물하고 다르잖아?"

"나도 몰라. 하지만 잠수 부대가 지금 물속으로 들어가면 위험해. 아까 괴물을 보더니 윕실론이 경고했어. 잘못하다가 불바다가 될 수도 있을 거야."

심각한 표정으로 그 말을 들은 루딘이 바얀에게 고개를 돌린다.

"잠수 대원들을 갑판 병사로 지원하겠습니다!"

바얀은 고개를 끄덕이며 큰 소리로 명령을 내린다.

"그물을 당겨라! 모든 배는 최대한 괴물에게서 멀리 떨어진다! 사방에서 당겨서 저 괴물이 휘두르고 있는 기다란 통을 고정시켜라!"

명령의 실행을 알리는 고둥 소리가 울려 퍼진다.

"부-우-우-우-!"

숨을 고르는 바얀에게는 왠지 불길한 예감이 든다.

'이상하군. 며칠 사이 잡은 괴물들과는 차원이 달라. 이럴 리가 없는데…'

"부-우-우- 부-우-우-"

고둥 소리는 한밤중 횃불이 번뜩거리는 차루타스에도 울려 퍼진다. 자라트라에서 병사들이 도착함을 알리는 소리에, 한 손에 횃불을 든 도시의 사람들이 모두 굳은 표정으로 부둣가를 바라보고 있다. 그들은 마음만 먹는다면 병사들과 한바탕 몸싸움이라도 벌일 기세다.

"척, 척, 척."

성문을 통해 자라트라의 병사들이 들어온다. 한눈에 봐도 잘 정비된 군대의 모습에 횃불을 든 시민들은 기가 죽는다. 그들은 경계 어린 눈초리로 병사와 병사장들의 얼굴을 훑어본다. 그런데 그때, 한 노인이 어떤 병사장을 보더니 놀란 목소리로 외친다.

"어? 저기 지오투스 아닌가?"

"맞네, 맞아! 사르투스 선생의 아들, 지오투스다!"

지오투스는 자신을 알아보는 사람들에게 정중하게 인사를 한다.

"봤어? 우리에게 인사를 하는군!"

"와, 이게 얼마 만이야? 정말 늠름해졌네!"

그 모습에 사람들은 조금 누그러진 표정으로 수군댄다. 곧이어 다른 병사 중에도 차루타스 출신들이 꽤 많다는 걸 발견한 사람들은 오히려 하나둘 반가운 얼굴로 병사들을 바라본다. 잠시 후 키가 훤칠한 사내 하나가 병사와 병사장들의 앞에 선다. 그는 짙은 색 망토를 두르고 있고 모자를 쓰고 있으나 한눈에 봐도 귀티가 흐른다. 그의 조용한 걸음걸이는 기품있고 당당하다.

"뭐지? 저자는 또 누구야?"

시민들이 웅성거리자 그는 천천히 모자를 벗고 망토를 끌러 한 손에 든다. 그러자 우아함이 흐르는 슈라문의 옷이 드러난다. 말끔하게 정돈된 머리와 황금색으로 윤기가 도는 옅은 갈색 피부, 조각과 같은 매끈한 얼굴, 그리고 불타오르는 듯한 짙은 자주색 눈동자. 벌써 그가 누구인지 알아보는 사람들은 놀라움에 두 눈을 크게 뜬다. 이어서 그 사내가 부드럽지만 무게 있는 목소리로 입을 연다.

"차루타스의 시민 여러분. 바르벨루스의 상급 슈라문 훌라르입니다. 그대들과 모크샤의 알을 지키기 위하여 이렇게 모습을 드러냈습니다. 여기 도착한 병사 중에는 자랑스러운 차루타스의 아들들이 있지요. 이들은 바르벨루스의 횡포와 의회의 탄압에서 여러분을 구하기 위해 여기까지 왔습니다."

슈라문인 훌라르가 존칭을 사용하며 말하자 시민들은 황송한 얼굴로 몸 둘 바를 모른다. 훌라르는 그들을 찬찬히 둘러본다.

"다들 바르벨루스에서 지금 무슨 일이 일어나고 있는지 궁금하시지요? 제가 그곳에 있으면서 두 눈으로 똑똑히 본 것을 말씀드리겠습니다. 무니안들이 비밀리에 수많은 사람을 죽여온 것은 이미 공공연하게 퍼져 있는 소문이자, 사실입니다. 썩어 빠진 그놈들은 이제 어린 아르테스 님을 천천히 독살하고 있습니다. 그분은 이 순간에도 감옥 같은 탑 안에 갇혀서 억지로 독약을 삼키고 계실 테지요. 서두르지 않으면, 우리는 진정한 에실린의 명맥을 완전히 잃게 될 것입니다. 무니안들은 어떻게든 모크샤의 탄생을 지지하는 세력들을 모조리 처단할 테니까요."

그 말을 들은 사람들이 성난 목소리로 웅성거린다. 훌라르는 한 손을 들어 그들을 조금 진정시킨다.

"다행히 아직은 늦지 않았습니다. 아르테스 님을 구하고 무니안 자리에서 횡포를 부리는 위선자들을 제거할 수 있는 힘은 바로 여러분에게 달려 있습니다. 우리가 그토록 기다린 모크샤의 탄생을 볼 것인지, 아니면 또 다른 천년 이상을 암흑에서 보낼지…. 여러분은 무엇을 선택하시겠습니까?"

"당연히 모크샤의 탄생이지요!"

사람들이 입을 모아 아우성치자 훌라르는 그들에게 더 가까이 다가간다.

"정말 그것을 원한다면 이 자리에서 큰 결정을 내리셔야 합니다. 바르벨루스의 손아귀에서 빠져나오려면 반드시 필요한 것이지요. 차루타스의 명예를 걸고, 모크샤의 탄생을 위해 무엇이든 할 준비가 되었습니까?"

"예에!"

훌라르는 잔뜩 격앙된 사람들의 눈을 바라보며 나지막한 목소리에 힘을 준다.

"그렇다면 이제부터 황금을 몰아냅시다. 우리는 더 이상 베르벨루스에게 세금을 내지 않을 테니까."

"……!"

시민들은 갑작스러운 말에 입을 다문다. 훌라르는 진한 자주색 눈동자를 번득이며 그들의 눈을 들여다본다.

"여러분, 잘 생각해 보십시오! 차루타스가 어떤 도시입니까? 아누다르가야
의 기둥입니다! 바르벨루스의 사기꾼들에게 세금을 바치지 않고도 충분히 자
급자족할 수 있는 풍족한 곳이지요. 그렇게 우리의 힘으로 서려면 우선 황금을
버려야 합니다. 모든 황금은 미다스 궁에서 생산하지만 그것을 배포하고 관리
하는 것은 바르벨루스니까요. 그들로부터 독립하면, 차루타스는 이제부터 그
쓰레기 같은 놈들에게 가는 세금을 단 한 푼도 낼 필요가 없습니다!"

안 그래도 터무니없이 인상되어 불만이었던 세금을 내지 않아도 된다는 말
에 사람들이 크게 동요된다. 그들의 눈빛을 읽은 훌라르는 그 기세를 몰아붙
여 외친다.

"저 든든한 병사들을 보십시오! 바르벨루스로부터 이 도시를 지켜주기 위
해 온 여러분의 형제들입니다. 우리는 의회를 개편하고 새로운 경제 체계를
꾸리게끔 차루타스를 도울 것입니다. 전설의 라델린 님의 뜻을 따르는 저와
병사들이 여기 있는 한, 바르벨루스 놈들은 함부로 이곳을 침범할 수 없습니
다! 차루타스 시민 여러분, 다시 한번 말씀해 주십시오. 고향을 지키러 온 형
제들과 함께 모크샤의 알을 깨우겠습니까, 아니면 이어지는 천 년에도 계속
금으로 세를 바치며 바르벨루스의 손아귀 안에서 살겠습니까?"

사람들이 하나둘 들썩이는 가운데 군중들 사이에 숨어 있던 피트레온이 횃
불을 들고 큰소리로 외친다.

"우리 도시는 우리 손으로 지켜야 합니다! 황금 따위는 다 버리고, 모크샤
의 알을 깨우겠습니다!"

그러자 피트레온이 심어놓은 다른 이들도 하나둘 횃불을 들어 올리며 외친다.

"황금을 몰아내고, 모크샤의 알을 깨우겠습니다!"

이어서 다른 사람들도 따라서 성난 목소리로 소리 지른다.

"또 다른 천 년을 기다릴 수는 없소! 반드시 모크샤의 알을 깨워야 하오!"

"바르벨루스에게 세금을 내지 맙시다! 무니안들을 몰아냅시다!"

"독립! 차루타스의 독립을 준비합시다!"

몇 사람의 함성은 마치 들불처럼 전체로 번져나간다. 차루타스의 시민들은 뜨거운 목소리로 함성을 지르며 들고 있는 횃불들을 위로 번쩍 든다. 그들을 둘러보며, 훌라르는 저 멀리 자신을 바라보는 세네칼을 발견한다. 세네칼은 그에게 조용히 고개를 끄덕인다. 그에게서 가르침을 받던 기억의 한 파편이 뇌리에 스친다.

훌라르의 집이 불타기 전, 세네칼은 어린 훌라르를 데리고 넓은 정원을 산책하며 말했다.

"힘에 대해 생각해 볼까요. 권리, 권력, 규율, 법도, 그리고 그것을 아우르는 정의와 도덕. 그 모든 것은 사람들이 믿을 때만 존재하는 것입니다. 그것들에는 실체가 없기 때문이지요. 그렇기에 정치란, 결국 자신이 원하는 가치를 대중이 믿게 만드는 것입니다. 그러기 위해서 처음에는 어느 정도의 강제성이 필요합니다. 벼랑 끝에 몰리지 않고서는, 사람들은 새로운 생각을 잘 믿지 않기 때문이지요."

어린 훌라르가 세네칼의 손을 잡고 걸으며 똑 부러진 목소리로 물었다.

"그럼 어떤 방법으로 강제성을 실행시킬 수 있지요?"

"음. 좋은 질문이군요. 얼마나 사안이 급박한지에 따라 그 강제성은 여러 가지의 형태를 띠게 됩니다. 백 년 정도로 길게 내다본다면 교육이 되겠고, 더 짧은 시간 안에 해결할 사항이 있다면 큰 사회 현상을 일으켜야 하겠지요. 후자의 경우에는 사람들에게 선택의 여지와 머뭇거릴 시간을 주어서는 안 됩니다. 가장 빠른 시간 안에 선동, 폭동, 그리고 필요하다면 전쟁까지도 일으킬 수 있는 군중을 키워야 하거든요. 마치 정신없이 달리는 소 떼를 한 방향으로 몰아붙이듯이…."

흥분한 사람들의 함성에 둘러싸인 훌라르는 세네칼을 바라보고 생각한다.

'이제 소 떼를 한 방향으로 몰 시간이오, 선생.'

시민들의 손마다 들린 횃불이 활활 타오르며, 파도 같은 함성이 차루타스의 밤하늘을 뒤덮는다.

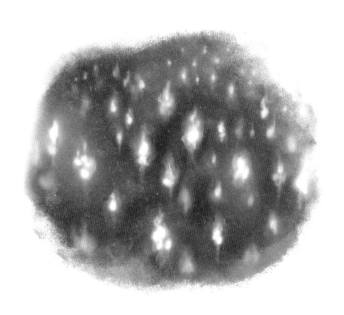

4장

{ 오래된 저주와 마주하다 }

"콰쾅!"

아누다르타 남쪽에서는 바얀 호의 수중 대포가 발사되면서 수면 아래에 있는 괴물의 몸통을 가격한다. 하지만 괴물은 대포에도 끄떡하지 않는다. 물속에 잠긴 거대한 지느러미의 가시 통에서 붉은 화염이 뿜어져 나오며 수면이 부글부글 끓어오른다. 바얀은 심각한 표정으로 병사장들을 모아놓고 지시한다.

"이미 눈치챘겠지만, 지금 우리가 가지고 있는 병력으로는 이 괴물을 상대하기 어렵다. 이것은 분명 '샤'의 깊숙한 곳에서 올라왔을 가능성이 높다. 일단 후속 부대에게 이 사실을 알려야 한다. 지금 내가 서신을 작성할 테니, 보낼 준비를 하라."

그러자 물자 지원 담당의 병사장 바카르사가 고개를 끄덕인다.

"알겠습니다, 책임 선장님. 준비해 온 새 중 가장 빠른 놈을 골라서 대기하겠습니다."

"그래. 이대로 대포를 쏘다가는 물자만 낭비하는 꼴이 될 것이다. 후속 부대들과 협력을 해서 공격해야 한다. 병사들에게는 일단 긴장을 놓지 말고 대치 상황을 유지하라고 전해라."

"네, 책임 선장님."

"요새에도 서신을 보내야겠다. 분명 뭔가가 잘못됐어."

바얀은 배들이 붙잡고 있는 괴물의 가시 돋친 기둥을 쳐다본다. 보리얀의 말대로, 기다란 통 같은 것에서 사람만 한 새끼 괴물 몇 마리가 기어 나오고 있다. 그것들은 온몸이 불로 뒤덮여 있어서 형체를 알아보기가 어렵다. 병사들은 배 쪽으로 떨어지는 새끼 괴물들을 무찌르는 한편, 그물을 잡아당기며 대치 상황을 유지한다.

바얀은 선장실의 문을 열고 들어가서 급히 서신들을 작성한다. 어두운 표정의 보리얀이 그를 뒤따라 들어온다. 바얀은 급히 요새에 있는 스루딘에게 보낼 짧은 서신을 작성해서 물자 관리 병사에게 보내려고 하나, 보리얀이 그의 서신을 받아들며 말한다.

"책임 선장님, 제가 보내겠습니다."

그녀는 선장실에 나 있는 창문을 연다. 그러자 곧 커다란 물수리 한 마리가 퍼득거리며 들어온다. 보리얀은 서신을 물수리의 발에 묶는다.

"이렇게 하는 것이 훨씬 빠를 겁니다. 서신 새로 보내면 너무 늦을 수 있어요."

바얀은 놀란 얼굴로 아무 말도 하지 못하고, 보리얀이 물수리를 한번 쓰다듬으며 다시 밖으로 날려 보내는 것을 바라본다. 그리고 조용히 묻는다.

"너였구나? 내가 정찰을 나갔을 때 물수리 떼를 보낸 게?"

보리얀은 가만히 고개를 끄덕인다.

"자라트라 요새에서 저에 대한 소문을 들으셨을 거예요. 지금까지 말씀드리지는 못했지만, 저는 동물들과 소통할 수 있거든요. 저와 함께 다니는 '웝실론'

이라는 고대 생명체 덕분에 괴물에 대한 정보들을 알려드릴 수 있는 거고요."

웝실론은 보리얀의 어깨에서 고개를 쑥 내민다. 바얀은 입을 다물지 못하고 보리얀과 웝실론을 번갈아 쳐다본다.

"믿기 힘드실 거예요. 그래도 급박한 상황이니 말씀드려야 했어요."

바얀은 혹여나 다른 이들이 보고 들을까 봐, 급히 선장실의 문을 닫는다. 그리고 걱정스럽게 보리얀을 쳐다본다.

"조심해야 한다. 들키면 안 돼."

"웝실론의 말에 따르면, 후속 부대가 오기 전까지 우리가 버틸 수 없을지도 몰라요. 감히 말씀드리는 거지만 지금 배를 돌리는 게 병사들의 안전을 위해 최선일 것 같은데…."

바얀은 깊은 한숨을 내쉬며 고개를 젓는다.

"배를 돌린다면, 이 괴물은 모크샤의 알을 해치러 무서운 속도로 아누다르가야에 도착할 거다. 그러면 남부 도시인 차루타스부터 쑥대밭이 되겠지. 엄청나게 많은 사람이 죽을 수도 있어."

"…알겠습니다. 장기전을 준비하라고 병사들에게 일러둘게요. 그런데 아마도 괴물의 상태를 보고 이미 예상은 하셨겠지만, 후속 부대가 와도 승산이 없을 확률이 높습니다. 보시다시피 우리의 대포로는 저 괴물의 살갗을 뚫을 수가 없고, 잠수 대원들조차도 보낼 수가 없으니까요."

"혹시 그 웝실론이라는 것에게 물어볼 수는 없겠느냐? 이 괴물을 공격하는 방법이 무엇인지?"

보리얀은 절망적인 표정으로 고개를 젓는다.

"이미 물어봤습니다. 물속에선 방법이 없다고, 무조건 도망치라고 했습니다. 그런데 이것도 육지에서는 아마 지금처럼 빠르게 움직이지는 못하는 모양이에요. '샤의 괴물들이 거의 그렇듯이….'"

"그렇군. 그럼 어쩔 수 없이 작전을 바꿔야겠다. 후속 부대에게 차루타스의 해안 쪽을 지키라고 서신을 전하자. 우리는 자라트라에서 재정비를 마친 후, 다른 지원부대와 함께 되도록 빠르게 그쪽으로 가야겠구나."

보리얀이 고개를 끄덕이며 속으로 조금 안도의 한숨을 내쉰다. 그들은 서둘러 후속 부대에게 보낼 서신을 작성하여 보낸다. 바얀은 보리얀의 어깨를 두드려주고, 선장실의 문을 다시 열며 말한다.

"이런 상황일수록 정신을 바짝 차려야 한다."

그런데 선장실의 문을 열자, 밖에서는 말도 안 되는 상황들이 일어나고 있다. 병사들은 입을 다물지 못한 채 남쪽 하늘을 쳐다본다. 생전 보지 못한 것들이 바얀 호를 향해 날아들고 있다.

"하, 하늘을 나는 배다!"

한 병사가 소리 지른다.

'서, 설마 저게 라플라…?'

보리얀은 불길한 예감에 사로잡혀 그것들을 쳐다본다. 라플라 부대는 바얀 호를 향해 불타는 대포알을 발사한다.

"우지끈!"

순식간에 돛대가 부서진다. 보리얀은 숨이 멎는 듯 돛대가 있는 곳을 둘러본다. 그러다가 깊은 공포가 어린 눈으로 자신을 쳐다보는 루딘과 눈이 마주친다. 보리얀은 그 눈빛의 뜻을 읽고, 심장이 쿵 내려앉는다. 그녀가 서 있는 근처로 대포가 날아오며 선장실의 문짝 하나가 나가떨어진다.

"쾅!"

"끼이익-"

육중한 나무로 이루어진 차루타스 의회의 문이 열린다. 문 안쪽에는 병사들을 맞이하는 하길웨인이 서 있다. 안에 있던 의원들은 안심한 표정으로 병사들을 맞이하려고 하나, 금방 무엇인가 이상하다는 느낌에 당황스러워한다. 병사들의 뒤에 분노에 찬 군중들이 서 있기 때문이다. 척, 하고 병사들이 양 사이로 갈라져서 길을 만든다. 그러자 군중들의 맨 앞에 서 있던 이가 모습을 드러낸다. 우아한 상급 슈라문의 복장을 한 훤칠한 키의 사내다. 그는 병사들이 낸 길을 통해 의원들에게 천천히 걸어온다. 의원들은 그가 누구인지를 알아보고 기겁을 한다.

"잘 지내셨소, 의원들."

훌라르는 차가운 미소를 지으며 씨익 웃는다. 의원들은 두려움에 굳은 얼굴로 그에게 예를 갖추어 인사를 올린다. 훌라르는 그들을 돌아보며 능청스러운 목소리로 말한다.

"바르벨루스에서 라델린 사르낫 님의 승인을 받고 왔소. 자, 병사들을 들이고 회의를 시작합시다. 아주 중대한 사안이 있으니."

"바, 밤이 늦었습니다. 내일 다시 뵙는 것이…."

의원 중 하나가 불안한 목소리로 기어들어 가듯 말하자, 훌라르는 짙은 자주색 눈동자를 번득인다.

"지금 같은 시국에 잠을 잘 시간이 어디 있단 말이오. 의원들은 모르고 있나 보군. 성난 군중의 앞에서 마음 놓고 잠을 자다가는, 영원히 잠이 드는 수가 있소."

훌라르는 무섭지만 부드러운 목소리로 말한다.

"들어갑시다."

훌라르와 의원들, 한 무리의 병사들이 높다란 의회 건물 안으로 들어간다. 그러자 하칠소아는 병사들의 도움을 받아 의회의 문을 토벽의 요철에 묶어 고정한다. 대문이 활짝 열리자 의회 내부의 모습이 훤히 들여다보인다. 하칠소아는 사람들을 돌아보며 외친다.

"오늘부터 의회의 문은 계속 열려 있을 것이오! 의회에서 무슨 일이 일어나는지, 어떤 회의가 진행되는지 시민들에게 전부 공개될 것이오!"

사람들은 들뜬 눈으로 환호한다. 하칠소아는 그들을 진정시키고 병사들의 배치를 선언한다.

"병사장들과 병사들은 잘 들으시오! 그대들의 역할은 크게 두 가지요. 하나는 바르벨루스로 이어져 있는 길목으로부터 이 도시를 지키는 것이고, 다른 하나는 이 도시가 새로운 체제에 적응할 수 있도록 질서유지를 돕는 것이오. 외곽 지역 방어는 병사장 사타니크와 그의 부대에 맡기겠소. 이 도시의 내부는 지오투스 특수병대장이 맡아주시오!"

시민들은 든든하다는 표정으로 지오투스와 사타니크를 바라본다. 딱 봐도 듬직하게 생긴 사타니크가 외곽을 맡아준다니 마음이 놓이고, 차루타스 출신인 지오투스가 내부를 담당해 준다니 믿음이 가는 눈치다. 지오투스와 사타니크는 하칠소아를 바라보고 고개를 끄덕인다. 하칠소아는 지오투스를 돌아보며 인사를 건넨다.

"지오투스, 오랜만이네."

"다시 뵈니 반갑습니다."

"내일 아침부터 장터가 열리는 곳에서 사람들에게 금을 모아오라고 일러야 하네. 이제 차루타스에서는 더 이상 금이 통용되지 않는다는 것을 알려야해. 도와줄 수 있겠지?"

"그럼요. 그런데 금과 보석이 아니면 도대체 무엇으로 상거래를 한단 말입니까?"

"자네 아버님과 세네칼 선생이 훌라르 님을 도와 비밀리에 계획한 것이 있네. 금과 보석보다 더 다루기 쉽고 간편한 것이지. 내일이면 볼 수 있을 걸세. 이제 그것을 풀기만 하면 되니까."

지오투스는 고개를 끄덕이며 궁금하다는 듯 의회 안을 응시한다.

의회 안, 둥근 탁자에서는 놀란 눈으로 훌라르를 쳐다보고 있는 의원들의 모습이 보인다. 그들 중 하나가 말도 안 된다는 소리로 그를 쳐다보며 묻는다.

"뭐라고요? 금붙이들 대신 야자나무 잎을 사용하다니요?"

"어허, 말을 잘 들어보시오. 그냥 야자나무 잎이 아니라, 차루타스 해변에서 나는 야자나무 잎을 갈아서 압축한 다음 특수 가공처리를 한 지폐들이라니까. 이 빛깔 보이시오? 사르투스 선생과 세네칼 선생이 고심해서 발명한 공법이오. 이 의회의 지하에 숨겨둔 특수한 장비들이 아니라면 가짜를 만들기도 어렵지."

훌라르는 신기하게 생긴 작은 종이 다발을 들고 그들 앞에 흔든다. 각기 다른 색으로 물들여진 아름다운 종잇조각은 신비한 약을 칠해 구워낸 듯 빳빳하고 잘 찢어지지 않는다. 모두 차루타스의 문양과 함께 모크샤의 상징이 새겨져 있으나 색깔마다 각기 다른 값어치들이 적혀있다.

"그러니까, 저 종잇조각들로 금을 대체하라는 말 아닙니까? 왜 굳이 그런 번거로운 일을 해야 하는지….'

한 늙은 의원이 불만 어린 얼굴로 묻자 훌라르가 차분하게 말한다.

"차루타스는 자급자족할 수 있는 도시잖소. 굳이 황금 때문에 무니안들의 손에 쥐여살 이유가 무엇이오? 사실 차루타스 뿐만 아니라 모든 도시가 그렇지. 이천 년 전에 세상이 어땠는지 한번 돌아보잔 말이오. 난 역사에 해박하지는 않지만, 그때는 금이 그저 반짝이는 장식품에 지나지 않았다는 것 정도는 알고 있소."

훌라르는 의원들을 돌아보며 말을 잇는다.

"차루타스만의 지역 경제를 만들어야 하오. 그래야 당신네를 괴롭히던 무니안들과 다른 슈라문들의 숨통을 끊고, 진정한 자유를 이룰 수가 있단 말이오. 자라트라에서 병력을 지원해서 당신들을 보호해 줄 테니 이제는 의원들이 나설 차례요."

의원들은 난감한 표정으로 서로를 돌아본다.

"뭐, 정 그것이 귀찮다면 의원직을 사퇴하시던지. 보시다시피, 차루타스의 미래를 걱정하는 이들은 바깥에 저렇게나 많소. 지금 같은 기세라면 당신들 중 몇을 갈아치워도 다들 눈 하나 깜짝 안 할 거요."

훌라르의 말에 잠시 불편한 정적이 흐른다. 서로 눈치를 보다가 의원 중 하나가 훌라르에게 묻는다.

"그럼 우리가 뭘 하면 되겠습니까?"

훌라르는 한쪽 입꼬리를 올린 냉소 어린 얼굴로 지폐를 내려놓으며, 기다란 손가락으로 우아하게 손깍지를 낀다.

"일단 솔선수범해 주셔야겠소. 내일 아침, 사람들이 모일 것이오. 그때 그들 앞에서 오늘 회의한 내용을 전하고 새로운 화폐를 공표하시오. 그리고 즉시 당신들의 모든 재산을 이 지폐의 가치로 환산해서 교환하고, 가지고 있는 금을 모두 버리는 모습을 보이시오. 여기 있는 의원들 모두가 빠짐없이. 아시겠소?"

훌라르의 목소리에 주눅이 든 의원들은 마지못해 고개를 끄덕인다. 그때, 한 경비병이 의회의 옥상 계단에서 급하게 내려오며 겁에 질린 목소리로 말한다.

"저어, 옥상 정원에 수상한 자들이 있습니다. 그런데 그게…."

그는 훌라르와 의원들을 번갈아 쳐다보며 우물쭈물하다가 말을 잇는다.

"훌라르 님께서 좀 가보셔야겠습니다."

"……."

의회의 의원들은 다들 영문도 모른 채 서로를 쳐다본다. 훌라르는 잠시 생각에 잠기더니 이어서 알 수 없는 미소를 짓고 고개를 끄덕인다.

"드디어 내 손님이 도착했나 보군. 미안하지만 질문은 나중에 받겠소. 그럼 내일 아침을 기대하지. 사람들 사이 어딘가에서 내가 당신들을 지켜볼 것이오."

훌라르는 자리에서 일어서며 옥상으로 오르는 계단으로 향한다. 의원들은 긴장이 가득한 얼굴로 그의 뒷모습을 응시한다. 침착한 발걸음으로 계단을 오르는 훌라르는 허리에 차고 있는 기다란 칼자루를 매만진다.

'그 늙은이가 이제야 찾아왔나 보군.'

한 걸음씩 옥상 정원으로 향하는 그의 머리 위로 별들이 무수히 떠 있다. 구름 사이로 붉은 달무리를 짓는 커다란 보름달이 모습을 드러낸다.

한편, 붉은 달 아래 떠 있는 바얀 호에는 라플라들의 불타는 대포알이 마구 날아든다. 하늘에서 갑자기 쏟아지는 공격에 병사들이 쓰러진다.

"책임 선장님, 작살이 저 위까지 닿지 않습니다!"

병사장 바카르사의 목소리가 울려 퍼진다. 바얀은 가까스로 난간을 붙잡고 서서 다급한 목소리로 명령을 내린다.

"모든 배는 괴물에게서 떨어져라! 후퇴하라!"

보리얀은 바얀의 말을 듣고 휘청거리며 일어선다. 그녀의 옆으로 대포알이 스친다.

"쾅! 화르륵!"

배의 갑판이 무너져내리고 곳곳에 불이 붙는다. 마음속에서 윕실론의 비명이 들려온다. 보리얀은 귓가가 먹먹해지는 것을 느끼며 다급하게 주문을 외운다.

"이에트 로쿰부르사이 (나의 형제여)

이에아트 라시밀 스문다라 하팀 (너의 마음을 활짝 열어라)

예르닌 만 호르 우브 아이틸 리흐! (우리는 온 세상 위에 하나가 되리!)"

"쿵!"

그녀의 옆으로 주변 돛대가 무너져 내린다. 보리얀은 마음속으로 외친다.

'도와줘, 나의 형제들아…. 너희 중 가장 빠르고 강한 이들의 도움이 필요해!'

그녀는 주변에 있던 병사들을 우선 선체 안쪽으로 이동시키려고 애쓴다. 바얀 호 근처에 있던 다른 배들은 라플라 부대의 불 대포 세례에 이미 가라앉기 시작한다. 병사들의 절규 어린 외침 소리가 저 멀리에서 들린다.

"부우우우-"

후퇴 명령을 알리는 고둥 소리가 들리지만, 배들의 힘이 약해진 틈을 타서 괴물이 기둥을 마구 흔드는 바람에 고둥을 든 병사마저 비명을 지르며 물 아래로 떨어지고 만다. 중심을 잃은 작은 배들은 미처 괴물을 붙잡고 있던 그물포의 연결을 다 해제하지 못한다.

그런데 그때, 보리얀의 주문을 들은 라플라들이 일제히 공격을 멈춘다. 라플라를 타고 있던 마녀 중 하나가 이상한 낌새를 느끼고 쥐고 있던 고삐를 당긴다. 하지만 라플라들이 얼어붙은 듯 꼼짝을 하지를 않는다.

"에잇, 왜 갑자기 말을 안 들어!"

한 마녀가 소리치며 자신이 타고 있던 라플라의 등에 새카만 약물을 꽂아 넣는다. 다른 마녀들도 너도나도 급박한 표정으로 품에 가지고 있던 약물을 자신이 타고 있는 라플라들에 꽂아 넣는다. 그러자 라플라들은 고통스러운 듯이 울부짖더니 다시 그들의 조종에 따라 날아오른다. 이어서 마녀들이 다시 공격하려고 하는 순간, 갑자기 북쪽 하늘에서 심상치 않은 소리가 들려온다.

"까아아악!"

저 멀리에서 묵직한 갈까마귀의 울음소리가 공기를 가르자 마녀들은 일제히 고개를 돌려 위를 바라본다. 먹구름처럼 새까맣게 몰려드는 각종 새 떼가 하늘을 가리고 있다.

"아, 아니 저건…. 고대 루에린의 힘?"

경악하는 마녀 중 하나가 타고 있는 라플라의 머리 꼭대기를 잡고 바얀 호를 살핀다. 그러자 새들을 부르고 있는 보리얀의 모습이 들어온다. 마녀는 그녀를 보고 식은땀을 흘린다.

'저 여자구나! 어떻게 이럴 수가!'

마녀는 창백해진 얼굴로 고개를 돌려 동료들을 바라보고 외친다.

"엄청난 힘이다. 저기, 고대 루에린의 힘을 가진 자가 있어. 저 여자부터 처리해야 해, 어서!"

마녀들은 라플라를 빠르게 몰아서 보리얀에게 돌진한다. 가까스로 부러진 돛대를 잡고 있던 보리얀은 불 대포가 자신을 향해 쏟아지는 것을 보고 눈이 휘둥그레진다. 그때, 바얀이 달려오며 힘껏 몸을 날려서 보리얀을 밀쳐낸다.

"콰콰쾅!"

굉음과 함께 바얀이 있던 자리가 처참하게 부서져 내리고, 잔해에서 튀어나온 커다란 파편이 보리얀의 갑옷을 뚫고 옆구리에 박힌다.

"윽!"

보리얀은 숨이 멎은 듯 자신의 몸에 박힌 파편을 붙잡고 바얀이 어디에 있는지 살피려 한다. 하지만 타오르는 불길 속에 바얀의 모습은 보이지 않는다. 새 떼가 무서운 기세로 다가오자 라플라 부대는 방향을 틀어 괴물 중앙부의 기다란 통을 가격한다.

"쿠아아악!"

괴물은 괴성을 내며 몸부림친다. 이빨 같은 가시가 솟아나 있는 기둥 이곳저곳이 터진다. 그러자 그 사이로 불덩어리 같은 새끼 괴물들이 수없이 뿜어져 내린다. 온 세상이 시뻘겋게 불타오르는 가운데, 병사들은 온 힘을 다해 공포에 맞서며 하늘에서 쏟아지는 새끼 괴물들과 싸운다. 하지만 이어서 들리는 굉음에 그들은 넋을 잃은 듯 수면 위를 응시한다.

"콰르르르."

물속이 갈라지는 듯한 소리와 함께 괴물이 수면 아래 있던 거대한 아가리를 드러낸다. 아귀 같은 이빨을 드러낸 괴물은 바얀 호보다도 커다란 입을 벌려 주변에 있던 작은 배 두 척을 우지끈 집어 삼켜버린다.

"으아아악!"

새끼 괴물들이 가득한 물속으로 추락하는 병사들의 고통스러운 절규가 멀리서 울려 퍼진다. 성난 괴물은 지느러미의 가시 통에서 불을 내뿜는다. 그 바람에 바얀 호의 바닥이 전부 불타오른다. 하늘에서는 까맣게 몰려온 각종 새 떼가 라플라에서 마녀들을 끌어내려 물속으로 집어 던지고, 그들의 눈알을 파낸다. 마녀들은 서둘러 도망치려 하나 라플라들이 자꾸 말을 잘 듣지 않는다. 결국 그들은 살갗이 쪼이고 눈이 뽑히는 고통에 몸부림치고 소리를 지르며 죽어간다.

"아아악!"

마녀들의 비명이 새 떼들의 울음소리와 함께 하늘에 메아리친다. 바얀 호의 위에는 불덩이 같은 새끼 괴물들이 마구 떨어진다. 보리얀은 피가 흐르는 옆구리를 부여잡고 안간힘을 다해, 그나마 형체가 남아 있는 뱃머리 쪽으로 향한다. 병사들은 훈련을 받은 대로 최대한 능력을 펼치며 새끼 괴물들과 싸우나, 불타오르는 괴물들을 상대하기에는 역부족이다. 보리얀은 자신이 훈련시켰던 병사들이 고통 속에서 불타 죽는 광경을 목격한다.

하늘에서 라플라에 타고 있던 마녀들은 물수리와 다른 새 떼들에 의해 몰살당한다. 마녀들을 잃은 라플라들은 모두 혼비백산하여 도망간다. 안타까운 날갯짓으로 바얀 호 주변을 빙빙 도는 물수리들은 온몸이 타오르는 고통을 감수하고, 선원들을 도와 끝없이 쏟아지는 새끼 괴물들을 처치한다. 그러나 불길이 너무 거세서 그만 죽음을 맞이하는 새들도 부지기수다. 그때, 성난 괴물이 드디어 그 본체를 전부 드러낸다.

"쿠구구아아!"

괴물은 굉음을 내며 커다란 아가리를 벌리고 물 위로 솟아오른다. 수많은 이빨이 붉은 달빛에 예리하게 빛난다. 양옆에 달린 커다란 두 지느러미는 바얀 호를 두 개 합친 것보다도 크고, 몸통 아래에는 갈퀴처럼 생긴 딱딱하고 징그러운 다리들이 다닥다닥 붙어 있다. 아직 살아 있는 병사들은 혼이 빠진 듯, 자포자기의 심정으로 그 무시무시한 광경을 쳐다본다. 새 떼들이 있는 하늘 높이까지 튀어 오른 거대한 괴물은 주변의 물수리 떼들을 한입에 삼켜버린 후 엄청난 물보라를 일으키며 다시 물속으로 들어간다. 그 바람에 소용돌이치듯 거센 파도가 몰아치고 이미 처참하게 부서진 작은 배들이 그 속으로 모두 빨려 들어간다. 바얀 호를 향해서도 엄청난 크기의 파도가 밀려온다.

보리얀의 먹먹해진 귀에는 아무 소리도 들리지 않는다. 마치 마음이 텅 비어버린 듯 아무런 소리도 들을 수 없다. 심지어 겁에 질린 웝실론의 비명조차도 들리지 않는다. 오직 그녀의 거친 숨소리와 두방망이질 치는 심장 소리만이 머릿속을 메울 뿐이다. 거센 물살이 눈앞에 다가오는 순간, 누군가 그녀의 팔을 붙잡는다. 보리얀은 순간적으로 뒤를 돌아본다. 불에 그을리고 파편에 다쳐서 피투성이가 된 루딘이다. 떨리는 눈으로 그를 응시하는 보리얀의 뒤로 거대한 파도가 그들을 덮친다.

"쿠콰콰쾅!"

덮쳐오는 파도에 바얀 호가 산산조각이 난다. 배가 파괴되는 소리와 함께 검푸른 심연 깊은 곳으로 내동댕이쳐진 보리얀과 루딘은 죽음과 같은 고요 속에 잠긴다. 피를 많이 흘린 보리얀은 물살에 던져진 충격에 거의 정신을 잃는다. 루딘은 그녀를 안고 온 힘을 다해 괴물이 있는 곳에서 벗어나려고 물속을 헤엄친다. 그들 뒤에서는 떼 지어 쫓아오는 새끼 괴물들의 모습이 보인다. 괴물들은 루딘의 다리에 달라붙어 그를 깊은 물 속으로 끌고 들어가려 한다. 하지만 루딘은 빠르게 물살을 가르며 그들을 피한다. 그 속도에 보리얀의 목걸이를 감싸고 있던 가죽 주머니가 벗겨진다. 그러자 그 안에 들어 있던 흑진주가 보리얀의 목에서 영롱하게 빛난다. 무슨 일인지, 물속의 괴물들은 진주를 가지고 있는 보리얀을 쉽게 건들지 못한다.

루딘은 불바다에서 멀리 떨어진 곳으로 다다라 수면 위로 오르려고 한다. 하지만 그에게 달라붙은 새끼 괴물들의 이빨이 그의 살갗을 파고들며 아래로 끌어내린다. 루딘은 그들을 떨쳐버리려고 하나, 점점 몰려드는 괴물들을 보고 자신이 도저히 위로 올라갈 수 없을 것임을 직감한다. 그는 자신의 품에 있는 보리얀까지 덩달아 점점 가라앉는 것을 보고 생각한다.

'안 돼….'

루딘은 정신을 잃으려고 하는 보리얀의 얼굴을 감싸 쥔다. 그는 커다란 눈을 힘껏 뜨고, 마지막으로 보리얀의 모습을 담으려는 듯 그녀를 바라본다. 보리얀의 입가에서 숨이 새어 나가고 있다. 루딘은 조심스럽게 그녀의 입에 자신의 입술을 가져다 댄다. 그리고 보리얀에게 자신의 마지막 숨을 불어넣어 준다. 루딘과 보리얀의 입술 사이로 자잘한 물거품이 일어난다.

"……"

루딘이 불어넣어 준 숨을 느낀 보리얀이 천천히 눈을 뜬다. 그녀의 흑갈색 눈에 루딘의 은회색 눈이 담기자, 보리얀은 루딘의 눈빛에서 그의 생각을 읽는다. 이어서 그녀는 심장이 멎은 듯한 표정으로 루딘을 바라본다. 두려움이 그녀의 눈에 스친다. 보리얀은 세차게 고개를 저으며, 그를 절대로 잃지 않겠다는 듯이 그의 손을 꼭 붙든다.

새끼 괴물들이 루딘의 몸을 잡고 기어오른다. 그들의 이빨에 찢긴 루딘의 살갗에서 붉은 피가 흐른다. 괴물들의 힘 때문에 자꾸 물속 깊숙이 끌려들어가자, 루딘은 보리얀의 손을 잡고 있던 자신의 손에서 힘을 점점 놓는다. 그리고 천천히, 하지만 강하게 손가락을 벌려 보리얀의 손에서 자신의 손을 떨어뜨린다.

보리얀은 물속에서 무어라 고함을 지르며 버둥거리고 그를 끝까지 붙잡으려 한다. 하지만 루딘은 그 손길을 뿌리치고, 온 힘을 다해서 그녀를 수면 위로 밀쳐낸다. 보리얀은 세상을 잃는 듯한 애처로운 표정으로 그의 이름을 외친다.

"루딘…!"

하지만 폭발하는 배의 굉음으로 가득한 물속에서 그녀의 목소리는 그에게 닿지 않는다. 수면 위로 떠오르는 보리얀은 저 깊이 가라앉는 루딘에게서 점점 멀어진다. 결국 괴물에게 온몸이 뒤덮였지만, 루딘의 커다란 은색 눈동자는 끝까지 보리얀을 응시한다. 그의 심장이 두방망이질 친다. 괴물들의 이빨에 찢기는 고통이 온몸을 파고든다. 허파로 물이 들어오며 점점 눈앞이 캄캄해져 온다. 짙은 어둠에 잘 보이지 않지만, 그의 몸에서 흘러나오는 피로 인해 주변은 하늘에 뜬 달빛만큼이나 붉게 물든다.

수면의 불빛이 시야에서 사라진다. 죽음이 다가오고 있다는 생각에 가슴 깊은 곳에서 떨림이 몰려온다. 동시에, 그의 머릿속에 여러 장면이 뒤엉켜서 빠르게 스친다.

병사장실에서 가까이 바라보던 보리얀의 흑갈색 눈동자.

심장이 터질 듯이 뛰던, 보리얀과의 첫 입맞춤.

아버지의 손을 잡고 갔던 어머니와 삼촌들의 장례식.

서쪽 호수의 남쪽 마을에 있을 때 사고를 쳤던 목장.

아름다운 옷을 입은 보리얀과 함께 몰래 춤을 추었던 여관.

윕실론과 함께 셋이서 보던 보리얀의 오래된 책.

배를 타고 싶다며 아버지에게 고집을 피웠던 어린 날의 밤.

자일리아샤의 바얀 호에서 괴물을 잡고 새벽별을 보던 날들.

오래도록 잡고 싶었던, 보리얀의 작고 까무잡잡한 손.

마지막으로 해가 뉘엿뉘엿 지는 서쪽 호수의 풍경이 보인다. 그가 마음속에 소중히 간직하던 옛 기억의 장면이다.

기억 속에서 어린 루딘은 보리얀과 함께 집 앞에 흐르는 작은 시냇물을 따라서 말없이 걷는다. 이어서 걸음을 멈추어 선 그는 복잡한 마음을 숨기고 말한다.

"그럼 한 번만 안아줘 봐."

보리얀은 멀뚱거리며 그를 쳐다본다.

"…뭐?"

"좀 안아줘 보라고, 친구."

루딘은 내색은 하지 않았으나 긴장한 채로 그녀의 앞에 서 있다. 보리얀은 결국 어색하게 양팔을 벌리고, 루딘은 벅차오르는 마음으로 그녀를 와락 안는다. 그리고 놀라서 굳은 듯 서 있는 보리얀에게 말한다.

"난, 네가 죽지 않았으면 좋겠어."

"...응?"

보리얀이 묻자, 그는 대답 없이 천천히 그녀를 놓아준다.

루딘은 흐릿해지는 의식에서 천천히 보리얀을 자신의 마음속에서 놓아준다.

그의 입가에 엷은 미소가 감돈다.

칠흑 같은 어둠이 그를 삼킨다.

그 시간, 차루타스 의회 옥상에서는 어두운 밤하늘 아래 붉은 달이 빛난다. 훌라르는 피에 젖은 검을 들고 숨을 몰아쉰다. 쓰러져 있는 대여섯 명의 사내들 앞에 흰색 망토를 걸친 노인이 서 있다.

그를 노려보며, 훌라르는 거추장스럽다는 듯 입고 있던 슈라문의 예복 조끼를 벗어 던진다. 드러나는 흰 상의가 붉은 달빛에 비친다.

"여섯 명이나 데리고 와서 시간을 끌다니. 한가한가 보군, 제카르슘."

제카르슘은 빙그레 미소 짓는다.

"다 쓰임이 있으니 그랬겠지."

그는 훌라르 쪽으로 저벅저벅 걸어오며 말을 잇는다.

"벌써 그게 언제였더라…. 네 할아비의 장례식이 있던 밤 말이다. 네놈의 아비가 일찍이 죽어서 그 모습을 못 본 것이 한스러울 뿐이었지. 난데없이 나타난 그 커다란 새만 아니었다면 네놈도 불에 탄 시체가 되었을 텐데."

훌라르는 동요 없이 차가운 표정으로 제카르슘을 노려보며 비웃듯 한쪽 입꼬리를 올린다.

"그러게. 일 처리를 제대로 못 하는 건 예나 지금이나 똑같나 보군."

그러자 제카르슘이 한 손으로 턱, 하고 훌라르의 멱살을 잡으며 빈정거린다.

"하하. 가까이서 보니 그 뻔뻔한 낯짝은 네놈의 아비를, 눈빛은 네놈의 어미를 똑 닮았구나. 내 손에 죽는 운명까지도 어찌 그리 완전히 빼닮았는지."

훌라르의 눈동자가 불타오르듯 붉게 달아오른다. 그는 자신의 멱살을 쥐고 있는 제카르슘의 손을 감싸 쥔다. 그러자 제카르슘의 손에서 우두둑 소리가 난다. 훌라르는 천천히 제카르슘의 손을 자신에게서 떼어낸다. 하지만 제카르슘의 힘 또한 만만치 않다. 제카르슘은 나지막히 읊조린다.

"…어리석은 마에린 놈. 잘난 척하고 나서기 좋아하는 그 피 때문에 네놈의 가문이 망한 것이다."

"흠, 가문도 없는 놈 주제에."

훌라르가 제카르슘에게 칼을 휘두르지만 칼은 제카르슘의 몸에 상처를 내지 못하고 튕겨 나간다. 제카르슘은 증오가 담긴 눈으로 훌라르를 노려보며 그의 칼을 한 손으로 붙잡는다. 그러자 단단한 칼이 끼기긱거리며 서서히 휘어진다. 훌라르는 칼을 붙잡고 있는 제카르슘의 힘을 견디다가, 결국 칼을 바닥에 던져버리고 그의 눈가에 주먹을 날린다.

"퍽!"

제카르슘의 얼굴이 휙 돌아가자 훌라르는 냉소 어린 표정으로 입꼬리를 올린다.

"하, 신성하신 무니안께서 주먹은 그냥 맞으시는군? 그럼 죽을 때까지 맞아 보는 건 어떨까?"

제카르슘은 아무 말 없이 기분 나쁜 미소를 지으며 훌라르를 바라본다. 훌라르는 꼴 보기 싫다는 듯 다시 한번 그를 가격한다. 제카르슘은 흡, 하는 소리를 내며 맞지만 계속 반격을 하지 않는다. 몇 번 더 그를 가격하던 훌라르는 이상한 낌새를 알아채고 의심스러운 표정으로 멈칫한다. 제카르슘은 큭큭 웃는다.

"나약한 마에린 애송아, 약한 것들은 결국 죽는 법이다. 봐라, 네놈이 그토록 믿고 비비대던 고귀하신 그 라델린도 결국 널 버렸지 않았느냐? 이렇게 네 죽음이 목전에 있는데!"

제카르슘은 훌라르에게 달려들며 두 손으로 그의 목을 조른다. 훌라르는 순간 당황한다. 분명, 아까 전까지만 해도 제카르슘은 이렇게까지 강하진 않았다. 훌라르는 제카르슘에게서 벗어나기 위해 세게 발길질을 날린다.

"으억!"

제카르슘이 고통으로 미간을 찌푸린다. 잠시 그의 손에서 힘이 조금 빠진 사이, 훌라르는 재빨리 그의 손아귀에서 벗어난다. 훌라르는 목을 감싸고 얼굴을 찡그리며 생각한다.

'윽, 늙어빠진 노인네가 어떻게 갑자기 이런 힘이? 혹시…'

바닥에 놓인 휘어진 칼을 돌아보며 훌라르의 머릿속에는 피트레온이 말했던 샤테이드의 광경이 스친다.

"이야앗!"

순간, 제카르슙은 자신의 허리춤에서 긴 칼을 뽑아 들고 훌라르에게 달려든다. 훌라르가 재빨리 몸을 피하자, 제카르슙이 들고 있던 긴 칼끝이 바닥을 강하게 내리친다.

"챙그랑!"

돌바닥이 패이며 불꽃이 튄다. 발차기를 맞은 후 그의 힘은 아까보다도 더 강해졌다. 그것을 느낀 훌라르는 제카르슙을 예의주시하며 빠르게 생각한다.

'샤테이드에서 뭘 줬는지는 모르겠지만 내가 저자를 공격하는 만큼 강해지는 것 같다. 내 힘을 흡수하고 있는 모양이야. 일단 물러나자.'

훌라르가 떨어져서 방어태세를 갖추자 제카르슙은 다시 칼자루를 휘둘러 훌라르를 베려고 한다. 하지만 그림자처럼 빠른 훌라르는 그의 칼날을 피하고, 근처에 있던 횃불을 뽑아 들어서 제카르슙에게 던진다.

"화르륵!"

불이 붙자 제카르슙은 가소롭다는 듯 검게 타오르는 자신의 망토를 내려다본다. 그리고 들고 있던 검을 버린 후, 망토를 끌러서 뒤로 떨구어 버린다. 망토 아래에는 이미 검게 그을린 옷에 구멍이 났다. 하지만 제카르슙의 몸에는 화상 자국 하나 없다. 그는 비웃음을 흘리며 이렇게 말한다.

"하하, 내가 너처럼 불 따위를 무서워할 것 같으냐?"

훌라르는 차분하게 제카르슙을 바라보며 생각한다.

'어릴 때 불타는 집에서 보았던 그대로다. 역시 소문대로 금속도, 불도, 완력도 쓸 수가 없군. 그렇다면 일단은 계획대로 비샤다를 불러서 납치해야겠다.'

제카르슙 또한 훌라르를 노려보며 생각한다.

'수액의 기운을 너무 소진하면 안 된다. 어서 저놈을 동요시켜서 힘을 빼앗아야 해.'

제카르슘은 훌라르에게 다가서며 소리친다.

"혈기 왕성한 젊은이여, 조심하라. 늙은이는 교활한 법이다. 에뮤르닐 서 제37편 5장에 나오는 글귀다. 이 교활한 늙은이가 말해줄까? 네가 아주 크게 놓친 점이 무엇인지?"

훌라르는 그에게서 점점 뒷걸음질 치면서 멀어진다. 불타는 망토를 뒤로하고 걸어오는 제카르슘의 모습이 오래전 저택이 불타던 그 날을 떠올리게 한다. 훌라르는 깊은 곳에서 올라오는 두려움을 누른다.

'아니야. 지금은 그때가 아니다.'

제카르슘은 간악한 미소를 짓는다.

"보아하니 자라트라 요새에서 위험한 장난질을 좀 했더구나. 영웅 놀이라니…. 하하. 그런 생각은 해보았나? 애써 세워놓은 영웅들이 죽어버리면, 뭉쳤던 사람들이 흩어지는 건 시간문제라는 걸. 지금 네가 그토록 아끼던 자라트라의 영웅들이 어디 있는지 아느냐?"

순간 훌라르의 표정이 굳는다. 제카르슘은 그의 공포를 눈치채고, 씨익 웃더니 가슴팍 깊숙한 곳에 잘 숨겨두었던 서신 하나를 꺼내서 탁 던진다. 훌라르가 여관에서 자라트라로 보내려고 했던 것이다. 그것을 알아본 훌라르는 심장이 철렁한다. 제카르슘은 껄껄 웃더니 혀를 찬다.

"쯧쯧, 좀 더 치밀했어야지. 네가 차루타스에서 정신을 놓고 정치 놀이를 하고 있을 때, 나는 계획을 세웠거든. 네놈을 가장 고통스럽게 죽일 수 있는 계획을. 책임 선장 바얀과 그의 딸 보리얀… 어디서 많이 들어본 이름 아니냐?"

제카르슘을 바라보는 훌라르의 눈동자가 흔들린다.

"……!"

"네가 쓴 서신을 보니까, 라델린이 그 계집애를 보살피라고 했다지? 큭큭…. 그 애를 네가 좀 아끼나 보던데. 선물도 들고 가서 자주 찾아보고. 꽤나 마음을 주고 있었던 게야, 그렇지?"

"…무슨 개수작이야?"

"하하, 정말인가 보군! 심장이 뜨거운 걸 보니 네놈이 아직 젊기는 하구나. 하지만 그 애에게도 마지막 인사는 못 했지, 안 그러냐? 네 가족이 눈앞에서 타들어 갈 때 아무 말도 못 하고 쳐다만 보던 그 날처럼 말이다. 무력하기 그지없는 놈."

　훌라르는 애서 침착함을 유지하며 떨리는 목소리로 말한다.

"바야 일가를 건드려서 좋을 건 없을 텐데. 라델린께서 보리얀을 보호하라고 하신 건 정말이거든. 그분이 나 따위는 신경 쓰지 않는다고 해도, 그들한테는 얘기가 좀 달라."

"아이고 어쩌나, 이미 늦었는데. 지금쯤 정찰 중이던 바야 호는 남쪽에서 흔적도 없이 사라졌을 거다. 바야과 그 딸내미, 네가 키우던 병사들이 한꺼번에 가라앉았겠지. 샤테이드의 라플라 부대를 보냈거든."

"…뭐?"

"그들이 절대 감당할 수 없을 괴물이 기다리고 있는 데다, 하늘에서 쏟아지는 불 대포까지 가세했으니 볼 만했겠군. 아, 죽이는 방법은 일부러 너를 위해 불로 골랐다. 어때?"

　훌라르는 분노에 휩쓸린 눈동자로 부들부들 떤다. 불끈 쥔 그의 주먹에 핏줄이 선다. 거의 이성의 끈을 놓기 일보 직전인 그를 보고, 제카르슾은 빙그레 미소를 짓는다.

"안타깝지? 너만 아니었으면 살았을 텐데. 그들을 처음 자라트라 요새에 집어넣은 게 누구였더라? 영웅으로 만들어서 선동에 이용한 건 또 누구고? 참, 그러고 보니 전에도 마찬가지였구나. 네가 즈로이아와 내 대화를 엿듣고서 내 아들에 대한 것을 알리지만 않았어도 온 집안이 그렇게 불탈 필요까지는 없었겠지."

제카르슾은 훌라르가 감정에 휩싸여있는 틈을 타, 품에서 단도를 꺼내어 그의 심장을 찌르려고 달려든다. 하지만 훌라르는 떨리는 손을 들어 재빠르게 그를 막는다. 단도가 그들의 손 사이에서 부들거린다. 제카르슾이 하늘을 향해 고갯짓한다.

"봤지? 달이 지고 있어. 하하, 멍청한 놈. 여섯 명을 다 죽이면서 시간을 허비하다니. 덕분에 네놈 방해 없이 바얀 호는 완전히 사라졌겠구나. 이제 저들을 왜 데려왔는지 알겠나? 넌 내 손에 끝까지 놀아난 거라고!"

"으아아아!"

훌라르가 단도를 든 제카르슾을 밀어내며 고함을 지른다. 그 힘에 제카르슾이 잡고 있던 단도를 놓치고 뒤로 나가떨어진다. 제카르슾은 속으로 웃으며 생각한다.

'흐흐, 덫에 걸려들었군. 이제 저놈이 나를 공격하기만 하면 그 힘으로 한 방에….'

그런데 제카르슾을 바라보는 훌라르의 눈이 심상치가 않다. 마그마처럼 붉게 타오르는 자줏빛 눈동자에는 이상하게도 서늘한 냉기가 서려 있다. 훌라르의 머릿속에는 과거의 순간들이 빠르게 스친다.

불타던 집. 안에 갇혀 있던 사람들의 고통스러운 비명. 그들의 살갗이 타들어 가며 났던 매캐한 연기. 잠긴 문을 부수고 들어와서 그를 감쌌던 비샤다의 커다란 날개. 그 앞에 꿈쩍없이 서 있던 괴물 같은 제카르슘.

그리고 그로부터 아주 오랜 시간이 지난 후 자라트라에서, 그와 얼굴을 마주 보며 묻던 보리얀의 목소리.

"…아저씨가 제일 두려워하는 게 뭔데요?"

그가 가장 두려워하는 것, 그리고 아무도 모르게 숨겨온 그의 비밀. 훌라르는 손끝으로 타오르는 불의 기운을 느낀다. 한 걸음, 한 걸음. 천천히 제카르슘에게 다가가는 그의 두 손이 부들부들 떨린다. 제카르슘은 그 기세에 눌려 자신도 모르게 손바닥으로 뒷걸음질을 친다.

"……."

훌라르는 살기가 번뜩이는 붉은 눈으로 제카르슘을 응시한다. 그리고 양 주먹을 터질 듯이 쥔다.

"화르륵!"

이게 무슨 일인지, 훌라르가 주먹에 힘을 주자 주변에 걸려 있던 횃불들이 갑자기 거세게 타오른다. 제카르슘은 깜짝 놀라서 두리번거린다. 그러나 훌라르는 눈 한번 깜박이지 않고, 힘을 준 두 손을 천천히 펼친다.

"쉬이익!"

그러자 주변의 횃불들에서 불덩어리들이 공중으로 날아들더니 커다란 불꽃으로 뭉친다.

'이, 이게 무슨?'

제카르슘은 일어날 생각도 하지 못하고 그저 당황한 눈으로 그 모습을 쳐다본다. 훌라르의 시선은 허공에서 타오르고 있는 불꽃을 향한다. 그는 마치 이 순간을 오래 기다려 왔다는 듯, 복잡한 심경이 담긴 강렬한 눈길로 그 불을 응시한다. 바르르 떨리는 그의 입술에서 가느다란 탄성이 새어 나온다.

"아… 맞아. 이런 기분이었지."

숨을 천천히 들이마시는 그의 입가에 알 수 없는 미소가 어린다. 훌라르는 기다란 손가락을 펼쳐 들고 제카르슘을 바라본다. 제카르슘은 순간 공포에 어린 눈으로 그를 쳐다보다가, 서둘러 일어나 옥상에서 도망치려고 한다. 제카르슘이 계단이 있는 곳으로 달리자 훌라르는 매섭게 공기를 가르며 양손을 내리친다. 그러자 공중에 있던 불꽃이 양쪽으로 촤르르 흩어지더니, 옥상 가장자리를 따라서 거센 불이 붙는다. 갈 길이 막힌 제카르슘은 솟아오르는 불길을 보고 당황하여 걸음을 멈춘다. 훌라르는 서늘한 미소를 짓는다.

"왜? 갑자기 불이 무섭나?"

훌라르가 한 걸음씩 다가오자, 제카르슘은 얼른 불길을 건너 옥상에서 내려가는 계단으로 탈출하려고 한다. 그러나 불에 닿은 발이 치지직 타오르면서 연기가 난다.

"으아악!"

제카르슘은 비명을 지르며 바닥에 나뒹굴고 혼이 빠진 듯 주절거린다.

"아니, 어, 어떻게 이…이럴 수가!"

그의 뇌리에 수액을 받으며 들었던 즈로이아의 말이 스친다.

'아무리 수액의 힘이 세다고 해도, 타고난 능력으로 힘을 다루는 자보다 강할 수는 없을 겁니다.'

제카르슘은 휘둥그레진 눈으로 훌라르를 바라본다.

'마, 마에린의 힘? 그럼 저놈이 그때 불 속에서 살아남은 게 그 커다란 새 때문이 아니라…'

그의 생각이 채 끝나기도 전에, 훌라르는 넘어져 있는 제카르슘의 멱살을 붙잡고 그를 번쩍 들어 올린다. 그리고 다른 한 손을 제카르슘을 향해 천천히 펼쳐 든다.

"화르륵!"

제카르슘이 입고 있는 옷에서 불이 거세게 타오른다. 온몸에 불이 붙은 그는 고통에 비명을 지르며 버둥거린다. 훌라르는 그 모습을 보며 미간을 살짝 찌푸리고 나지막이 중얼거린다.

"불이…붙네?"

"끄으아아악!"

훌라르는 제카르슘의 얼굴만 남기고, 그의 목 아래에 있는 모든 부분을 불태운다. 제카르슘의 살점이 타들어 가면서 그의 고통스러운 비명이 옥상을 쩌렁쩌렁 울린다. 숨이 넘어갈 듯한 비명이 계속되자, 불길 너머로 병사들 몇 명이 옥상에 올라와서 기웃거린다. 그들은 사방이 불바다인 것을 보고 소스라치게 놀라더니 불타고 있는 제카르슘을 보고 기겁을 한다. 훌라르는 눈 하나 깜짝하지 않고 발버둥 치는 제카르슘을 들고 있다. 병사들은 어찌할 줄 모르다가 이내 누군가를 불러오기로 결정을 내리고, 다시 앞다투어 옥상에서 내려간다.

"으으윽…"

제카르슘은 온몸이 불에 타 오그라드는 고통 속에서 숨이 넘어가는 순간까지 생각한다.

'안 돼! 이대로는 안 돼…'

솔리디몬과 즈로이아의 얼굴이 그의 눈앞에 스친다. 타닥거리는 불꽃 소리에서 제카르슘은 그를 비웃는 두 사람의 웃음소리 같은 환청을 듣는다. 고래고래 비명을 지르다가 목이 갈라져서 피를 토하던 제카르슘은 결국 눈을 뒤집고 숨을 거둔다. 활활 타오르는 불길 속에 서 있던 훌라르는 그의 숨이 끊어진 것을 보고 나서야 비로소 떨리는 숨을 깊게 내쉰다.

그는 힘껏 펼쳤던 손을 다시 천천히 오므린다. 그러자 온 불길이 사그라든다. 시커멓게 타버린 제카르슘의 몸을 뒤덮고 있던 불도, 옥상 주변으로 타오르고 있던 불길도, 심지어 횃불도 다 꺼져버린다. 오로지 스러져가는 붉은 달의 마지막 그림자만이 새벽빛에 밀려나고 있을 뿐이다.

"헉, 헉…"

정신이 돌아온 훌라르는 제카르슘의 시체를 저 멀리 내던지고 숨을 몰아쉰다. 흉측하고 처참하게 타버린 제카르슘의 몸이 바닥에 뒹군다. 훌라르는 하늘을 바라본다. 기운을 소진한 그는 밀려오는 불안에 비틀거린다.

"보리얀, 보리얀을 구해야 해. 어서 비샤다를 불러야…"

그는 가까스로 호흡을 가다듬고 목에 걸린 호각을 분다. 날카로운 소리가 차루타스의 하늘을 뚫고 울려 퍼진다. 훌라르는 자신의 두방망이 치는 심장 소리를 들으며 하늘을 두리번거린다. 하지만 죽은듯한 정적만이 공기를 메운다. 흐트러진 짧은 머리 사이로 그의 절망적인 눈빛이 비친다.

'그럴 리가. 비샤다가 안 올 리 없는데…'

훌라르는 다시 호각을 힘껏 불고, 숨을 몰아쉬며 비샤다의 기척이 들리는지 조심스레 귀를 기울인다. 하지만 그 어디에서도 날갯짓 소리는 들려오지 않는다. 훌라르는 믿기 어렵다는 듯 필사적으로 호각을 여러 번 분다. 하지만 시간이 지나도, 역시 비샤다는 오지 않는다. 그러자 훌라르의 마음에는 자책감과 무력함으로 찢어지는 듯한 고통이 몰려온다. 그는 머리를 감싸고 무릎을 꿇으며 절규한다.

"으아아아!"

그는 미칠 듯이 소리를 지른다. 하지만 그는 자신의 목소리를 듣지 못한다. 지금 그의 머릿속에 들리는 것은 쉴 새 없이 맴도는 한 구절뿐이다.

'보리얀이 죽었다. 보리얀이 죽었다. 내가 보리얀을 죽게 했다…'

그는 하늘을 향해 오열하며 눈물을 흘린다.

"하아, 아아아…"

훌라르는 고통에 가슴을 부둥켜 잡는다. 심장이 멎을 것 같은 이 괴로움은 그분의 명령을 수행하지 못했다는 책임감도, 자신의 계획을 이루는데 중요한 인물들을 잃었다는 안타까움도 아니다. 그건 또다시 자신의 삶에서 누군가를 잃었다는, 그의 오랜 저주와 같은 상처를 후벼 파는 아픔이다. 그는 계속 호각을 불다가 결국 흐느낀다.

"……"

아직 한 번도 보리얀에게 제대로 말하지 못했다. 그동안 자신이 얼마나 그녀를 생각했는지, 그리고 그녀가 얼마나 그의 삶에서 소중해졌는지. 하지만 다시는 그녀를 볼 수도, 그 예쁜 이마에 입을 맞출 수도, 만질 수도 없다. 이제는 그 어떤 이야기도 나눌 수 없다. 심지어 미안하다는 말조차도….

　이루 말할 수 없는 자책이 훌라르를 감싼다. 그의 마음은 한 줌의 재가 되듯이 산산이 부서진다. 제카르슙을 죽였지만, 그는 결국 그 어떠한 것도 지킬 수 없었다는 생각에 좌절한다. 그의 가족이 불길에 휩싸였던 그때처럼.

　저 멀리서 옥상을 다급하게 올라오는 발걸음 소리가 들린다. 곧이어 계단 위로 세네칼의 모습이 드러난다. 그는 휘둥그레진 눈으로 앞의 광경을 바라본다. 그의 뒤로는 아까 옥상에 올라왔던 병사들이 기웃거리고 있다.

　세네칼은 목메어 우는 훌라르의 모습을 잠시 말없이 쳐다보고, 병사들을 물린다. 그리고 재 속을 뚫고 조심스럽게 훌라르 쪽으로 발걸음을 내디딘다. 이어서 그는 새카맣게 타서 죽은 제카르슙의 모습을 보고 충격받은 얼굴로 입을 가린다.

　"……."

　우두커니 서 있던 세네칼은 마음을 가다듬는다. 그리고 아무 말 없이 훌라르의 곁에 가서 앉는다. 그는 훌라르가 손에 쥐고 있는 호각을 보고, 분명 무슨 큰일이 일어났을 것이라고 직감한다. 그는 천천히 훌라르의 어깨를 달래듯 감싼다. 훌라르는 그에게 기대어 서럽게 운다. 세네칼은 불현듯 어린 날 혼자가 된 후, 자신의 품에서 울던 훌라르를 기억한다. 그 이후로 처음 보는 훌라르의 눈물이었다.

　'그때만큼이나 큰 아픔이라면….'

　세네칼은 수심이 가득한 얼굴로 새벽이 찾아드는 하늘을 바라본다. 검푸른 하늘 위, 유난히 반짝이는 샛별이 그들을 내려다보고 있다.

붉은 달이 저물어가는 아누다르타 남쪽에서도 새벽별들이 빛난다. 바얀 호가 가라앉은 곳 주변에서는 배의 파편을 잡고 반쯤 떠 있는 보리얀의 모습이 보인다. 그녀 주변에는 새카만 새끼 괴물 떼가 버글거리나, 목걸이에 걸려 있는 진주의 묘한 힘 때문에 감히 그녀에게 가까이 접근하지는 못한다.

힘이 빠지는 보리얀의 손에서 그녀가 붙잡고 있던 커다란 파편 조각이 스르륵 미끄러진다. 그녀는 천천히 물속으로 잠겨 들어간다. 이어서 그녀의 손이 검푸른 수면 아래로 잠기려는 찰나, 거대한 날개의 그림자가 머리 위에 드리워진다. 그것은 새카만 깃털로 온몸이 뒤덮여 있는 거대한 새다. 이어서 그 새의 커다란 세 개의 발 중 하나가 그녀를 건져 올린다.

"펄럭, 펄럭-"

보리얀을 조심스레 감싸 쥔 비샤다는 있는 힘껏 날갯짓해서 북쪽 하늘로 날아오른다. 비샤다의 발에 들려 있는 그녀는 점점 작은 점이 되어, 처참히 부서진 배의 잔해와 병사들의 시체에서 멀어진다. 검은 새의 서글픈 울음소리가 온 하늘에 흩뿌려지듯 메아리친다.

⚜ 5장 ⚜
❴ 되찾은 희망과 두 번째 기회 ❵

"…제카르슘의 시체를 성문 밖에 걸어놨습니다."

차루타스 의회의 옥상 위, 세네칼은 낮은 목소리로 말하며 훌라르의 얼굴을 살핀다. 망연자실한 훌라르는 저 멀리 동이 터 오는 하늘을 바라보며 우두커니 서 있다. 병사들은 불타오른 흔적으로 가득한 현장을 수습하는 중이다. 이따금씩 불어오는 바람에 재가 흩날린다.

"자라트라 요새에 서신을 보냈습니다. 아누다르타 남쪽의 상황을 파악하러 투르가 갔으니, 곧 며칠 내로 소식이 올 겁니다."

"……."

아무 말 없이 서 있던 훌라르가 힘없이 말한다.

"선생."

"네, 훌라르 님."

"도저히 살 힘이 나지 않을 때, 선생은 어떻게 하시오?"

세네칼은 물끄러미 훌라르를 바라보다가 깊게 한숨을 내쉰다.

"살 힘이 나지 않을 때라…. 제가 누명을 쓰고 노예로 전락하였던 때가 생각나는군요. 그땐 정말 아무런 희망이 보이지 않았습니다. 그래서 차라리 죽어버릴까, 깊은 고민도 했지요. 그런데 생각해 보니 그럴 필요가 없지 뭡니까."

훌라르는 잔잔한 새벽바람 속에서 세네칼을 응시한다. 세네칼은 훌라르의 손등에 조심스럽게 자신의 손을 얹으며 말을 잇는다.

"한 걸음 떨어져서 보니, 제가 근시안적인 생각에 잠시 잊었더군요. 어차피 사람은 죽는다는 걸 말입니다. 그래서 그저 잃을 것 없는 마음으로 하루하루 살아나갔습니다. 그러다 보니 다시 기회가 생기더군요. 훌라르 님께서 저를 거두어 주셨지요. 그때 크게 느꼈습니다. 어두운 시기가 찾아오면, 그것이 지날 때까지 일단은 살아 있는 것이 중요하다는 걸."

모든 것을 잃은 표정의 훌라르는 혼잣말처럼 작은 소리로 중얼거린다.

"나에게도 살고 싶은 날들이 다시 올까?"

"살아보면 알겠지요. 두고 보십시오."

"……"

훌라르는 힘든 표정으로 세네칼을 응시한다. 그리고 착잡한 목소리로 말한다.

"…지치는군."

이어서 그는 어슴푸레한 새벽을 밝히는 태양을 등지고 돌아선다.

"터벅, 터벅."

잿빛으로 변한 옥상 정원을 가로지르는 훌라르의 무거운 발걸음 소리에, 세네칼은 걱정스러운 표정으로 그의 뒷모습을 쳐다본다. 물끄러미 훌라르를 바라보던 그는 한숨을 내쉰다. 그리고 다시 천천히 고개를 돌려 떠오르는 붉은 태양 빛을 마주하는데, 저 멀리 하늘에서 검은 점 같은 무언가가 날아오고 있는 것이 보인다.

'저게 뭐지?'

세네칼은 미간을 조금 찌푸리고 그것을 자세히 본다.

귀를 기울여보니, 저 멀리에서 거대한 날갯짓 소리가 점점 다가오고 있다.

"펄럭, 펄럭-"

훌라르는 작게 들려오는 그 소리를 듣고 순간 멈칫하며 선다. 그는 천천히 고개를 돌려 동이 터 오는 하늘 쪽을 응시한다. 거대한 새가 무서운 속도로 다가오고 있다.

'비…비샤다!'

훌라르는 떨리는 눈동자로 저 멀리서 날아오는 거대한 새를 응시한다. 비샤다는 긴 울음소리를 내며 공중을 가로질러 의회의 옥상 정원을 향해 날아온다. 주위에 있는 병사들은 비샤다의 모습을 보고 혼비백산하여 옥상 끝자락으로 다들 물러난다. 이어서 옥상 위 하늘까지 도착한 비샤다는 속도를 늦추고 건물 위를 한 바퀴 빙글 돌며 하강한다. 앞에 있는 한 다리로는 무엇을 들었는지, 커다란 새는 나머지 두 다리로 균형을 잡으면서 옥상 정원 한가운데 착륙한다.

"쿠구구궁-"

비샤다가 날갯짓하며 내려앉자, 쌓여있던 재가 구름을 일으키며 저 멀리 사라진다. 훌라르는 비샤다에게 달려간다. 비샤다는 그의 앞에 자신이 고이 들고 있던 것을 조심스레 내려놓는다. 그러자 훌라르의 두 눈에 의식을 잃은 보리얀의 창백한 모습이 들어온다. 훌라르는 하얗게 질린 얼굴로 무릎을 꿇는다. 그는 입을 다물지 못하고 눈앞에 있는 보리얀을 바라본다. 이어서 떨리는 손으로 그녀의 숨결을 확인하며, 심장이 뛰는지 가만히 귀를 기울여 듣는다.

"두근…. 두근…."

약하게 뛰는 보리얀의 심장 소리를 듣고 훌라르의 두 눈에 생기가 돌기 시작한다. 그는 주위를 돌아보며 소리친다.

"의원! 빨리 의원을 부르시오, 어서!"

세네칼은 황급하게 보리얀의 앞으로 달려오고, 병사들은 서둘러 옥상을 내려간다. 훌라르는 보리얀의 옆구리에서 흘러나오는 피를 보고 세네칼에게 말한다.

"추, 출혈이…!"

세네칼은 보리얀의 찢어진 갑옷 사이로 상처의 깊이를 확인한다. 그는 침착한 얼굴로 훌라르를 보고 말한다.

"더 이상 방치하면 안 됩니다. 의원이 올 때까지 기다리면 늦어요. 먼저 여기서 바로 응급처치를 해야겠습니다. 박혀있는 잔해를 빼낸 후 움직여야 합니다. 제게 맡기십시오."

훌라르는 알겠다는 듯 고개를 끄덕인다.

"지금 비상 물품을 준비해 오겠습니다."

세네칼은 서둘러 자리를 뜨고, 훌라르는 시선을 돌려 다시 보리얀을 쳐다본다. 그는 우선 보리얀이 차고 있는 갑옷의 거추장스러운 부분을 조심스레 제거한다. 그리고 그녀가 숨을 잘 쉴 수 있도록 머리를 받쳐 든다. 훌라르는 믿기지 않는다는 듯이 비샤다와 보리얀을 번갈아 쳐다본다.

"어떻게 이런 일이…."

한편, 동이 터오는 자라트라 요새에서는 스루딘이 미심쩍은 얼굴로 요새로

다가오는 무리를 쳐다본다. 육로로 온 그들은 바르벨루스의 깃발을 들고 있고, 몇은 슈라문의 옷차림을 하고 있다. 그들은 자라트라 요새의 정문 쪽으로 다가오고 있다. 스루딘은 그들이 가지고 있는 깃발을 살피며 의심에 찬 얼굴로 중얼거린다.

"바르벨루스? 뭐 하는 놈들이지?"

그때 켄트라가 서신을 들고 들어온다.

"스루딘 관리 장교님, 급한 서신인가 봅니다. 바얀 호에서 왔습니다."

스루딘은 서신을 받아들고 유심히 읽다가 경악스러운 표정으로 입을 가린다. 그는 말도 안 된다는 듯 서신의 내용을 읽어 내린다.

"보고 받은 내용과는 다른 엄청난 괴물이라고? 괴물의 이동 경로를 막기 위해 후속 부대를 차루타스 쪽으로 보내고, 다시 준비하러 돌아오는 중이라니…"

켄트라는 걱정스럽게 그의 얼굴을 살피고, 스루딘은 곰곰이 생각에 잠긴다. 그리고 창밖으로 바르벨루스에서 온 무리를 바라보며 중얼거린다.

"저자들 왠지 느낌이 안 좋군."

심각한 표정으로 서 있던 스루딘은 서신을 접어서 옷자락 안에 넣는다.

그 시간, 바르벨루스에 있는 무니안 페키우스의 방에서는 지샤치와 헤테르만이 근심이 가득한 얼굴로 앉아 있다. 페키우스의 얼굴에는 핏기가 하나도 없다. 그의 눈치를 살피던 지샤치가 작은 목소리로 묻는다.

"그…. 그 시체는 남들 모르게 잘 처리하셨는지요?"

"……"

아직 충격이 가시지 않은 듯한 얼굴의 페키우스는 아무 말 없이 고개를 끄덕인다. 그가 다른 일들을 보고 자신의 방에 돌아왔을 때, 문을 열자마자 보였던 것은 천장에 목이 매달린 한 하급 슈라문이었다. 그 슈라문은 페키우스를 가까이에서 보필하던 사람 중 하나였다. 하급 슈라문의 발끝에는 서신이 한 장 매달려 있었는데, 그것은 세 무니안들에 대한 솔리디몬의 서슬퍼런 경고였다.

"소, 솔리디몬이 분명 그 슈라문을 매수한 것이겠죠? 그래서 우리가 스루딘에게 접근하려는 계획을 알아낸 후 그자를 죽인 것 같은데…."

지샤치가 말에 페키우스가 고개를 젓는다.

"그놈의 방법을 아시지 않습니까. 매수한 것이 아니라 고문을 했습니다. 이미 피투성이가 되어 죽은 자를 매달아 놓았더군요. 이걸 읽어보세요."

페키우스가 솔리디몬이 매달아 놓은 서신을 다른 두 무니안들의 앞에 펼친다. 헤테르만과 지샤치는 그것을 두려운 눈초리로 들여다본다. 헤테르만이 분하다는 듯이 이를 간다.

"하아, 이 교활한 놈. 어째 요즘 조용하다 했습니다. 이것 보세요. 이미 자라트라 요새에 자신의 슈라문들을 보냈으니, 우리더러 아무 수작도 부릴 생각 말고 가만히 있으라는군요. 살고 싶다면…."

페키우스가 고개를 끄덕이며 조용히 말한다.

"일단은 한 걸음 물러설 때인 것 같습니다. 우리가 스루딘에게 관심을 보이고 있다는 것을 알았으니, 솔리디몬은 그를 처리하거나 가로채거나 둘 중 하나를 하려 들 것입니다. 스루딘은 우리가 비밀리에 보낸 서신에도 단칼에 거절 답장을 보낸 자가 아닙니까? 솔리디몬에게는 어떻게 대응하는지 지켜봅시다."

"어쩔 수 없지요. 그래도 지금 세상이 워낙 어수선하다 보니 솔리디몬이 우리를 바로 내치진 못할 겁니다. 무니안들의 자리가 비면 탑의 위상이 휘청거릴 테니까요. 무슨 수를 써서라도 우리가 그놈을 먼저 처리할 계획을 세워야 합니다."

지샤치가 페키우스를 보고 말하자 헤테르만이 덧붙인다.

"그게 어디 쉬워야 말이지요. 사방이 그놈의 첩자니, 원. 그나저나 제카르숌이 오랫동안 자리를 비우는군요. 무슨 일인지…."

차루타스의 온 도시를 비추는 밝은 태양이 온전히 고개를 내민다. 성문이 있는 광장 한가운데에서는 아주 널찍한 간이 연단이 만들어져 있고, 곳곳에서 새로운 화폐를 풀 준비가 한창이다. 광장은 벌써 들뜬 사람들로 가득 차 있다. 집에서 금붙이들을 들고 온 이들, 그들을 지키는 병사들 등 수많은 이들이 성문 근처로 모여든다. 그들은 성문을 바라보고 경악스러운 표정으로 입을 다물지 못한다. 모두가 볼 수 있도록, 새카맣게 탄 제카르숌의 시체가 한가운데 걸려 있다.

"으아악! 저, 저기 좀 봐!"

"저…저거, 무니안 제카르숌 아냐?!"

고통 속에 죽은 것 같은 제카르숌의 얼굴이 똑똑히 보이는 가운데, 성문의 벽에는 새카만 재로 '무니안들의 성스러움은 거짓이다'라고 적혀있다. 그의 옆으로는 자객의 차림을 한 여섯 사내의 시체도 걸려 있다.

"무니안은 죽일 수 없는 존재잖아? 어떻게…?"

사람들은 충격에 빠져서 수군거린다. 화폐 개혁을 시행하기 위해 모인 의원들, 그들을 통솔하며 함께 온 하길웨인, 지오투스, 그리고 그 옆의 하칠소아까지도 넋을 놓고 제카르슘의 시체를 쳐다본다.

"시, 시체가 완전히 타들어 갔어! 간밤에 의회 옥상에서 큰불이 났다던데, 혹시…."

놀란 표정으로 제카르슘의 시체를 응시하던 하칠소아가 중얼거린다. 그때, 혼란스러워하는 사람들 사이에서 피트레온이 연단에 올라가 이렇게 외친다.

"이유 없는 의심은 없다더니, 우리의 생각이 맞았구나! 저것이 바로 거짓 신성함으로 우리를 현혹한 무니안의 최후다!"

피트레온은 사람들을 둘러보며 화가 난 목소리로 소리친다.

"다들 봤습니까? 드디어 진실이 드러났습니다! 무니안은 신성한 존재도, 불사의 존재도 아닙니다! 바르벨루스는 지금까지 우리에게 사기를 쳤다고요!"

그러자 사람들의 웅성거림은 곧 분노로 바뀐다.

"모크샤의 신성함을 모독한 바르벨루스를 치자!"

"사기꾼 무니안 놈들을 몰아내자!"

사람들이 너도나도 주먹을 들며 외치자 피트레온은 그들을 조금 진정시킨다.

"당연한 말입니다! 하지만 그들로부터 완전히 독립하는 것이 우선 아니겠습니까? 이 분노를 모아, 어서 우리의 화폐부터 싹 바꿔버립시다. 금을 버립시다!"

"금을 버리자!"

사람들이 앞다투어 새로운 화폐를 받으려고 줄을 서고, 피트레온은 의원들을 향해 소리친다.

"의원들은 어서 올라오십시오! 뭘 꾸물거리십니까?"

사태를 파악한 의원들은 서둘러 연단에 올라간다. 이어서 그들 중 훌라르의 개혁안에 저항했던 늙은 의원이 가장 먼저 외친다.

"차루타스의 시민 여러분, 사기꾼 무니안들의 손아귀에 더는 놀아나지 맙시다! 자랑스러운 차루타스의 의원으로서, 내가 가장 먼저 금붙이들을 버리겠소!"

그는 새로운 화폐 뭉치를 높이 치켜들고, 가지고 온 금붙이가 든 자루를 바닥에 쿵 던져버린다. 그러자 다른 의원들 또한 앞다투어 자신들이 가지고 온 자루들을 버리듯 바닥에 던진다. 사람들은 그 모습을 보고 환호한다. 일단 자기 역할을 다 했다고 생각한 피트레온은 연단에서 내려와 몇 걸음 물러난다. 그는 사람들의 반응을 살핀다. 시민들은 앞다투어 화폐를 바꾸려 하고 병사들은 군중의 질서를 잡는다. 피트레온은 조용히 그곳을 빠져나오려 하며 복잡한 표정으로 생각한다.

'이 정도면 잘한 건가? 일단 세네칼 선생이 시키는 대로는 했는데…. 근데 저 무니안 놈은 또 왜 여기서 죽은 거지? 진짜 지금까지 저들이 보였던 신성함이 다 사기였다고?'

그때, 피트레온이 높은 직책인 파견사임을 알 리 없는 차루타스의 주민 하나가 흥분한 표정으로 그에게 다가온다. 그리고는 그에게 무거운 지폐 자루를 턱, 얹어놓으며 말한다.

"자, 저쪽으로 화폐 자루 옮기는 걸 좀 도와주게!"

순간 놀란 피트레온은 조금 당황한 기색을 숨기고 호탕하게 웃는다.

"아하하…. 그럼! 당연히 도와야지!"

자루를 준 사내는 피트레온의 어깨를 툭툭 두들겨주고 지나간다. 피트레온은 웃는 낯으로 그에게 고개를 끄덕이더니, 이어서 울상으로 중얼거린다.

"에잇, 훌라르 님은 지금 어디 계신 거야? 맨날 일은 나한테 다 시키고!"

결국 피트레온은 사람들 사이에 섞여 하루 종일 금붙이를 묶어서 정리하고, 화폐를 나른다.

제카르슾의 죽음과 무니안들의 거짓에 대한 이야기는 걷잡을 수 없이 퍼져 나간다. 차루타스는 화폐 개혁을 단행한 후, 바르벨루스로부터의 경제적 자립을 선언한다. 그렇게 시끌벅적한 하루가 지나가며 어느새 석양이 찾아든다.

의회에서 가까운 고급 여관의 널찍한 방에는 보리얀이 누워있다. 그녀의 몸은 청결하게 닦여있고, 환부에는 전문가의 솜씨로 갈무리한 붕대가 튼튼히 감겨있다. 침대 옆에 기대어서 기진한 듯 잠들어 있는 훌라르는 아직 핏자국과 그을음을 뒤집어쓴 헝클어진 모습 그대로다.

"으윽…."

보리얀이 작은 신음을 내며 천천히 두 눈을 뜬다. 부옇게 밝아오는 그녀의 시야에 고즈넉한 저녁 햇살이 비치는 창가의 풍경이 들어온다. 형형색색의 수정으로 만들어진 등잔들, 고급스러운 탁자 위에 마실 것이 든 잔, 각종 의료용품, 피가 묻은 붕대들. 보리얀은 아직 정신이 온전히 들지 않은 얼굴로 천천히 자신의 옆을 응시한다. 누군가 옆에서 지쳐 잠들어 있다. 그을음, 피, 그리고 탄 냄새…. 그러자 서서히 기억이 난다. 불타올랐던 바얀 호, 병사들의 비명, 멀어지던 루딘의 눈길.

그러자 갑자기 심장을 후벼 파는듯한 고통이 보리얀의 마음을 후려치듯 밀려들어 온다. 그녀의 눈에 뜨거운 눈물이 고인다. 온몸이 떨리지만 힘이 없어

움직일 수가 없다. 눈물이 볼을 타고 흐른다. 그녀는 믿을 수 없다는 듯 힘없이 흐느낀다.

"흐으으윽…. 흑, 흑."

그 소리에 선잠에서 깬 훌라르는 보리얀을 쳐다보고 붉게 충혈된 눈을 휘둥그레 뜨며 외친다.

"어? 깨어났다! 깨어났어!"

보리얀은 귀에 익은 목소리에 필사적으로 몸을 일으키려고 한다.

"어어, 안 돼. 아직 누워있어야 해."

훌라르는 그녀를 조심스럽게 붙잡아서 막는다. 보리얀은 그를 알아보기는 하는 건지, 아닌지 모를 눈으로 말없이 눈물을 흘린다. 그러자 훌라르는 걱정스러운 얼굴로 주위를 두리번거리며 마실 것을 찾는다.

"이런, 탈수가 오면 안 되는데."

그는 중얼거리며 탁자 위에 놓여있는 잔을 든다. 그리고 보리얀의 머리를 가만히 받쳐 들고는 그녀의 입가에 잔을 천천히 가져간다. 보리얀은 흐느끼며 무의식적으로 물을 몇 모금 마신다. 훌라르는 깨끗한 천으로 입가를 닦아주며 그녀를 다독인다.

"괜찮아, 이제 괜찮아."

그는 보리얀의 머리를 베개 위에 다시 누인다. 그녀는 목이 메어 거의 나오지 않는 목소리로 중얼거린다.

"다…. 다 죽었어…."

"……."

훌라르가 아무 말 없이 그녀를 바라보자, 보리얀은 끓어오르는 슬픔으로 힘겹게 몇 마디를 내뱉는다.

"아빠도, 루딘도 다….."

훌라르는 보리얀의 손을 꼭 쥐고 어루만진다. 보리얀의 눈물을 보자 그의 가슴 깊숙한 곳이 아려온다. 그의 귓가에는 제카르슙이 남긴 말이 생생하게 맴돈다.

'너만 아니었으면 그들은 살았을 텐데….'

보리얀은 기진맥진하여 다시 정신을 잃듯 고개를 떨군다. 훌라르는 가만히 그녀의 숨결을 확인한다. 그리고 눈물로 얼룩진 얼굴을 정성스레 닦아주고는 한동안 그녀를 바라본다. 그의 깊은 자주색 눈동자가 죄책감에 물든다. 점점 스러져 가는 노을의 끝자락이 그의 턱선과 매끈한 콧날을 진한 주황색으로 비춘다.

생각에 잠긴 표정으로 보리얀을 바라보던 훌라르는 그녀가 마시던 잔을 조용히 입에 가져가서 마른 목을 축인다. 그는 흐트러진 보리얀의 머리카락을 가만히 쓸어넘기며 낮은 목소리로 속삭인다.

"…그래도 일단은 살아 있어야 하는 거래."

그는 복잡한 마음으로 조심스럽게 자리에서 일어나 창가로 향한다. 소리 없는 발걸음이 도톰하게 깔린 융단 위를 사뿐히 지난다. 훌라르는 팔짱을 끼고 창밖을 응시한다. 거리에는 새로운 화폐를 가지고 돌아오는 사람들의 들뜬 모습이 보인다.

그때 누군가 조심스럽게 문을 두드린다. 훌라르는 발걸음을 돌려 조용히 방문을 연다. 걱정스러운 표정의 세네칼이 서 있다. 세네칼은 침대 쪽을 살피며 묻는다.

"좀 어떻습니까?"

"의식이 돌아왔소, 다행히…."

훌라르는 보리얀이 있는 쪽을 바라보며 대답한다. 세네칼은 다행이라는 듯 고개를 끄덕이고, 훌라르에게 가까이 다가가며 말한다.

"오랫동안 준비했던 만큼 화폐 개혁이 성공적으로 이루어지고 있습니다. 아까 보니 피트레온이 제 몫을 다하고 있더군요. 그리고 전에 분부 내리신 대로, 모인 금은 아무도 모르는 호수 밑바닥에 모두 다 가라앉혔습니다."

훌라르는 생각에 잠긴 얼굴로 고개를 끄덕인다. 세네칼은 조심스레 말한다.

"저기, 그런데 어젯밤에 있었던 일 말입니다. 병사들 사이에서 소문이 났나 봅니다. 누가 훌라르 님이 제카르슘을 불태워 죽이는 것을 봤다고…."

세네칼은 말끝을 흐리고 훌라르의 표정을 살핀다. 훌라르는 옅은 미소를 짓는다.

"궁금할 텐데, 내게 무슨 일인지 묻지 않으시는군."

"준비가 되시면 말씀해 주시겠거니 하고 기다렸지요."

"……."

훌라르는 말없이 따뜻한 눈길로 세네칼을 바라본다. 이어서 그가 부드러운 목소리로 말한다.

"씻고 와서 다 얘기해 드리겠소."

선선한 초저녁의 바람이 불어온다. 연한 남색으로 저물어가는 하늘 아래, 슈라문들에게 점령당한 자라트라 요새에서는 자신의 방에 갇혀 있는 스루딘이 참담한 얼굴로 앉아 있다. 다른 관리 장교들 또한 각자의 방에 격리되어 있고, 슈라문들과 함께 온 노예병들이 방 밖에서 그들을 감시하고 있다. 스루딘은 방안을 왔다 갔다 하며 골똘히 무언가를 생각하더니 켄트라에게 조용히 손짓한다.

"켄트라, 우리 요새를 구하기 위해 자네에게 중요한 임무를 줘야겠네. 할 수 있겠나?"

"네, 당연하지요."

켄트라가 눈을 반짝이자 스루딘은 그의 귓가에 무언가를 속삭인다. 켄트라는 그것을 집중하여 들으며 고개를 끄덕인다. 지시사항을 전달한 스루딘은 당부하듯 말한다.

"저들이 손을 쓰기 전에 우리가 먼저 움직여야 해. 알겠지?"

"네, 관리 장교님."

켄트라가 방문을 나서려 하자, 바르벨루스의 노예병이 그를 막아서며 경직된 목소리로 묻는다.

"어디 가는 것이오?"

"스루딘 관리 장교님께서 시장하다고 하셔서. 자네에게도 먹을 것 좀 가져다줄까?"

노예병은 놀란 듯 그를 쳐다보며 고개를 젓는다. 켄트라는 그 모습을 보고 빙그레 웃는다.

"낯을 좀 가리는 친군가 보군. 알겠네. 어쨌든 잠시 다녀오지."

켄트라는 발걸음을 옮긴다. 그는 저쪽에서 걸어오는 다른 관리 장교의 시종과 비밀스럽게 눈을 마주친다. 바쁜 걸음으로 식재료실로 향하는 켄트라의 뒤로 그를 곁눈질하는 노예병들의 모습이 보인다. 식재료실 안에는 두려운 표정으로 다른 관리 장교들의 식사를 준비하는 시종들이 몇 있다. 켄트라는 주위를 살피고 그들에게 말한다.

"관리 장교님들과 책임 선장님들의 가족이 다 민간인 처소에 있지?"

다른 시종들이 고개를 끄덕이자 켄트라가 지시한다.

"스루딘 관리 장교님의 명령이다. 지금 그분들이 어딘가로 이송되기 전에, 모두 요새 안으로 모셔와야 해. 비어 있는 병사장실이나 물품 보관실을 확보해 놓자."

"어떻게? 그분들이 병사가 아닌 걸 다 눈치챌 텐데?"

"그러니까 우리 같은 시종으로 변장시켜야지. 그리고 일단 주위에 있는 노예병들을 후하게 대접해 줘. 그들이 슈라문들에게 등을 돌리게 만드는 게 급선무니까."

시종들이 고개를 끄덕인다. 켄트라는 노예병들이 다가오는 소리를 듣고 그들과 떨어지며 말한다.

"이제 움직이자."

식료품실 안에 노예병들이 들어오려는 찰나, 켄트라와 다른 시종들은 아무 일도 없었다는 듯 서로 떨어져서 음식을 준비한다. 접시에 음식을 담고 빵조각들이 담긴 광주리를 챙겨 든 켄트라는 다시 잰걸음으로 스루딘의 방을 향해 돌아간다. 그는 가는 길에 있는 노예병들에게는 살짝 미소를 지어 보이며 빵조각을 하나씩 건넨다. 오랜 길을 걸어오느라고 지치고 배가 고팠던 노예병들은 차마 마다하지 못하고 그것을 받아든다. 이어서 켄트라는 스루딘의 방 앞에 서 있던 노예병에게도 빵을 내민다. 노예병이 머뭇거리며 선뜻 받아들지 않자, 그가 재촉하듯 속삭인다.

"아, 얼른 받아. 윗분들 모셔봐서 알지 않는가. 아랫것들은 서로서로 챙겨야지."

그 말에 결국 노예병은 빵을 받아든다. 켄트라는 그에게 싱긋 미소 짓고 다시 방 안으로 들어간다. 그는 문을 닫고 스루딘에게 귓속말로 무언가 소곤댄다. 그러자 스루딘이 고개를 끄덕인다.

"좋아. 이제 관리 장교들뿐 아니라 다른 병사들에게도 소문을 내게. 슈라문들의 손에 그들의 가족이 위험하다고. 다들 물자가 끊기는 것이 무서워 가만히 있다면, 그것보다 더 두려운 것이 있다는 걸 알려야 움직이겠지?"

"네. 접시를 비우시면 그것을 가지고 나가는 척하며 일을 처리하겠습니다. 문제는 민간인들의 처소에 있는 그 감독관 여자인데…."

그러자 스루딘은 켄트라가 밖에 있을 때 작성한 작은 종이쪽지를 건넨다.

"그래서 준비했지. 그 여자에게 이걸 전해주게."

켄트라는 쪽지를 받아들고 그것을 옷깃 안쪽 깊숙이 넣는다. 스루딘은 그의 총명한 눈빛이 마음에 든다는 듯, 어깨를 두드려 준다.

"고맙네, 켄트라. 정말 든든하군."

"…황송합니다."

고개를 숙이는 켄트라의 입가에도 미소가 어린다.

시간이 흘러 고요한 달무리가 차루타스의 거리를 비춘다. 늦게까지 화폐를 바꾼 사람들이 병사들의 인도를 받으며 각자의 집으로 돌아가고 있다. 의회 근처의 여관 안, 수척한 모습의 보리얀은 침대에 누워서 달빛을 바라본다. 색색의 유리 등잔에서 흘러나오는 은은한 불빛이 그녀를 비춘다.

'윕실론….'

보리얀은 마음속으로 윕실론을 가만히 불러본다.

'……'

'윕실론?'

대답이 없다. 윕실론의 목소리도 들리지 않을 뿐 아니라 존재 자체를 느낄 수가 없다. 보리얀은 문득, 윕실론이 더 이상 자신과 있지 않다는 것을 깨닫는다. 그녀는 단 한 번도 경험해 보지 못했던 암흑 속에 있는 느낌으로 달빛을 바라본다. 온 세상에 홀로 남겨졌다는 생각이 드는 순간, 조용히 방의 문이 열린다. 열린 문틈으로 키가 훤칠한 사내의 그림자가 드리워진다. 이어서 훌라르에게 속삭이는 듯 묻는 세네칼의 목소리가 들린다.

"정말 여기서 밤을 새우실 겁니까?"

"난 괜찮으니 선생은 옆 방에 들어가서 쉬시오. 오늘도 고생 많으셨소."

대답하는 훌라르의 목소리와 함께 다시 방문이 닫힌다. 사뿐사뿐, 보리얀에게 다가오는 발걸음 소리가 들린다. 보리얀은 물끄러미 그를 쳐다본다. 훌라르는 그녀의 눈을 마주 보고 아무 말 없이 침대 옆에 있는 의자에 앉는다. 그리고 천천히 손을 뻗어서 보리얀의 이마에 손을 댄다. 그는 부드럽게 말한다.

"근처에서 온천수를 구했어. 몸을 회복하는 데 도움이 많이 될 텐데, 좀 마셔볼래?"

"……"

"한 모금만이라도. 응?"

훌라르는 그녀가 몸을 조금 일으킬 수 있도록 돕는다. 그리고 탁자 아래에 놓여있는 커다란 물통에서 잔을 채운 후 입가에 가져다준다. 보리얀은 마지못해 몇 모금을 마신다. 훌라르는 그녀의 젖은 입가를 자신의 소매로 닦아준다.

"몸이 좀 나으면 시타다라의 온천에 함께 가보자. 내가 어렸을 때 좋아했던 곳이 있는데, 거기 온천물이 자라트라 요새에 있는 것보다도 효과가 좋아. 모크샤의 알에 더 가깝거든."

보리얀은 그저 그를 물끄러미 바라본다. 아무 말 없이 앉아 있는 둘 사이에 잠시 침묵이 맴돈다. 힘겹게 숨을 조금 들이쉬는 보리얀의 눈에 굵은 눈물방울이 어린다. 그녀는 눈물을 참으려는 듯 떨리는 목소리로 작게 말한다.

"…하늘을 나는 배가 있었어요."

슬픔으로 벅차오르는 숨을 고르며 말을 잇는 보리얀의 입술이 떨린다.

"괴물과 싸우는데 하늘에서 불 대포가…."

훌라르는 안타까운 표정으로 고개를 끄덕인다. 그는 보리얀의 눈가를 닦아준다.

"샤테이드의 라플라 부대야. 무니안 제카르슘이 꾸민 짓이었어."

"……."

"미안해. 내가 막았어야 했는데…."

보리얀은 눈물을 떨구면서도 그의 잘못이 아니라는 듯 고개를 젓는다. 그 모습에 가슴이 무너지는 듯, 훌라르는 밀려드는 자책감에 조금 더듬거리며 말한다.

"내, 내가 그놈을 죽였어. 그러니까 이제 넌 안전할 거야."

"무…무니안을요?"

"그래. 내가 그놈을 불태워 죽였어. 다 거짓말이었거든. 무니안들이 신성하다는 것도, 아무것도 그들을 죽일 수 없다는 것도."

훌라르는 그녀의 손을 다독여 준다.

"나중에 다 알게 될 거야. 지금은 일단 푹 쉬어야 해. 슬픔도, 걱정도, 아무런 생각도 없이."

"…그러기가 너무 힘들어요."

보리얀이 눈물을 참으며 말하자 훌라르는 그녀의 어깨를 감싸서 안아준다. 그의 품에서 보리얀은 처음으로 자신의 마음 가장 깊은 곳에 있는 유약함을 들여다본다. 끝 모를 불안과 외로움, 자책감이 그녀를 잠식한다.

"난 아무것도 못 했어. 그래서 이제 아무도 없어…."

보리얀의 혼잣말을 듣고 훌라르는 밀려드는 마음의 고통을 억누르며 두 눈을 감는다. 그는 차마 말하지 못하지만 속으로 읊조린다.

'…그래도 나에게 가장 중요한 사람이 살았어. 네가 여기 있으니.'

잔잔한 등잔 빛만이 그 둘을 비추는 가운데 침묵이 공기를 메운다.

한편, 미다스 궁에서는 즈로이아가 자신의 방에서 오열한다.

"으아아아!"

부들거리는 그녀의 손에는 샤테이드에서 온 서신이 들려 있다. 남쪽 해상에서 라플라들만 돌아왔을 뿐, 마녀들은 결국 한 명도 살아남지 못했다는 소식이다. 서신을 받기 전, 그녀는 제카르슘이 죽었다는 속보를 전해 들었던 터였다. 즈로이아는 이를 부득부득 간다.

"제카르슘…. 네놈이!"

그녀는 바닥에 주저앉아 제카르슘에 대한 저주의 말을 퍼붓는다. 그리고 한바탕 울분을 쏟아내며, 용서할 수 없다는 듯이 중얼거린다.

"그렇게 죽어버리다니…. 감히, 그렇게 죽어버리다니. 내 자매들의 복수는 어떡하라고!"

몸으로 낳은 자식에게 주지 못한 사랑을 주며 자신의 손으로 키워낸 노예 아이들이었다. 그런 자매들을 죽음으로 내몬 제카르슘을, 누군가 불태워 죽였다. 소문에 따르면 마에린 상급 슈라문 훌라르의 짓이다. 즈로이아는 눈을 파르르 떨며 생각에 잠긴다.

자신에게 군사를 주기로 약속한 훌라르. 무니안들에게 반기를 들고, 현재 차루타스에서 난리를 일으키고 있는 훌라르. 그리고 자식 같지도 않은 자신의 아들을 처형시킨 훌라르.

"애매한 놈. 쳐 죽여도 마땅찮은 놈인지, 내가 힘을 보태야 할 놈인지…."

그녀는 훌쩍이며 고민에 잠긴 표정으로 입술을 잘근잘근 씹는다.

그 시간, 자라트라 요새에서는 스루딘이 밖에 있던 노예병을 방에 불러서 대화를 했던 모양이다. 그는 방 밖으로 나가는 노예병에게 미소 짓는 얼굴로 말한다.

"테사닌이라고 했지? 아까도 얘기했다시피, 기회는 항상 찾아오는 게 아니라네. 내 제안을 잘 생각해 봐."

"…네, 관리 장교님."

노예병은 대답하며 복잡한 심경이 담긴 눈으로 방에서 나온다. 문이 다시 닫히자 통로 곳곳에 서 있던 다른 노예병들이 궁금한 눈초리로 그에게 묻는다.

"왜? 관리 장교님이 뭐라고 하시던가?"

"그게…."

테사닌은 잠시 고민하는 듯한 눈초리로 말끝을 흐리다가 대답한다.

"하급 슈라문들의 뒤치다꺼리를 하느니, 차라리 자라트라 요새에서 괴물을 잡는 병사가 되는 것이 낫지 않겠냐고…."

"노예들이 어떻게 병사가 된단 말인가? 주인들이 허락하거나 요새에 팔지 않는 이상 불가능한데."

"관리 장교의 특권으로 받아주시겠다네. 대신 거절한다면 기회는 다시 없을 거라셔."

"뭐라고?"

"자라트라 요새의 관리 장교는 비상시에 노예들을 그 주인에게서 사 올 수도 있고, 거절한다면 그 노예를 강제로 부대에 편입할 수도 있대."

그러자 노예병들은 깜짝 놀란 얼굴로 수군대고, 맞은편에 서 있던 다른 노예병이 중얼거린다.

"요새가 바뀌고 있다는 소문은 많이 들었는데, 정말이었나 보군. 만약 저런 분을 모시는 병사가 된다면 얼마나 명예스럽겠나."

그러자 그의 옆에 있던 또 다른 노예병이 퉁명스럽게 말한다.

"치, 꿈 깨게. 노예 주제에 명예는 무슨."

그러자 그 말을 들었는지, 방문이 열리더니 스루딘이 나온다. 노예병들은 모두 얼어붙은 듯 서서 그의 얼굴을 살핀다. 스루딘은 빙긋 웃음을 짓고 그들 사이로 다가온다.

"하하, '명예는 무슨'. 그러게나 말이네. 그럼 자네들이 모시는 슈라문들은 정녕 명예로운 사람들인가? 그들이 노예인 자네들과 다를 게 무엇인데 그렇게 인생을 바쳐 모셔야 하는가?"

그러자 한 노예병이 작은 목소리로 말한다.

"그래야 하니까요. 안 그러면 목이 날아갈 겁니다."

"그렇군. 평생 노예처럼 사는 것이 죽는 것보다는 낫다, 이건가?"

"……."

스루딘은 노예병들을 스윽 둘러본다.

"이 요새엔 지금 불청객으로 찾아온 슈라문들보다 몇백 배는 많은 병사가 있네. 그리고 이 세상엔 쓸데없는 슈라문들과 무니안들보다 몇천 배는 많은 사람이 있어. 그런데 왜 우리가 저 말도 안 되는 자들에게 쥐여사는지 아는가? '그래야 하니까'라고 생각하기 때문이야."

그러자 테사닌이 기어들어 가는 목소리로 말한다.

"하지만 저희는 관리 장교님처럼 에실린도 아닙니다. 게다가 타고 나길 평생 노예로 살아야 하는 운명이고요."

그러자 스루딘은 그에게 다가가서 그와 눈을 마주친다.

"그러니까 내 책임 아래에 요새로 들어오라는 것 아닌가. 그거 아나? 내 가장 친한 친구는 루에린이네. 책임 선장 '바얀'이라고, 나와 같이 서쪽 호수 출신이지. 그의 이름과 활약상은 꽤 유명할 텐데? 게다가 그의 정예병 중 사타니크라는 병사장은 심지어 노예 출신이야. 즉, 이 요새에선 자네들이 에실린이 아니라고 해서, 혹은 노예라고 해서 이루지 못할 것은 없어."

그 말을 들은 노예병들의 눈동자가 흔들린다. 그들을 응시하던 스루딘은 진지한 목소리로 말을 잇는다.

"나는 자네들이 진정 명예로운 삶이 무엇인지 알 수 있는 기회를 주겠네. 하지만 운명을 바꿀 기회는 죽음을 무릅쓰고 선택해야 하는 법이지. 모두 오늘 밤까지 고민해 보게. 그리고 명심해. 자기 자신을 구하지 않는 자들을 구해줄 사람은 없다는 걸."

스루딘은 근엄한 눈빛으로 그들을 바라보고 다시 방으로 발걸음을 돌린다. 천천히 문을 닫은 후, 그는 다시 긴장한 표정으로 돌아와서 귀를 문에 가져다 댄다. 문틈으로 노예병들이 수군대는 소리가 들린다. 오가던 다른 시종들도 왔는지 그들 또한 가담해서 노예병들을 부추기는 소리가 들린다. 그들의 반응을 듣는 스루딘의 얼굴에 점점 미소가 퍼진다. 그때, 바쁜 걸음 소리가 들리더니 누군가가 스루딘의 방문을 두드린다. 스루딘은 깜짝 놀라서 문에서 떨어진다. 그는 옷매무새를 가다듬고 아무 일 없다는 듯 문을 연다. 앞에는 숨을 조금 가쁘게 쉬는 켄트라가 서 있다.

"아이고, 자리를 비워서 죄송합니다."

켄트라가 미소를 걸친 얼굴로 공손하게 말하자 스루딘은 능청스럽게 그를 맞이한다.

"아니, 이 사람. 슈라문들 때문에 일이 늘어서 그런가, 그릇 정리가 이제야 끝났나 보군. 피곤할 텐데 어서 들어오게. 시원한 차나 한잔 들자고."

스루딘의 따뜻한 응대에 사뭇 부러운 눈으로 켄트라를 쳐다보는 노예병들 뒤로 문이 닫힌다. 켄트라는 십 년 감수했다는 듯이 이렇게 소곤거린다.

"샬리타 님과 다른 분들을 무사히 모셔왔습니다. 지금 빈 병사장실에 계십니다. 돌아다녀 보니 관리 장교님들과 책임 선장님들이 계신 곳의 경비가 가장 삼엄한 것 같습니다. 병사들이 워낙 많아서 그런지, 동굴 쪽에는 노예병들의 수가 그렇게 많지 않습니다."

"그렇군. 잘됐네. 병사들의 반응은 어떤가?"

"안 그래도 바르벨루스에 대한 반감이 강했던 참에, 슈라문들이 관리 장교님들과 책임 선장님들을 감금해 놓았다는 것을 알리자 분노가 끓어오르고 있습니다. 게다가 그들이 가족들을 건든다고 하니….”

켄트라가 낮은 목소리로 말을 잇는다.

"잘하면 우리 계획대로 슈라문들을 잡아 가둘 수 있을 것 같습니다.”

스루딘이 그 말을 듣고 고개를 끄덕인다.

"그래. 수고했네. 다른 관리 장교들은 지금 어떻게 하고 있는가?”

"흠, 그게…. 그냥 스루딘 관리 장교님을 믿으시는 듯한데, 아직 이렇다 할 조치를 취하고 있지는 않습니다. 슈라문들이 가족들을 볼모로 잡을 거라는 소문에 심히 불안해하시는 것 같다고는 합니다.”

"에휴. 결국 카슘 때와 똑같군. 어느 편이든지 묻어가겠다, 이거지 뭐.”

스루딘은 한숨을 푹 내쉬며 저물어가는 달빛을 바라보더니 혼잣말처럼 중얼거린다.

"봤지? 이래서 내가 늙네.”

"조금만 기다리십시오. 민간인 처소의 감독관에게 쪽지를 잘 전했습니다. 급한 대로 훌라르 님의 뜻이라고 둘러댔으니, 그 여자가 우리의 작전을 묵인해 줄 것입니다. 전에 명하신 대로 저는 관리 장교님께서 병사들과 만날 수 있는 시간과 장소를 따로 마련해 놓겠습니다.”

스루딘은 켄트라의 어깨를 툭툭 두드려 준다.

"정말이지 자네 같은 인재는 만인의 눈과 귀가 되어 이 세상이 잘 돌아가게 도와야 하는 건데. 그렇지 않은가?”

"하하, 저는 관리 장교님을 모실 수 있어서 기쁠 뿐입니다. 아무것도 아닌 저를 사람 취급해 주시고…."

"아무것도 아니라니. 자넨 훌륭한 젊은이야. 나는 사람다운 사람을 사람 대접한다네."

켄트라는 빙그레 웃으며 스루딘을 바라본다. 스루딘은 그에게 시원한 차 한 잔을 건넨다. 감사하게 받아들고 마시는 켄트라의 얼굴에 뿌듯함이 감돈다. 하지만 그들은 상상조차 하지 못하고 있다. 어떠한 소식이 그들을 기다리고 있는지를.

또 다른 하루가 지난다. 밤이 깊은 차루타스의 여관에서는 훌라르가 잠들지 못하고 자신의 방에서 서성인다. 그의 신경은 온통 옆 방에 있는 보리안에게 향해 있다. 세네칼은 걱정스러운 얼굴로 그를 말 없이 쳐다본다. 훌라르가 작게 한숨을 내쉬며 낮은 목소리로 묻는다.

"보리안이 하루 종일 아무것도 먹질 않는데, 뭐라도 좀 해야 하지 않겠소? 이대로 두면 위험할 거요."

"그러게요. 일단은 회복할 의지를 찾는 것이 중요해 보입니다만…."

"시간이 가면 나아지는 병들도 있지만, 알맞은 시간에 치료해야 하는 병도 있잖소. 몸이 건강해져야 마음도 기운을 차릴 수 있는 법인데…. 안 되겠군. 음식을 넘기지 못한다면 온천수라도 계속 줘야지."

"그럼 오늘도 보리안의 방에서 밤을 보내시게요?"

"누군가는 계속 그녀에게 말해 줘야 할 것이 아니오. 부디 살아달라고."

훌라르는 마음을 먹은 듯이 방을 나선다.

"똑똑."

그는 옆 방의 문을 조심스럽게 두드린다. 인기척이 없다.

'잠들었나?'

살며시 문을 열고 보니, 보리얀은 마치 넋이 빠져나간 사람처럼 어둠 속에 앉아서 창밖을 응시하고 있다. 훌라르는 조용히 방문을 닫고 그녀에게 다가간다. 그는 침대 옆에 있는 등잔을 조금 밝힌다.

"…붕대 감은 곳은 좀 어때?"

"괜찮아요."

보리얀은 훌라르의 눈을 제대로 쳐다보지 않고 작은 목소리로 대답한다. 훌라르는 잠시 그녀를 응시한다. 그새 바싹 여윈 얼굴, 갈라진 입술, 몸 여기저기에 들어 있는 울긋불긋한 멍. 쳐다보기만 해도 그의 가슴이 쓰라린다. 훌라르는 옅은 한숨을 내쉬고 침대 옆으로 의자를 끌어당겨 앉는다. 그리고 보리얀에게 묻는다.

"왜 나를 제대로 보지 않는 거지?"

"……."

"혹시 내가 미운가? 바얀 호를 구하지 못해서?"

"아니요."

"그럼?"

보리얀은 입술을 꼭 깨물더니 작게 중얼거린다.

"…혼자 살아남은 제가 너무 한심해서요."

훌라르는 잠시 아무 말을 하지 못하고 보리얀을 응시한다. 그는 천천히 손을 뻗어서 보리얀의 뺨에 살며시 가져다 댄다. 보리얀은 마지못해 시선을 돌려 그를 바라본다. 훌라르의 짙은 자주색 눈동자에는 깊은 슬픔과 온정이 서려 있다.

"내가 널 한심하게 보는 것 같아?"

보리얀은 조금 고개를 젓는다. 훌라르는 가만히 보리얀의 얼굴을 쓰다듬으며, 붉어지는 그녀의 눈시울을 마주 본다. 보리얀의 두 눈에 눈물이 차오르는 만큼, 아픔이 고스란히 그에게도 밀려든다. 훌라르는 조금 떨리는 목소리로 말한다.

"…네가 살아남은 건 기적이야. 한심한 게 아니라."

"기적이 아니라 저주인 것 같아요."

"무슨 말이야, 그게?"

"모테라의 저주 한가운데 있는 게 저였던 것 같아요. 저를 살리려다가 모두…."

보리얀이 차마 말을 잇지 못하자 훌라르는 고개를 젓는다.

"네 머릿속에 있는 생각이 너를 저주하게 내버려 두지 마. 다 생각일 뿐이야."

"……."

"이것 봐. 내가 간 이후로 온천수가 하나도 줄지를 않았네. 이거라도 잘 마셔야지."

훌라르는 침대 주변에 있는 온천수를 잔에 따라 그녀에게 건넨다. 보리얀은 가만히 잔을 바라본다.

"어서. 네가 이거 다 마실 때까지, 난 안 갈 거야."

훌라르가 부드럽게 말하자 그녀는 천천히 잔을 비운다. 훌라르는 그 모습을 보고 옅은 미소를 지으며 보리얀에게서 잔을 받아든다. 그리고 그녀의 머리를 가만히 쓰다듬는다. 보리얀은 한동안 말없이 그를 응시하다가 작은 목소리로 묻는다.

"이…이제 어떻게 살죠?"

훌라르는 그녀의 눈물을 자신의 손등으로 닦아준다.

"글쎄. 나도 지금껏 그 답을 찾으며 살아온 것 같은데. 온 가족을 불 속에서 다 잃고 혼자가 되었을 때, 같은 질문을 했거든."

"온 가족을요?"

보리얀은 묻다가, 문득 그가 가장 두려워하는 것이 불이라고 했던 것을 기억해 낸다. 그녀는 훌라르의 얼굴을 살피며 조심스레 묻는다.

"무슨 일이 있었던 거예요?"

"…많은 일이 있었지. 내 가족을 죽이려는 사람들은 언제나 많았거든. 독살 시도와 암살 시도들…. 덕분에 나는 어린 나이부터 검술을 익혔어야 했어. 아버지는 내가 태어나고 얼마 있지 않아서 독살당하셨고, 어머니와 할아버지께서는 꿋꿋하게 바르벨루스에서의 자리를 지키셨지. 그런데…."

잠시 숨을 들이쉬는 훌라르의 목소리가 떨린다.

"결국 할아버지께서 돌아가시고 장례식이 있던 밤, 조문객과 가족들이 모두 모여 있는 우리 집에 큰불이 났어. 누군가 계획한 일이었지. 아무도 나가지 못했어. 놈들이 밖에서부터 모든 문을 잠가버렸거든. 어머니, 친척들, 우리를 가족처럼 생각하던 하급 슈라문들…. 난 내 눈앞에서 그들이 비명을 지르며 타들어 가는 것을 봤어. 그런데 아무것도 할 수가 없었지."

보리얀은 예상치 못한 이야기에 눈을 둥그렇게 뜬다.

"어, 어떻게 그런…."

"제카르슘. 그놈이 이글거리는 불 속에서 걸어 나오는 걸 내 눈으로 똑똑히 봤어. 그런데 비샤다가 문을 부수고 들어오더군. 제카르슘은 나를 보호하려

하는 비샤다를 해치려고 했고, 비샤다는 그놈을 막으려고 날개를 펼쳤지. 그 순간 불타는 천장이 내 위로 무너져 내렸어. 제카르슘은 아마 그걸 제대로 보지도 못하고 자리를 피했을 거야. 비샤다가 뚫어놓은 문으로 마침 누군가 나를 구하려고 뛰어 들어왔거든. 아르테스 님의 아버님이셨어. 불이 난 걸 보고 댁에서 급히 사람들을 모아 오셨던 거야."

훌라르는 잠시 자신의 손끝을 매만지더니 말을 잇는다.

"···그리고 난 그때 처음으로 알게 됐지. 내가 불에 내성이 있다는 걸. 천장이 무너져서 그 파편에 다치기는 했지만 화상은 전혀 입지 않았거든. 그 이후로는 내가 조금씩 불을 다룰 수 있다는 것도 차차 알게 되었고. 하지만 절대로 그 힘을 쓰지 않아. 당연히 들켜서도 안 됐지만, 불 자체가 끔찍하게 싫었으니까."

훌라르는 옷깃의 단추를 조금 풀어서, 오른쪽 가슴팍 위쪽에 있는 흉터를 보여준다. 매끈한 그의 몸에 나뭇조각에 찢긴듯한 깊은 자국이 남아 있다. 보리얀은 그것을 말없이 바라본다.

"······."

"어떻게 사냐고 물었지? 이렇게 흉터를 가지고 사는 거야. 평생 지워지지 않겠지만, 그걸 안고 살아내는 거지. 내 삶의 일부로 받아들이면서···. 그리고 가끔씩 다시 아파하면서."

훌라르는 말하며, 보리얀의 손을 들어 자신의 흉터에 살며시 가져다 댄다. 보리얀은 훌라르의 따뜻한 체온이 그녀의 손바닥에 닿는 것을 느낀다.

"흉터는 남겠지만, 상처는 아물 수 있어. 그러니까 내가 돕게 해줘. 네가 다시 살 수 있도록."

홀라르의 말에 보리얀은 물끄러미 그의 상처를 바라본다. 등잔불에 어른거리는 오래된 흉터 자국이 그가 품어 온 고통을 보여주는 것만 같다. 이어서 보리얀이 묻는다.

"저를 지키라는 라델린 님의 명령 때문인가요?"

"아니. 그것보다 더 큰 이유가 있지. 네가 날 살렸으니까."

"……?"

"네가 비샤다를 타고 오지 않았다면, 나도 어떻게 됐을지 모르거든."

홀라르는 자신을 바라보는 보리얀에게 다시 온천수가 담긴 잔을 내민다.

"자, 한 모금만 더."

보리얀은 엉겁결에 그것을 받아들고 조금씩 마신다. 홀라르는 그 모습을 보며 잔잔한 미소를 짓는다. 그리고 스스로 다짐하듯이 생각한다.

'…난 다신 너를 잃지 않을 거야.'

그날 밤, 홀라르는 보리얀이 잠드는 것을 보고 늦은 새벽이 되어서야 조용히 그녀의 방을 나선다. 자신의 방으로 돌아온 그는 잠에서 깬 세네칼에게 조용한 목소리로 말한다.

"자라트라에 서신을 보내야겠소."

"네? 지금 이런 시국에 서신을 보내시는 건 좀…. 바르벨루스 사람들에게 들키면 어쩌시게요?"

"겸사겸사 필요한 일이오. 샬리타에게 말할 것도 있고, 스루딘에게 자라트라의 상황도 물어야 하지 않겠소? 제카르숨에게 당한 것처럼만 되지 않으면 충분히 안전하게 보낼 수 있소."

훌라르는 직접 종이와 쓸 것을 준비하며 세네칼을 보고 말을 잇는다.

"…우리가 묵는 여관도 바뀌었고, 주변에 자라트라 병사들도 있으니까 걱정은 좀 내려놓아도 될 거요."

"샬리타에게도 서신을 보내시려고요?"

"그녀를 안전한 곳으로 대피시켜야 하지 않겠소. 우리가 논의한 내용대로."

세네칼은 근심스러운 얼굴로 훌라르를 바라보고, 안타깝지만 어쩔 수 없다는 듯 말한다.

"휴우. 만약 보리얀이 살아 있다는 사실이 새어 나가면, 그 아이가 더 위험해질 수도 있을까 봐 걱정됩니다."

"나도 알고 있소. 하지만 지금 보리얀을 살릴 수 있는 사람은 샬리타 뿐일 거요. 아무리 어른이 되어도, 가장 힘들 때 기댈 수 있는 곳은 결국 가족의 품이니까. 선생도 입버릇처럼 말씀하셨잖소. 가족 없는 아이들이 제일 불쌍한 이유가 그것이라고."

"하지만 강인하게 잘 견뎌내는 사람들도 많습니다. 훌라르 님께서도 그러시지 않았습니까. 부모님을 다 잃는 그런 일을 겪으시고도…."

"내겐 선생이 가족이었으니까."

세네칼은 그저 가만히 훌라르를 바라본다. 훌라르는 그런 세네칼에게 다정하게 말한다.

"…그러니 샬리타에게도 서신을 보내야겠소."

그렇게 동이 터올 때까지 훌라르는 두 개의 서신을 작성한다. 둘 다 자라트라 요새로 보내는 것이지만, 하나는 스루딘에게, 하나는 샬리타에게 보내는 것이다. 그는 바얀 호의 비보를 알리며 고통스러운 얼굴로 서신을 작성한다.

스루딘에게는 제카르슘의 죽음에 대한 것과 차루타스의 화폐 개혁에 대한 내용까지 적는다. 이어서 샬리타에게 보내는 것은 여러 번 고심하여 쓰며, 종이를 구겼다, 새로 썼다를 반복한다. 마침내 그는 빼곡한 서신의 마지막에 이렇게 적는다.

부디 도와주십시오. 보리얀이 다시 힘을 낼 수 있도록.

저 또한 끝까지 곁을 지키겠습니다.

제가 이토록 간절하게 서신을 보내는 이유는 라델린 사르낫 님의⋯.

훌라르는 잠시 쓰던 손을 멈추고 한숨을 내쉰다.

"하아⋯."

그는 터 오는 동을 바라보며 고민에 잠긴다. 방안을 비쳐드는 햇살을 따라 복잡한 생각이 그의 마음에 번진다. 그는 작성하던 서신을 뚫어지게 쳐다보더니 마음을 다잡는다.

'아니다. 이제부터라도 정말 보리얀을 위한다면, 샬리타 님에게 또한 진심을 다하는 수밖에 없어.'

그는 마지막 단어를 까맣게 지운다. 그리고 그 아래에 이렇게 적는다.

…보리얀은 모르고 있겠지만, 제가 그녀를 사랑하기 때문입니다.

— 6장 —
〔 다시 일어서야만 하는 이유 〕

"뚜벅, 뚜벅."

매서운 표정을 한 솔리디몬의 발걸음이 탑을 울린다. 그의 눈가가 분노로 파르르 떨린다. 그는 중앙 도서관 쪽으로 발걸음을 옮기며 생각한다.

'제카르슘…. 천한 피는 못 속인다더니, 기어이 사고를 쳤구나! 늙은 사냥개를 너무 오래 살려두어 화를 당했구나. 하필 이런 때 라델린까지 하루아침에 사라지다니….'

그가 중앙 도서관 앞에 도착하자, 하급 슈라문들이 겁먹은 얼굴로 문을 활짝 연다. 안에는 무니안 페키우스, 지샤치, 헤테르만이 경직된 자세로 서 있다. 솔리디몬은 차가운 표정으로 그들의 얼굴을 하나씩 훑더니 페키우스에게 묻는다.

"분명 다 모이라고 했을 텐데. 아르테스는?"

"그, 그게…. 라델린 님과 함께 사라진 것 같습니다."

"사라졌다고?"

그는 페키우스의 멱살을 잡으며 눈을 부라린다.

"사라졌다고! 그게 할 소리냐?"

"분명 하급 슈라문들이 아르테스의 방문을 지키고 있었는데, 바깥으로 나 있는 창문이 열려 있었답니다. 아마도 라델린 님께서…."

페키우스는 조금 떨리는 시선으로 말끝을 흐린다. 솔리디몬은 한 손으로 그의 턱을 움켜쥔다.

"실망스럽구나. 여러모로 아주 실망스러워. 네놈들이 제대로 하는 짓이라 고는 고작 내 뒤통수를 칠 궁리뿐이니."

"……."

페키우스가 아무 말도 하지 않자 솔리디몬은 그의 얼굴을 휙 던지듯이 밀 친다. 그리고 다른 무니안들을 둘러보며 명령한다.

"오늘부터 탑의 창문마다 대포를 설치해라. 폭동에 대비할 것이다."

"대, 대포요? 이 탑에서 대포를 쏘면 바르벨루스가 다 무너질 텐데…."

지샤치가 놀란 투로 말하자, 솔리디몬은 서슬 퍼런 눈으로 그를 노려본다.

"탑이 없으면 바르벨루스도 없다!"

"……."

솔리디몬은 주위를 쓱 둘러보더니, 옆에 있는 짧은 머리의 마에린 여인을 보고 말한다.

"미샤틴, 이 중앙 도서관은 오늘부로 폐쇄한다. 라델린이 떠났으니 우리도 작전을 바꾸어야지. 금서 정리는 멈추어도 좋다. 대신 기름을 준비해라. 혹시 라도 탑에 침입자가 들어오면 도서관 전체를 불태울 것이다."

무니안들과 미샤틴, 그 주위에 있던 하급 슈라문들이 놀란 얼굴로 솔리디 몬을 바라본다. 그는 그들을 내려다보며 말한다.

"내가 곧 탑이다. 탑이 허락하지 않는 자는 이곳의 역사와 지식을 가질 수 없는 법. 정 그것이 아깝다면, 라델린이 돌아와서 뭐라고 명령이라도 내리겠지. 미래를 보는 자가 설마 탑에서 일어날 일을 모를까?"

잠시 공포스러운 침묵이 감돈다. 솔리디몬은 중앙 도서관에 모인 세 무니안들을 하나씩 쳐다본다.

"잘 기억해라. 탑 안에 네놈들을 들인 것도 나고, 지금까지 살려둔 것도 나다. 마음만 먹으면 여기서 당장 네놈들의 늙은 모가지를 따버릴 수 있다. 그러니 더 이상 탑을 실망시키지 말거라."

"……."

세 무니안들은 고개를 들지 못하고 가만히 침묵을 지킨다. 솔리디몬은 떨고 있는 그들을 차가운 시선으로 응시하더니, 손짓으로 나가라는 시늉을 한다. 그러자 무니안들은 기다렸다는 듯이 각자의 하급 슈라문들을 데리고 황급히 자리를 떠난다. 솔리디몬은 그들의 뒷모습을 보고 탐탁지 않다는 듯이 살짝 혀를 찬다.

"쯧쯧. 할 일이 태산이구나. 하루빨리 저놈들부터 갈아 치워야겠군. 일단 스루딘인지 뭔지, 그놈이 새로운 에실린 군주가 될 재목인지 직접 가서 봐야겠다."

솔리디몬은 중앙 도서관에서 자신을 보좌하는 하급 슈라문들을 주욱 훑는다. 그는 시선을 아래로 향하고 있는 미샤틴을 보고 말한다.

"그나저나, 힐리안이던가…. 그 셰트린 놈 말이다. 네 집의 노예라지? 꽤 쓸 만하더구나."

"아, 예…."

"똑똑한 놈이더군. 무기를 만드는 능력도 뛰어나고. 무엇보다도 너를 생각하는 마음이 갸륵하던데."

미샤틴은 애써 긴장한 표정을 숨기고 고개를 숙인다. 솔리디몬은 잠시 그녀를 쳐다보며 알 수 없는 미소를 짓더니 걸음을 옮긴다. 그는 도서관을 나가며 자신을 따르는 하급 슈라문들에게 명령을 내린다.

"자라트라 요새로 갈 것이다. 채비해라."

솔리디몬이 나가자, 미샤틴은 황급히 도서관 깊숙한 곳으로 걸음을 옮긴다. 얼굴이 창백해진 그녀는 아무도 보지 않는 곳에서 숨을 고른다.

'힐리안⋯. 괜찮은 걸까?'

미샤틴은 잠시 마음을 진정시키고, 주변을 둘러보더니 품에서 종이와 쓸 것을 꺼내서 급하게 간결한 서신을 작성한다.

훌라르 님, 솔리디몬이 요새를 장악하려고 슈라문들을 보냈습니다. 그가 스루딘에게 접근하려고 하는 것 같습니다. 라델린께서는 아르테스 님과 사라지셨습니다. 제카르슘이 죽은 것을 안 솔리디몬이 폭동에 대비하여 노예병들과 대포를⋯.

그때, 급작스러운 인기척에 미샤틴은 급하게 적던 서신을 품속에 집어넣는다. 하급 슈라문 두어 명이 그녀가 있는 곳으로 다가온다. 미샤틴은 그들을 보고 안심한 듯이 숨을 내쉰다. 함께 훌라르를 돕는 사람들이다. 그들 중 하나가 조용히 말한다.

"솔리디몬이 자리를 비운 사이에 금서들부터 빼돌립시다. 그자가 점점 더 미쳐가는군요."

미샤틴은 고개를 끄덕인다.

"잠시만요. 훌라르 님께 서신을 쓰는 중이어서요."

한편, 자라트라 요새에서는 스루딘이 자신의 방을 감시하던 노예병들 몇을 포섭하는 데 성공한 모양이다. 그의 방에는 노예병 테사닌과 켄트라와 서로 옷을 바꿔 입고 있다. 스루딘은 시종의 옷을 입는 테사닌에게 묻는다.

"정말 이게 괜찮은 작전일까? 들키지 않겠나?"

"예에, 걱정 마십시오. 노예병들은 이곳의 병사들처럼 단합이 잘 되어 있지 않습니다. 자신들과 소속이 다른 이들의 얼굴은 아예 모른다니까요."

노예병의 옷을 입은 켄트라는 마음의 준비를 하듯 숨을 한 번 크게 들이쉰다.

"그럼 저는 작전을 수행하러 다녀오겠습니다."

스루딘은 끄덕이며 켄트라의 등을 툭툭 쳐 준다. 켄트라가 방을 나서자, 스루딘은 시종 옷을 입은 테사닌에게 얇은 침들이 들어 있는 통을 건넨다.

"그래도 다행히 옷이 들어가는군. 자, 이것 잘 챙기고."

"엄청 얇은 침이네요. 이것 한 방에 진짜 슈라문들이 기절할까요?"

"예전 관리 장교의 물건이라 나도 잘은 모르네만, 통에 들어 있던 사용 설명서를 보니 '샤테이드의 마취침'이라고 적혀 있더군. 거의 맞자마자 기절한다는데…. 만약 통하지 않으면 무력이라도 써야지 어쩌겠나. 상황껏 알아서 대처해 주게."

"알겠습니다. 일단 저와 함께 작전을 수행할 시종들에게 하나씩 나눠 주겠습니다."

"그래. 부탁하네."

스루딘이 테사닌에게 침이 들어 있는 통을 전하는 사이 켄트라는 바쁘게 서신실로 향한다.

'아이고, 숨 차.'

헉헉거리는 그는 애써 숨을 가다듬고 서신실의 문을 연다. 끼이익 하며 문이 열리자, 새장들 주변에 앉아 있던 노예병들이 그를 멀뚱히 쳐다본다. 켄트라는 그들을 둘러보며 침착하게 말한다.

"이곳에서 서신 전달 업무를 지원하라는 명을 받은 테사닌이다. 이제부터 서신 전달은 내가 맡겠다."

그러자 노예병 중 하나가 별로 관심이 없다는 투로 중얼거린다.

"흠, 네가 테사닌이군. 소문은 들었다. 생각보다 비리비리한데?"

"…내, 내가?"

"그래. 그나마 잘 싸우는 놈이라고 소문이 났길래 그런가 했더니. 뭐, 어쨌든 알았다. 귀찮게 오가고 하지 않으니 우리야 좋지. 서신 전달은 다 네가 맡아라."

노예병은 시큰둥하게 말하고 하품을 쩍 하더니 시선을 돌린다. 켄트라는 주변 노예병들을 보고 내심 조금 놀란다.

'정말 아무런 의욕도 보이지 않는 자들이군.'

서신실에 있는 켄트라를 대신하여 시종 옷을 입은 테사닌은 음식을 준비하는 곳으로 향한다. 그는 바지가 끼는지 엉덩이 부분을 조금 잡았다가 놓는다. 주위 시종들은 그를 보고 조금 놀라는 눈치다. 다른 노예병들은 별 관심이 없다는 듯 졸고 있다. 그래도 혹시나 자신이 아는 이의 눈에 띄지 않게 조심하며, 테사닌은 발걸음을 바삐 옮긴다. 그가 도착한 곳은 한창 음식이 준비 중인 재료실이다.

"끼이익-"

테사닌이 문을 열고 들어서자 그곳에 있는 시종들은 그의 모습을 보고 일순간 행동을 멈춘다. 그중 빵 조각을 들고 있는 시종 하나가 둥그렇게 뜬 눈으로 묻는다.

"…누구?"

"나는 켄트라다."

"……?"

"어쨌든, 오늘은 내가 켄트라다. 스루딘 관리 장교님의 계획이 있다. 여기서 하급 슈라문들 음식 시중을 맡은 자들은 좀 모여봐라. 빨리."

시종들이 하나둘 그의 곁으로 다가온다. 테사닌은 시종들에게 속닥거리며 작전을 설명한다. 그리고 그들에게 마취침을 하나씩 나눠주며 당부한다.

"만약 이 침이 효과가 없으면 힘을 써야 할 수도 있다. 그럼 내가 해결할 테니까, 너희들은 무조건 문을 막아라. 몸으로 때워. 알았지?"

시종들은 고개를 끄덕인다. 그런데 그중 하나가 조금 새침한 목소리로 말한다.

"작전은 알겠네. 그런데 켄트라는 그런 식으로 말하지 않는다네."

"엥?"

"좀 더…. 아니, 훨씬 기품 있고 예의도 바르지."

"하이고, 그래서 지금 내 말투가 거슬리기라도 한다는 거냐?"

그러자 시종들은 너도나도 고개를 끄덕인다. 그들은 조금 뾰로통한 얼굴로 마취침을 조심히 받아들고서, 쟁반을 든 손에 숨긴다. 그리고 테사닌을 한번 보더니 문을 나선다. 테사닌은 고개를 절레절레 저으며 주변에 있는 쟁반을 하나 집어 들고 생각한다.

'치, 시종들. 다들 샌님 같아서 원.'

시간이 조금 흐른 후, 서신실에서는 노예병 하나가 도착한 새의 다리에서 서신 뭉치를 빼낸다. 그리고 켄트라에게 그것을 건네며 말한다.

"여어, 테사닌. 서신이다."

"어디에서 온 것인데?"

"몰라. 여기 글 읽을 줄 아는 놈은 지금 잠들어 있는 저놈뿐이다."

켄트라는 서신을 받으며 벽에 기대앉아 잠들어 있는 노예병을 쳐다보고 넌지시 묻는다.

"그런데 이 부대는 왜 이렇게 다들 힘이 없나?"

잠시 켄트라를 쳐다보던 노예병이 헛웃음을 지으며 말한다.

"허, 그럼 그쪽 부대는 안 그런가? 죽지 못해 사는 게 하루 이틀도 아니고. 노예 팔자가 그렇지 뭐."

"흐음. 맞는 말이군. 그런데 만약 누군가가 이런 처지에서 우릴 해방해준다면 어떻겠나?"

"하하…. 그런 사람이 어딨다고. 실없는 소리 집어치우고 어서 서신이나 전해라."

"사실 내가 여기로 재배치받기 전에, 스루딘 관리 장교님의 방 감시를 맡았거든. 그런데 그분이 나한테 그러시던데, 자라트라의 병사가 되라고. 그럼 지긋지긋한 슈라문들 꽁무니를 쫓아다니지 않아도 되고, 노예 신분에서도 해방이라잖아."

"뭐?"

"쉿. 아직 비밀이야. 기회는 지금뿐이라는데, 어쨌든 자네도 한번 생각해 보라고. 다녀오겠네."

노예병의 멀뚱한 시선을 뒤로하고, 켄트라는 서신들을 가지고 바쁜 걸음으로 나간다. 각 서신에 적힌 이름을 보던 그는 조금 놀란다.

'어라? 샬리타 님께 온 것도 있네? 훌라르 님의 인장이 찍혀 있는데….'

"식사 준비되었습니다."

하급 슈라문들이 모여서 회의를 하고 있는 방에 시종의 옷을 입은 테사닌이 들어간다. 하급 슈라문들은 요새와 민간인들의 처소를 장악하는 방법에 대해 논의 중이다. 그중 통통한 손을 가진 하급 슈라문 하나가 말한다.

"자자, 벌써 오찬 시간이군요. 다 먹고 살려고 하는 일들인데, 식사부터 하십시다. 솔리디몬 님께 보고를 올리려면 어차피 좀 더 걸릴 것이니. 쯧쯧, 그 감독관 여자는 이 바쁜 시국에 왜 하필 병이 났다는 건지…."

하급 슈라문들은 한숨을 내쉬며 서류들을 치운다. 그리고 피곤한 듯 눈을 껌벅이며 말을 주고받는다.

"식사보다도, 잠이나 좀 실컷 잤으면 좋겠습니다. 어젯밤 한숨도 제대로 못 자서 아주 피곤한데."

"허, 그러다가 솔리디몬 님께 영원히 잠드는 수가 있을 텐데요."

시종들은 음식이 든 쟁반을 내려놓고, 시중들기를 기다리는 척 하급 슈라 문들의 뒤에 선다. 하급 슈라문들은 자기 일과 신분 등등을 푸념하며 음식을 먹기 시작한다. 그러던 중 한 하급 슈라문이 불현듯 궁금하다는 목소리로 묻는다.

"…그런데 이제 에실린이 아닌 상급 슈라문은 훌라르 님 하나 남은 겁니까? 도대체 바르벨루스의 계급 구조가 어떻게 되어가는 거죠?"

"에휴, 이런 혼란스러운 세상에 누가 알겠습니까. 지금까지 훌라르 님 빼고 다른 분들은 바르벨루스를 떠났거나, 처형당하거나, 그것도 아니면 암살당했을걸요? 실무 쪽에는 다 우리 같은 하급 슈라문들만 남았습니다. 그것도 대부분 에실린이고."

"솔직히 훌라르 님이 여태껏 살아계신 것만 해도 이상한 일이잖습니까. 소문으로는 라델린 님의 뒷배가 있다던데요? 그러니까 차루타스에서 지금 그 난리를…. 크흠. 어쨌든 곧 요새에도 서신들이 오면 우리가 받아볼 테니, 상황이 어떻게 돌아가는지 알게 되겠죠. 우린 솔리디몬 님께 보고나 잘 올립시다."

"그럽시다. 흐아암, 잠이나 푹 잤으면."

하급 슈라문들의 뒤에 서 있는 시종들이 곁눈질로 테사닌을 쳐다본다. 테사닌은 그들과 눈빛을 주고받은 후 고개를 살짝 끄덕인다. 시종들은 손에 숨기고 있던 마취침으로 각 슈라문들의 뒷목을 조심스레 찌른다. 침이 워낙 얇아서 그런지, 슈라문들은 목덜미를 한두 번 긁을 뿐 별다른 반응도 보이지 않는다. 그들이 아무 일 없다는 듯이 식사를 계속하자 테사닌은 불안한 눈빛으로 생각한다.

'진짜로 힘을 써야 하나?'

그런데 그때, 슈라문 중 하나가 어지러운 듯이 고개를 양쪽으로 조금 휘젓더니 곧 탁자 위에 고개를 박고 고꾸라진다. 그것을 쳐다보던 다른 슈라문들은 놀란 표정으로 서로를 바라본다. 그러더니 이어서 그들 또한 눈이 풀려서 음식 접시에 머리를 박고 기절한다. 네 명의 슈라문들이 거의 동시에 쓰러지자 테사닌은 그제야 다행이라는 얼굴로 중얼거린다.

"…휴. 푹 주무시겠군. 원 푸셨네."

테사닌과 시종들이 기절한 하급 슈라문들을 꽁꽁 묶어서 방에 가두는 동안, 켄트라는 서신을 전하기 위해 서둘러 관리 장교실로 향한다. 드디어 스루딘의 방 앞에 도착한 그는 숨을 고른다. 그리고 콩콩 문을 두드린다. 안에 있던 스루딘이 문을 열자 그는 안으로 들어가서 조용히 말한다.

"오는 길에 샬리타 님께서 계신 병사장실에도 다녀오느라고 조금 늦었습니다. 훌라르 님께서 서신을 보내셨는데, 샬리타 님 성함으로 온 것이 하나 있었거든요."

"그래? 샬리타에게도 서신을 보내셨다니, 무슨 일이지? 일단 힘들어 보이는데 좀 앉게."

"아닙니다. 곧 또 서신실로 올라가야 합니다. 언제 다른 서신들이 올지 모르기 때문에…."

켄트라는 오래 있을 수 없다며 서 있는 상태로 잠시 목만 축인다. 스루딘은 서둘러서 훌라르의 서신을 열어보고 읽어내린다.

"······."

창백해지는 스루딘의 안색을 보고 켄트라가 입가에서 잔을 내린다. 서신을 든 스루딘의 손이 떨리기 시작한다. 굳은 돌처럼 꿈쩍없이 서 있는 스루딘을 응시하며, 켄트라는 큰일이 생겼음을 직감한다.

"···저기, 괜찮으십니까?"

켄트라가 조심스럽게 묻는 말에도 스루딘은 대답이 없다. 그는 마치 다른 세상에 가 있는 사람 같다. 켄트라는 걱정스러운 얼굴로 그에게 다가간다. 서신을 뚫어져라 바라보는 스루딘의 두 눈에 붉은 핏줄이 선다. 그에게서 그런 표정을 한 번도 본 적이 없는 켄트라는 긴장한다.

그때, 누군가 문을 쿵쿵 두드린다.

"헥헥, 테사닌입니다."

켄트라가 재빨리 문을 열자 꼭 끼는 시종 옷을 입은 테사닌이 땀을 뻘뻘 흘리며 들어온다. 그는 스루딘을 보고 헉헉대며 말한다.

"기절한 슈라문들을 묶어서 방에 가둬놨습니다. 작전대로 다른 시종들이 병사들의 숙소에 가서 관리 장교님께서 오실 거라고 전했으니, 이제 그쪽으로 가시면 됩니다. 아마 다들 기다리고 있을 겁니다."

"······."

"관리 장교님?"

스루딘은 잠시 호흡을 가다듬고 조용히 말한다.

"···알겠네. 곧 갈 테니 둘 다 먼저 나가 있어 주게."

그는 애써 침착하게 말하지만 목이 메인 듯 목소리가 잘 나오지 않는다.

"예에."

테사닌은 대답을 하면서 무슨 일이냐는 듯 켄트라를 응시한다. 켄트라는 걱정스러운 얼굴로 스루딘을 바라보며, 테사닌을 데리고 밖으로 나간다. 문 밖으로 나온 테사닌이 그에게 묻는다.

"아니, 무슨 서신이길래 저러시는 거야?"

"나도 잘 모르네. 곧 알게 되겠지. 잠시 시간이 필요하신 모양이니, 일단 자네 먼저 가 있게."

"알았어. 아, 그런데 미안하게 됐는데…. 슈라문들 묶다가 그쪽 바지를 좀 찢어 먹었어."

켄트라는 잠시 아무 말 없이 테사닌이 입고 있는 바지의 터진 엉덩이 부분을 물끄러미 보더니 말한다.

"…괜찮네. 계속 자네가 입고 있으면 되지 뭐."

관리 장교실 안에 혼자 남은 스루딘은 비로소 숨을 내쉬며 자리에 주저앉는다. 머릿속이 새하얘지고 온몸이 덜덜 떨린다. 그는 가까스로 새어 나오는 절규를 막는다.

"으읍, 으…!"

핏줄이 선 눈가에 뜨거운 눈물이 맺힌다. 꽉 쥔 주먹으로 자신의 입을 틀어막은 그는 한동안 일어서지 못하고 그 자리에 계속 앉아 있다. 하늘이 무너지는 듯한 소식에 심장이 멎는 듯하다. 그는 터질 것 같은 가슴을 부여잡는다. 숨이 잘 쉬어지지 않는다.

"흐윽, 하아…. 하아…."

시간이 조금 흐른 후, 밖에서는 스루딘의 편에 서기로 한 노예병들이 수군거리는 소리가 들린다. 그들은 스루딘과 함께 병사들이 모여 있는 곳으로 가기 위해 기다리고 있다. 스루딘은 호흡을 가다듬으려고 노력하며 혼잣말로 중얼거린다.

"저⋯정신 차리고 일어나야 해."

스루딘은 천천히 숨을 고른다. 애써 노력하자 가쁜 숨이 점점 잠잠해진다. 그는 큰 숨을 들이쉬며 굳게 쥐었던 두 손을 펴고 얼굴을 쓸어내린다.

"후우."

탁자를 짚고 일어나려는 그의 손이 부들부들 떨린다.

'⋯지금 병사들에게 이런 모습을 보이면 안 돼. 그들이 사기를 잃는다면 모든 게 끝이야.'

스루딘은 끓어오르는 눈물을 참으며 문 쪽으로 걸어간다. 감정을 삼킨 그는 이내 표정을 지우고 호흡을 정리한다. 그리고 천천히 문을 열고 밖으로 나간다.

그 시간, 미다스 궁에서는 거대한 나무가 황금 궁전의 가장 꼭대기에 내려앉아 있다. 나무뿌리가 파고든 건물 곳곳에 금이 가 있고, 사람들은 겁에 질려 웅성거린다. 즈로이아의 방 앞에는 시종과 하녀들이 궁금한 눈치로 서 있다. 한 시녀가 갈라진 벽의 작은 틈으로 눈을 밀어 넣고 방안을 살핀다.

매우 불편한 기색을 한 즈로이아의 앞에 어떤 노인이 서 있다. 온화한 미소를 짓고 있는 그에게 즈로이아가 떨떠름하게 입을 연다.

"전설적인 존재께서 직접 오시다니. 이것 참 놀라운 방문이군요."

"허허. 다시 보니 반갑구나, 즈로이아. 우선 아르테스에게 해독제와 쉴 자리를 내주어서 고맙구나. 너도 많이 놀랐을 것인데. 당연히 내 얼굴은 기억하지 못하겠지? 갓 태어난 널 진흙탕 속에서 구해준 것이 엊그제 같다만 벌써 세월이 이렇게 흘렀구나."

예상하지 못한 이야기에 즈로이아가 의심스러운 눈으로 묻는다.

"네? 그게 무슨 말씀입니까?"

노인은 가까이에 있는 의자에 기대어 앉으며 편안한 목소리로 말한다.

"그게 얼마 전인가⋯. 못해도 구십 년은 넘었겠지. 동쪽 호수에서 갓난아이를 버리려는 노예 여인이 있었단다. 아기는 안타깝게도 기형적인 모습을 하고 있었어. 여인은 어차피 노예로 살아야 할 아이의 미래를 생각하고 눈물을 흘리며, 차라리 그 아기가 죽는 것이 낫다고 생각했던 모양이야. 하지만 나는 그녀가 버리고 간 셰트린 갓난아이를 살려냈지. 그리고 그 애에게 선물을 하나 주었단다. '즈로이아'라는 이름이었어. 난 이 아이가 아름답게 클 것을 알고 있었기에 그에 걸맞은 예쁜 이름을 주어야겠다고 생각했단다. 그리고 너를 버릴 수 없는 곳으로 데려다주었지."

즈로이아는 믿을 수 없다는 듯 사르낫을 바라본다.

"아니, 그럼 저를 샤테이드로 보낸 게 ⋯."

"그래. 내가 너를 다른 노예 아이들을 싣고 가는 라플라 위에 몰래 태웠단다. 네 이름이 적힌 쪽지와 함께."

사르낫은 얼굴이 하얗게 질린 즈로이아를 바라보며 말을 잇는다.

"물론 마녀들 사이에서 살아남고, 그들의 우두머리가 된 후에도 무니안들에게 시달리며 지금까지 살아왔을 너를 생각하면 마음이 아프단다. 하지만 모든 고통의 시작에는 끝이 있지. 바로 네 삶에 오늘이 온 것처럼 말이다."

"......."

잠시 침묵이 흐르고, 즈로이아는 믿기지 않는다는 듯 사르낫을 바라본다. 그리고 그가 진심으로 말하는 것임을 서서히 알아차린다. 바르르 떨리는 그녀의 얼굴에는 설움과 분노, 그리고 각종 알 수 없는 감정이 뒤섞여 있다. 이어서 그녀는 한 걸음씩 그에게 다가가며 갈라지는 목소리로 말한다.

"구십사 년. 자그마치 구십사 년 동안 나 같은 처지의 아이들이 그 무니안 놈들에게 고통받는 것을 지켜보고, 심지어는 직접 그걸 명령해야 했습니다. 그리고 제카르슘에게 모욕을 당한 것도 모자라…."

즈로이아는 목이 메는지 말을 잇지 못하고 부르르 떤다. 그리고 분노의 눈물을 참으며 묻는다.

"그런데 지금껏 당신은 이걸 다 그냥 보고만 있었다는 겁니까? 제가 이렇게 살아갈 것을 다 알고서?"

즈로이아와는 달리 사르낫은 슬프지만 차분한 표정으로 그녀의 눈을 들여다본다.

"자그마치 약 이천 년 동안, 나는 기다려 왔단다. 나와 함께 최고 무니안이었던 내 절친한 친구가 분노와 욕심에 눈이 멀어 '피의 초승달 사건'을 일으키고, 그 이후로 '샤의 괴물들이 사람들을 괴롭히며 일어나는 여러 가지 문제들을 지켜보면서. 그중 가장 괴로웠던 것은 점점 썩어들어가는 바르벨루스를 보는 것이었지. 가장 신성한 모크샤의 알이 있는 곳 아래, 가장 참혹한 일들이 일어나고 있었으니…."

사르낫은 마치 세월을 거슬러 올라가는 듯한 목소리로 천천히 자리에서 일어서며 말을 잇는다.

"얘야, 네가 아는 것은 고작 몇십 년의 역사뿐이란다. 나는 이전 모크샤 '샤카르문' 님의 뜻을 받들어 지금껏 이천 년을 준비하며 새로운 모크샤의 출현을 기다려 왔어. 그리고 그 오랜 시간 동안 내가 섣불리 행동을 취하지 않은 이유는 단 하나 때문이란다. 모든 것에는 때가 있는 법이니까. 제때에 맞지 않게 일어나는 모든 일은 결국 시간을 낭비하게 만들지. 그래서 나는 너에게 가장 알맞을 때, 이렇게 다시 찾아왔단다."

즈로이아는 아무 말 없이 사르낫을 쳐다본다. 그리고 마음을 가다듬으려 애쓰며 숨을 깊게 들이쉰다. 그녀는 떨리는 목소리로 묻는다.

"…나한테서 원하시는 게 도대체 무엇입니까?"

"언제나 그렇듯, 난 네게 뭘 원하는 게 없단다. 그저 어렴풋하게나마 네 역할을 알 뿐이지. 나는 너를 돕고 싶어서 이곳에 왔다. 네 안전을 위해 알려주고 싶은 것이 있었거든. 이제 며칠 있으면 네가 그토록 원하던 군사들이 당도할 거란다. 훌라르가 약속한 병사들 말이다. 하지만 그들은 너를 지키려 하지 않을 거란다. 오히려 그 반대일 게야."

"무슨 말씀입니까? 그럼 훌라르가 보내는 군대가…."

즈로이아는 생각에 잠기다가 알겠다는 듯, 눈동자를 굴리며 고개를 끄덕인다.

"아아, 알겠습니다. 하여튼 영악한 놈 같으니."

사르낫은 빙그레 미소지으며 즈로이아를 바라본다.

"그래도 훌라르를 너무 탓하지 말았으면 좋겠구나. 그도 나름대로 이유가 있어서 그러는 것이니."

즈로이아가 나무뿌리로 뒤덮인 창밖을 바라보며 잠시 생각에 잠긴다.

"사르낫 님께서 훌라르를 감싸고 있다는 건 이미 짐작했습니다. 그래서 고민 중이었지요. 안 그래도 그자와의 관계가 좀 애매해서 말입니다. 뭐가 됐든 여러모로 기분 나쁜 놈인 건 분명한데, 하필이면 라델린 님께서 뒤를 봐주시는 자이기에…."

그녀는 체념한 듯 한숨을 쉬고 돌아서며 묻는다.

"흠, 절 도와주러 오셨다면서요. 저더러 뭘 어떡하란 말씀입니까?"

"살아남는 가장 좋은 방법은 대세를 따르는 것이지. 그 대세가 네 목표와 맞는다면 더욱더 좋은 일이고. 한번 잘 보렴, 즈로이아. 이미 훌라르가 일으킨 바람은 걷잡을 수 없는 파도를 만들고 있단다. 그리고 한번 파도가 일어나면, 그 파도는 몰아쳐야만 가라앉지. 알겠니? 그 누구도 변화를 피할 수는 없단다. 다행히 그가 만들고자 하는 미래는 네가 바라는 것과 크게 다르지 않아. 그와 함께한다면, 넌 거짓으로 뒤덮인 무니안들을 몰아내고 마녀들에게 자유를 가져다줄 수 있을 거야. 그러려면 너와 그가 서로 도와야만 한단다. 두고 보렴. 훌라르가 곧 너를 찾아오게 될 것이니."

그러자 즈로이아가 미간을 찌푸린다.

"아니 그럼, 제 자식을 공개 처형시킨 그 마에린 놈에게 고개를 숙이고 들어가라는 겁니까?"

"네가 평생 미워하던 철천지원수를 무너뜨린 이에게 먼저 마음을 내라는 것이다."

잠시 침묵이 흐른다. 즈로이아는 생각 끝에 중얼거린다.

"에휴. 제가 잠시 잊을 뻔했군요. 일에는 원래 사적인 감정을 섞는 게 아닌데."

그녀는 천천히 사르낫 쪽으로 발걸음을 옮기며 묘한 미소를 짓는다.

"당신이 정말 전설 속의 존재인 '이 세상의 마지막 라델린' 사르낫 님이라면, 제가 당신의 뜻에 맞서는 건 의미가 없는 일이겠지요. 정 그렇다면 저는 샤테이드에나 가 있으렵니다. 훌라르가 저를 찾아올 거라면서요. 미다스 궁에서 병사들에게 꼴사납게 체포되는 것보다야 제 고향에서 기다리는 게 낫지 않겠습니까?"

"역시 너다운 선택이구나. 그럼 이 궁전은 어찌할 것이냐?"

"글쎄요. 떠나는 마당에 속 시원하게 한번 부수어나 볼까요? 안 그래도 지긋지긋했는데."

즈로이아는 샐쭉거리는 표정으로 방안을 둘러본다. 사르낫은 그런 그녀의 모습을 보고 빙그레 웃는다.

"네가 원하는 대로 하려무나. 아무런 미련 없이 떠나렴, 즈로이아. 이제 바르벨루스가 네게 채웠던 황금의 족쇄를 풀어도 된단다. 이 모든 것들이 시작된 곳으로 돌아가서 네 길었던 고통의 여정을 마무리 짓거라. 그럼 네가 기다리던 예언의 실현이 너를 기다리고 있을 것이다."

"…예언의 실현이라니요?"

즈로이아는 사르낫을 응시하며 생각에 잠기더니 입꼬리를 살짝 올리고 묻는다.

"혹시 새로운 에실린 군주를 말씀하시는 겁니까? 물론 제가 점찍어 둔 인물이 있긴 합니다만."

"음, 그것은 바르벨루스가 대비하고 있는 예언이지. 네가 진심으로 기다리는 예언은 따로 있지 않느냐."

즈로이아는 조금 놀란 눈치로 사르낫을 바라본다. 그녀는 설마 하는 표정으로 속삭이듯이 묻는다.

"그럼 정녕 '세상에서 가장 귀한 진주'가…?"

사르낫이 고개를 끄덕이자 즈로이아의 얼굴에서 묘한 웃음기가 사라진다. 그녀는 잠시 가만히 노인을 보더니 조용히 말한다.

"이런. 그 예언은 샤테이드만의 비밀이라고 생각했는데, 역시 전설의 존재가 맞으신가 봅니다."

"전설의 존재는 샤테이드에도 있지 않느냐. 그쪽은 비밀에 싸여 있고, 내가 좀 더 유명할 뿐이지."

"아니, 그 존재에 대해서는 또 어떻게…."

즈로이아의 물음에 사르낫은 눈을 찡긋한다.

"오래 살다 보면 그렇게 된단다."

"흐음. 구십을 넘게 살았지만 그런 얘기를 들으니 갑자기 어려진 기분이 드는군요. 아무튼 저는 제 자매들이 있는 곳으로 가겠습니다. 사르낫 님께서 또 어디로 떠나실지는 모르겠으나, 오늘까지는 아르테스 님을 위해서라도 여기 머무시지요. 강한 해독제를 드렸으니 내일 정도에나 깨어나실 겁니다."

"그래. 어차피 너도 샤테이드로 떠나기 전에 아르테스와 얘기를 해야 할 것이 아니냐?"

"무슨 말씀입니까?"

"그 아이가 많이 궁금해하더구나. 네가 꾸준히 해독제를 주어서 자기를 살리려고 했던 이유 말이다."

즈로이아는 알 수 없는 미소를 지으며 중얼거린다.

"…뭐, 궁금하면 직접 물어보시겠죠."

시간이 흘러, 늦은 밤이 내려앉은 차루타스에서는 드디어 훌라르가 기다리던 서신들이 도착한다.

"푸드덕, 푸드덕–"

서신 새들의 바쁜 날갯짓 소리가 차루타스의 밤공기를 가른다. 가장 먼저 도착한 서신은 투르의 것이다. 투르가 꼼꼼히 써 내린 서신에는 남쪽 해상 및 바얀 호의 후속 부대가 처한 상황이 적혀 있다. 바얀 호는 이미 잔해마저도 찾아보기 어려우며, 그 후속 부대는 차루타스의 해안 쪽으로 오고 있다는 것이다. 훌라르는 옆에 있는 세네칼에게 착잡한 목소리로 말한다.

"바얀 호의 후속 부대가 차루타스에 도착하면, 계획대로 사타니크의 부대를 미다스 궁 쪽으로 보내야겠소. 동쪽 호수까지도 신경 써야 할 테니, 물자도 넉넉히 준비해야겠군."

"그래야겠지요. 그나저나 이제는 차루타스에도 바얀 호의 비보를 공식적으로 알릴 때가 온 것 같은데…. 어떻게 생각하십니까?"

훌라르는 비참한 표정으로 고개를 살짝 끄덕인다.

"내일 발표할 생각이오. 위기가 될 수 있는 소식을 기회로 만들어봐야지. '무니안의 계략으로 자라트라에서 존경받는 책임 선장의 배가 침몰하다.' 이런 식으로. 이미 무니안들이 사기꾼이라는 건 제카르슘의 죽음으로 드러났으니, 더 큰 파장을 만들어나갈 수 있을 것이오. 그럼 경제적 자립을 이룬 차루타스가 바르벨루스로부터 완전히 독립을 선언하도록 여론을 만들 수 있겠지. 자라트라도 물론이고."

"그렇게 된다면 바르벨루스를 치기가 더 수월해지겠군요. 그나저나 서신들이 잘 도착해서 다행입니다. 전령조들이 왠지 일을 더 열심히 하는 것 같은데요? 벌써 자라트라에서도 스루딘과 샬리타의 답신이 도착했고….”

“벌써 왔소? 어디, 줘보시오.”

“일단 미샤틴이 보낸 서신부터 읽으시지요? 바르벨루스에서 온 것인데.”

“…알았소.”

훌라르는 마지못해 미샤틴의 서신을 집어 든다. 그리고 그녀의 짧은 서신을 읽어 내리며 미간을 찌푸린다.

“하! 솔리디몬, 이 늙은 여우가 스루딘에게 접근하려 한다고? 신성한 나무도 바르벨루스를 떠났다고 하는데…. 흐음. 이거, 내일 공표할 것들이 만만치 않겠군.”

심각하게 서신을 읽는 훌라르의 방 창문 너머로 소나기 소리가 쏴아 하고 밤공기를 적신다.

그 시간, 하칠소아는 바쁜 하루를 마치고 자신의 저택에 도착한다. 오는 길부터 한두 방울 내리던 비가 굵은 빗줄기로 변한 탓에 그의 옷이 흠뻑 젖어 있다.

“으휴, 축축해.”

처마 밑에 선 하칠소아는 주변을 한번 둘러본다. 아무도 없는 것을 확인한 그는 손으로 옷 위를 스윽 훑는다. 그러자 물방울들이 그 손을 따라 몽글몽글 올라오기 시작한다. 그가 손을 한번 가볍게 털자, 물방울들이 모두 바닥으로 떨어진다. 그것을 보니 옛 기억이 떠오른다.

‘어릴 때도 이러고 놀다가 훌라르 님께 들켰지. 그런데 그분에게도 비슷한 비밀이 있었을 줄이야. 불을 다루는 능력이라니…. 훌라르 님의 조상 중에 그런 분이 계셨다고 들었는데, 틀린 말이 아니었나 보군.’

그는 떨어지는 빗방울들을 보며 중얼거린다.

"분명히 이런 사람들이 더 있을 거야. 확실하지는 않지만 미다스 궁에 있는 그 여자도 마녀라는 소문이 있고. 또 어떤 능력을 가진 사람들이 숨어 있는 걸까?"

그때 하칠소아의 뒤에서 인기척이 들린다. 비가 오는 소리에 밖으로 나온 그의 아버지, 하길웨인이다. 그는 아들의 모습을 보고 조금 놀란 듯이 묻는다.

"오, 벌써 집에 도착했던 게냐? 안 그래도 비가 와서 내다보려고 했는데."

"…하하, 네. 조금만 늦었으면 다 젖었겠습니다."

"일이 많아서 힘들지는 않고?"

"저는 괜찮습니다. 아버지와 훌라르 님께서 더 힘드실 텐데요. 세네칼 선생도 그렇고요."

"그래도 무리는 말아라. 나도 젊은 나이에 밤낮없이 업무를 보다가 이렇게 빨리 늙지 않았니."

하길웨인은 빙긋 웃더니 아들의 어깨를 툭툭 쳐주며 말을 잇는다.

"허허. 그래도 세네칼 선생이 있어서 참 다행이 아니냐. 칼라르 님께서 역시 사람 보는 눈이 있으셨어. 수행자들의 도시에서 온 남루한 학자를 알아보시고, 자기 손자의 선생으로 지정하셨으니. 그 덕분에 훌라르 님도 저렇게 잘 자라신 것이겠지."

"그래서 아버지께서도 저를 훌라르 님 댁에 자주 보내시지 않으셨습니까. 선생께 많이 배우라고요."

"나야 뭐…. 어린 나이에도 훌라르 님이 너를 워낙 아껴주셨으니 그저 놀러 가라고 보낸 것이지. 너는 원래 학문에는 그렇게 큰 뜻이 없었잖니."

"하하, 아버지께서 여러모로 제게 강요하신 것이 없으셔서 참 다행입니다.

그저 건강하고, 무엇을 하던 남들의 눈에 띄지 말라고만 하셨지요."

하칠소아가 빙긋 웃으며 말하자 하길웨인이 조금 쓸쓸한 표정을 짓는다. 그리고 잠시 하늘을 쳐다보더니 말한다.

"예전에 네 엄마가 세상을 떠날 때 내게 당부했다고 그랬잖니. 너만은 잃지 말라고."

"……."

"나는 겁이 많았지만 네 엄마는 그렇지 않았지. 아르테스 님의 가문과 훌라르 님의 가문, 그리고 우리 가문이 지금까지도 돈독할 수 있는 이유는 네 엄마의 덕이 컸단다. 안 그랬으면 나도 다른 이들처럼 솔리디몬과 그 무리에게 굴복했을지도 모르는 일이니까. 그렇게 되었다면 지금처럼 훌라르 님과 거사를 도모할 수도 없었겠지."

"…아버지께서는 충분히 용기 있는 분입니다. 남아서 저를 지켜주셨잖아요."

"허허, 녀석. 고맙구나."

하길웨인은 다정한 눈으로 하칠소아를 바라보더니 조금 한숨을 내쉬고 조용히 말을 잇는다.

"나뿐만 아니라 모두 네 엄마가 독살당했다고 생각했다. 훌라르 님의 아버지처럼 말이야. 두 사람 모두 바르벨루스의 탑에 불려 갔다가 이후 그렇게 되었으니. 그 후로 나는 그곳의 생활을 더 이상 견딜 수 없어서 차루타스로 왔고 모든 것을 내려놓았지. 그런데 훌라르 님께서 이렇게 다시 기회를 만드시는구나. 전에 못 해 드린 만큼, 이제 온 힘을 다해서 그분을 도울 생각이다."

"그럼, 역시 훌라르 님의 뜻에 따라 폭동을 일으켜야 할까요?"

"폭동이 아니라 전쟁일 게다. 우린 더 이상 바르벨루스가 만들어 놓은 틀에서 움직이지 않을 것이니까. 반드시 그 사기꾼들의 손에서 모크샤의 알을 탈환해야 해. 문제는 의회의 의원들인데…."

"의원들을 움직이는 건 시민들 아닙니까. 이미 많은 시민이 독립을 원하고 있습니다. 그리고 훌라르 님께서도 계획이 있으신 것 같던데요? 아까 뵈었을 때 내일 발표할 사안이 있다고 하셨습니다."

"그렇겠지. 훌라르 님은 참 훌륭한 젊은이야. 나이를 떠나서 배울 게 많은 분이지."

하길웨인의 말에, 하칠소아는 고개를 끄덕인다.

"멋진 분이죠. 정작 본인은 잘 모르시고 계신 것 같지만요. 아무튼 저도 아버지처럼 온 힘을 다해서 이 상황에 도움이 되었으면 하는데, 이제는 좀 눈에 띄어도 괜찮을지 모르겠습니다."

"허허, 어떻게 말이냐?"

"그건 저도 아직 잘 모릅니다. 하지만…."

하칠소아가 손끝을 살짝 매만지며 말을 잇는다.

"언젠가 제가 도울 수 있는 순간이 온다면, 더는 숨지 않으려고요. 훌라르 님 덕분에 용기를 얻었거든요."

밤이 깊어지며 빗줄기가 점점 얇아진다. 투둑 투둑 떨어지는 빗방울 소리가 보리얀이 있는 방의 창문을 두드린다. 누군가 그녀의 방으로 다가온다.

"똑똑."

문을 두드리고 훌라르가 들어온다. 그는 보리얀의 상태를 살피며 천천히 그녀의 곁으로 걸어와 앉는다. 그가 침대에 살짝 걸터앉자, 보리얀은 창가에서 시선을 떼고 그를 응시한다. 훌라르는 잠시 그녀를 바라본다. 빗소리가 둘 사이의 정적을 메운다.

"……."

훌라르는 가만히 보리얀의 머리를 쓰다듬으며 말한다.

"…오늘도 아무것도 안 먹었다며."

"속이 안 좋아서요."

보리얀은 훌라르의 시선을 조금 피한다. 무슨 말만 하면 울음이 터질 기세지만, 그녀는 눈물을 가슴 속에 꾹꾹 눌러 담고 있다. 훌라르는 옛날 자신의 모습을 떠올리며 안타까운 표정으로 생각한다.

'차라리 속 시원하게 우는 게 더 나을 텐데.'

그는 품에서 무언가 꺼내서 보리얀에게 건넨다.

"네게 온 거야."

보리얀은 아무 말 없이 훌라르의 손에 들려 있는 서신을 바라본다. 샬리타의 이름이 적혀있다. 잠시 놀란 눈으로 그것을 보던 보리얀의 손이 떨린다. 그녀는 감정이 격해지는지 울먹인다.

"…혼, 혼자 있고 싶어요."

훌라르는 이해한다는 듯이 고개를 끄덕이고 다정한 목소리로 말한다.

"옆 방에 있을게. 필요하면 언제든지 불러. 알았지?"

서신을 꼭 쥔 보리얀은 입술을 깨물고 눈물을 참는다. 훌라르는 침대에서 천천히 일어선다. 그리고 보리얀의 이마에 가볍게 입을 맞추고 방을 나선다.

자신의 방으로 돌아온 훌라르는 한숨을 푹 내쉬고 고개를 떨군다.

'하아…. 부디 힘을 내야 할 텐데. 그 서신에는 뭐라고 적혀 있을까?'

샬리타는 두 개의 서신을 보냈다. 하나는 보리얀을, 다른 하나는 그를 위한 것이었다. 훌라르 앞으로 온 편지에는 이런 내용이 적혀 있었다.

…뱃사람이 되고 싶다는 딸아이의 손을 들어주었을 때, 저는 이미
보리얀을 제 딸이 아니라 세상의 자식으로 바라보고자 노력했습니다.
그 어떠한 불안감도, 죄책감도, 그리고 심장이 찢겨나가는 고통도,
모두 견뎌내기로 마음을 먹었다는 뜻이지요. 그래서 저는 온 마음을
다해 아픔을 견뎌내고 있습니다. 생사의 기로에 놓인 자식 앞에서
어머니가 무너질 수는 없으니까요. 저는 훌라르 님의 진심을 믿습니다.
그러니 부디 보리얀의 곁에 있어 주세요. 다시 일어서야 할 이유만
있다면, 보리얀은 포기하지 않을 것입니다.

'참 대단한 분이군. 이런 상황에서도….'

훌라르는 샬리타에 대한 존경을 느끼며 천천히 앉는다. 불현듯 그의 머릿속에 아주 오래전의 기억이 스친다. 아직 그의 어머니가 살아 계실 때였다. 어린 훌라르를 무릎에 앉히며 그의 어머니는 말했다.

'우리 훌라르는 가슴이 참 뜨겁지. 하지만 언젠가 너도 알게 될 거야. 진짜 사랑을 하려면 가슴에 인내와 기다림이 박혀 있어야 한다는 걸. 수백 번 무너지려는 마음을 다시 일으켜 세우는 힘이 있어야 해. 포기하지 않고 견디는 시

간을 통해서, 굳은살처럼 믿음이 앉을 때까지…. 그럼 진짜 사랑이 뭔지 알게 될 거야.'

훌라르는 두 눈을 감는다. 보리얀의 수척한 얼굴이 떠오른다. 그는 가슴이 쓰리다는 듯 중얼거린다.

"당장 가서 안아주고, 뭐라도 먹이고 싶은데. 기다려야겠지…."

소나기가 그치고 달이 고개를 내민다. 미다스 궁에 있는 즈로이아의 방에는 잠옷 차림의 아르테스가 앉아 있다. 그녀는 아무 말 없이 즈로이아의 모습을 응시한다. 겉으로만 봐서는 전혀 무서운 마녀처럼 보이지 않는다. 오히려 전설 속에 나오는 아름다운 요정이라면 모를까. 아르테스는 조금 경계하는 눈으로 그녀를 쳐다본다. 즈로이아는 그 시선을 느끼는지, 따뜻한 차를 손수 따르며 나지막이 묻는다.

"아직도 제가 무서우신가요?"

"……."

즈로이아는 아르테스에게 차 한잔을 건네며 그녀 옆에 앉는다. 아무 말 없이 찻잔 안을 응시하던 아르테스는 조용한 목소리로 말을 꺼낸다.

"저기, 사탕이 고마워서…. 그 말을 하려고 왔어. 그 해독제가 아니었다면 나는 이미 여기 없을 테니까. 그쪽이 갖다 주지 못할 때는 훌라르에게라도 부탁했거든. 그는 아직 그 사탕이 날 살렸다는 걸 몰라."

"흠. 다행이군요. 그 마에린 슈라문이 자기 사람들을 끔찍하게 챙긴다는 건 잘 압니다. 아르테스 님의 가문과는 워낙 각별한 사이였으니."

"…그런데 왜 훌라르를 싫어하는 거야?"

"저도 그자가 천성적으로 나쁘지 않다는 건 압니다. 다만 제가 손을 내밀기도 어려운 입장이라."

"왜? 무슨 일이 있었는데?"

"그가 제 아들을 죽였거든요. 원치도 않았고, 숨겨왔던 자식이었지만."

"……."

아르테스가 아무 말도 하지 못하자 즈로이아는 차를 한 모금 마시며 옅은 미소를 짓는다.

"호호, 어른들의 세상이 좀 복잡합니다. 그렇죠?"

즈로이아의 얼굴에 늘상 어려 있는 묘한 웃음 뒤로 서글픔이 비친다. 물끄러미 그것을 바라보던 아르테스가 이내 담담한 목소리로 묻는다.

"저기, 그럼 나에게는 왜 해독제를 준 거야? 내가 먹을 독약도 당신이 만들었을 텐데."

"흐음. 글쎄요."

즈로이아는 알 수 없는 미소를 지으며 아르테스를 바라본다.

"직접 낳은 자식의 얼굴은 한 번도 본 적이 없는 제가, 여기서 아르테스 님이 태어나는 걸 보고 말았거든요. 축복 속에서 태어나는 그 아기의 모습에 얼마나 복잡한 생각이 들던지…."

"내가 미다스 궁에서 태어났다고?"

"흠, 당시 아르테스 님의 어머니께서는 대단한 상급 슈라문이셨죠. 만삭이 가까운 몸에도 이 궁전을 친히 찾으시어 노예상 문제로 저를 닦달하곤 하셨으니까요. 그땐 아무도 몰랐습니다. 제가 여기서 그분의 출산과 산후조리를 돕게 될 줄은."

즈로이아는 아르테스를 바라보며 옛날 생각이 난다는 듯 빙긋 웃으며 말을 잇는다.

　"아직도 생생하네요. 그날, 제가 그분 때문에 얼마나 골머리를 썩었는지 모릅니다. 완고하신 성정이 꼭 지금 아르테스 님 같으셨거든요. 그런데 혼자 투덜거리고 있는 와중에 비명이 들리지 뭡니까. 일을 마치고 떠나시려던 그분에게 진통이 찾아왔던 거예요. 그 바람에 저는 졸지에 아이를 받아야 했고, 미다스 궁에서는 한 차례 난리가 났었습니다."

　"엄마께서는 그런 이야기를 안 해주셨는데?"

　"뭐, 딱히 중요한 얘기도 아니라고 생각하셨겠죠. 그분은 여기서 아르테스 님을 낳는 것을 썩 달가워하지 않으셨거든요. 저를 별로 좋아하지도 않으셨으니까요. 당연한 일 아니겠습니까? 제 존재를 달가워하는 이들이 많지는 않으니."

　"……."

　"그런데 출산하는 그분을 보며 이상한 느낌이 들더군요. 진통으로 식은땀을 흘리는 산모를 보니까 그때의 고통이 생각나서였을까요? 갓 태어난 아르테스 님을 받아 드는데, 아주 오래전에 낳은 제 자식이 생각나지 뭡니까. 얼굴도 한번 보지 못하고 빼앗겼던 아기…. 모든 상황이 정반대였는데도 그런 생각이 든다는 게 좀 우습긴 했습니다. 아르테스 님은 딸 아이였고, 제 자식은 사내아이였다는 소릴 들었고, 아르테스 님은 축복 속에, 제 아이는 비밀 속에 태어났었는데 말입니다. 심지어 갓 태어나신 아르테스 님을 그분의 품에 안겨 드릴 때는 은근히 서운하기까지 했답니다. 제가 더 안고 있었으면 했거든요."

　즈로이아는 쓸쓸한 미소를 지으며 조금 헝클어져 있는 아르테스의 머리를 가볍게 쓰다듬는다.

"…어쨌든 잘 크셨습니다. 멀리서나마 계속 지켜봐 왔는데, 그러면서 제 자식에게는 전혀 가져본 적 없던 감정도 많이 느꼈습니다. 그런 아르테스 님을 지켜드릴 수 있는 방법이 사탕뿐이라 늘 죄송한 마음이었고요. 물론 변명같이 들리시겠지만."

"나는 전혀 알지 못했는데…."

아르테스는 충격을 받은 얼굴로 즈로이아를 바라본다. 잠시 둘 사이에 침묵이 감돈다. 즈로이아는 빙긋 웃는다.

"삶이란 참 역설적인 비극인 것 같습니다. 그렇지 않나요?"

"무슨 뜻이야?"

"아르테스 님께서는 무니안들의 손에 부모를 잃으신 후 최고 무니안이 되셨고, 저는 무니안들을 칠 기회를 노리기 위해서 무니안들의 앞잡이가 되었고…. 샤테이드에서 신성한 힘을 가진 아이들의 피를 뽑아 수액을 만들며, 다짐하고 또 다짐했습니다. 언젠가는 저 무니안 놈들이 죽는 꼴을 내 눈으로 직접 보리라. 반드시 때를 노리며 기다리리라. 그렇게 그놈들의 생을 연장시키는 수액을 만들며 죽일 생각을 하고, 아르테스 님께 먹일 독약을 만들며 울었습니다. 이만하면 엄청난 역설이 아닐까요?"

아르테스는 조금 고개를 숙인다. 그리고 무언가 생각에 잠긴 듯 찻잔을 들여다보더니 중얼거린다.

"…힘들었겠다."

즈로이아는 순간 할 말을 잃은 표정으로 그녀를 바라본다. 아르테스의 희고 여린 손이 즈로이아의 손을 살짝 잡는다.

"진짜 힘들었겠다. 그래도 고마워. 나를 살려줘서. 분명 우리 엄마께서도 하늘에서 고마워하실 거야."

"......."

즈로이아의 눈가가 조금 떨린다. 아르테스는 즈로이아의 손을 꼭 잡고 말한다.

"…차가 식네. 오늘은 날도 쌀쌀한데."

"추우십니까?"

아르테스는 고개를 끄덕이더니 용기를 내듯 그녀를 바라본다.

"응. 좀 추운데…. 나 한 번만 안아주면 안 돼?"

즈로이아는 잠시 아르테스를 바라본다. 그리고 들고 있던 잔을 내려놓는다. 아르테스가 두 팔을 벌리자, 즈로이아는 그녀를 가만히 안는다. 아르테스는 즈로이아의 품에서 이렇게 중얼거린다.

"예전에 훌라르가 얘기해 줬던 거야. 내가 태어나기 전에, 가족을 잃은 훌라르를 우리 부모님하고 세네칼 선생이 많이 도와주셨나 봐. 그래서 훌라르가 왜 이렇게 자기한테 잘해주냐고 물으니까, 세네칼 선생이 그런 말씀을 하시더래. 진짜 사랑을 아는 부모들은 핏줄이 아니라 가슴으로 자식을 낳아서 기르는 거라고."

"......."

"그러니까 나를 살린 그쪽도 내 엄마야. 엄마가 안아주던 품 같이 따뜻해."

즈로이아는 아무 말 없이 아르테스를 꼭 안는다. 소리 없이 떨어지는 그녀의 눈물방울이 반짝인다.

맑은 달빛은 차루타스에도 찾아든다. 훌라르가 나가고 난 후 혼자 방에 남겨진 보리얀은 서신을 만지작거린다. 침대맡에 놓인 등잔 불빛이 샬리타의 이름을 비춘다. 그 글씨를 가만히 어루만지는 보리얀의 손길이 떨린다. 그녀는 서신에 눈물이 떨어질까 봐 얼른 눈가를 훔친다. 한참을 그렇게 서신을 열지 못하던 보리얀은 결국 눈을 감고 머리를 뒤로 기댄다.

'도저히 읽을 자신이 없어⋯.'

지금 엄마가 느끼고 있을 고통을 생각하니 도무지 서신을 열 용기가 나지 않는다. 서신을 꼭 붙들고 눈물을 흘리던 보리얀은 고개를 베개에 떨군다. 뜨거운 눈물이 하염없이 볼을 타고 흐른다.

그렇게 한참을 울다가 자기도 모르는 사이, 그녀는 어느 순간 탈진하듯 잠에 빠져든다.

암흑 같은 꿈에서 그녀는 계속 물속으로 가라앉는다. 루딘의 얼굴을 보았다가, 그를 놓쳤다가, 아버지를 보았다가, 다시 그를 놓치며 깊은 심해로 빨려 들어간다. 있는 힘껏 소리를 지르지만 목소리가 나오질 않는다. 그렇게 소용돌이에 빨려 들어가며 비명을 지르는데 갑자기 사방이 잠잠해진다.

저 멀리서 새끼 투팀이 뛰어놀고 있고 룸부들도 보인다. 방정맞게 돌아다니는 미블들도 있다. 그녀는 서서히 이 낯익은 곳이 어딘지를 깨닫는다. 그녀가 서 있는 곳은 아주 오래전의 기억 속, 아파라티 할아버지의 정원이다. 보리얀은 주위를 둘러보다가 곧 자신이 좁은 울타리 안에 갇혀 있다는 것을 깨닫는다. 그때 그녀의 귓가에 이러한 목소리가 들린다.

"아무런 생각도 할 수 없고, 오직 늪과 같은 슬픔뿐⋯. 그 못난 것들이 또 네 생각과 감정의 자유를 훔쳐갔구나."

보리얀은 울타리 안에서 두리번거리며 목소리가 어디서 오는지를 찾는다.

하지만 밝은 햇빛만이 그녀를 비추고 있을 뿐, 그 어떠한 사람의 형상도 보이지 않는다. 보리얀은 눈 부신 빛을 살짝 가리며 커다란 태양을 쳐다본다.

"......."

한동안 빛을 묵묵히 바라보던 그녀는 힘겨운 목소리로 묻는다.

"그, 그럼 내가 그걸 어떻게 다시 찾을 수 있지?"

그러자 밝은 빛이 점점 가까이 다가오며 이런 소리가 들린다.

"마음을 지켜야지."

빛을 응시하던 보리얀은 눈물을 흘린다. 그리고 고개를 저으며 깊은 어둠 속에 빠진 듯한 목소리로 말한다.

"내가 잃은 건 다시 찾을 수 없어…"

보리얀의 주변에 있는 울타리가 점점 좁아진다. 처음에는 눈치를 못 챌 정도였다가, 그 속도가 점점 빨라진다. 뒷걸음질 쳐보지만 뒤에서 다가오는 울타리에 부딪히고 만다. 순간적으로 답답함과 불안함이 엄습해 온다. 보리얀은 주위를 둘러보며 가쁜 숨을 몰아쉰다. 그럴수록 울타리는 더욱 빠르게 좁아져 들어와서, 이제 심지어 온몸을 조여들기 시작한다. 그녀는 숨을 쉴 수 없는 고통에 몸부림친다.

"으아아아!"

그런데 울타리의 포로가 되어 옴짝달싹 못 하는 보리얀의 뒤에서, 한 무리의 사람들이 지나간다. 바얀 호에서 죽은 병사들의 영혼이다. 그들은 딱한 눈으로 울타리에 갇힌 보리얀을 바라보며 빛을 향해 천천히 나아간다. 보리얀은 입을 다물지 못하며 그 광경을 바라본다. 자신을 가둔 울타리 때문에 몸을 움직일 수 없는 그녀는 고개를 뒤로 돌려서 병사들의 얼굴을 하나하나 살핀다. 그러다 잠시 후 누군가를 발견하고 두 눈이 커진다.

'어, 어…?'

저 뒤에서 루딘과 바얀이 걸어오고 있다. 그들은 미소 짓는 얼굴로 서로 대화를 나누고 있다. 보리얀은 반가운 마음에 소리 내어 그들을 부른다. 하지만 그들은 다른 병사들과 다르게 그녀를 보지 않는다.

'왜 나를 안 보지? 안 들리나?'

결국 루딘과 바얀은 보리얀의 곁을 그냥 스쳐 지나간다. 보리얀은 멀어져 가는 그들을 향해 발을 동동 구르며 힘껏 외친다.

"아빠! 루딘! 나 여깄어! 나를 좀 보라고!"

하지만 바얀과 루딘은 뒤도 돌아보지 않고 보리얀의 앞으로 나아간다. 보리얀은 애타게 그들에게 소리치지만, 그들은 단 한 번도 뒤돌아보지 않는다. 이어서 그들도 다른 병사들의 무리에 섞여 점점 빛 속으로 멀어진다.

"왜…. 왜 그냥 가는 거야…."

보리얀은 심장이 터질듯한 아픔에 몸서리친다. 울타리는 계속 그녀의 몸을 찢을 듯이 조이며 파고든다. 병사들, 병사장들, 그리고 까마귀들과 물수리들까지 전부 빛의 언덕 위로 사라진다. 이제 아무도 남지 않았다. 보리얀은 고개를 숙이고 엉엉 운다. 그러자 태양 빛을 실은 음성이 다시 들려온다.

"애야, 마음을 지키는 것과 가두는 것은 다르단다. 그들은 너를 놓아주었는데 너는 계속 그들의 그림자를 붙들고 있구나."

보리얀은 울타리에 끼인 몸을 비틀며 목소리에 애원하듯 묻는다.

"너무 고통스러워. 어떻게 하지?"

그러자 목소리는 따뜻한 어조로 답한다.

"벗어나야지. 네 옛 울타리가 더 이상 너를 보호해 주지 못하고, 오히려 너를 가두고 고통스럽게 한다면."

빛이 점점 다가온다. 주변이 환해지자 보리얀의 눈에는 온통 텅 빈듯한 흰 공간만이 담긴다. 한결 가까이에서 들려오는 목소리가 그녀의 귓가에 맴돌며 머릿속을 가득 채운다.

"울타리는 어디까지나 방편이란다. 네가 약하고 잃을 것이 있어 두려울 때, 스스로를 보호하기 위해 필요한 것이야. 이제 보거라, 네가 얼마나 자랐는지. 그리고 더 이상 잃을 것이 없는 마음으로 너 자신을 지켜라. 그럼 자유로울 수 있다."

보리얀은 숨을 헐떡이며 빛의 한가운데를 응시한다. 그러자 하얀빛 저 아득한 곳에서 누군가 걸어오는 모습이 보인다. 그 모습에 깃든 기품과 위용이 멀리서부터 느껴진다. 보리얀은 눈을 가늘게 뜨고 그 흐릿한 윤곽을 자세히 본다. 한 걸음, 한 걸음. 그 모습이 다가오자, 그녀의 눈이 커진다. 그것이 누구인지 깨달은 보리얀은 자신도 모르게 외친다.

"나잖아?"

그녀의 눈에는 더 이상 어린 소녀도 아니고 앳된 아가씨도 아닌, 온전히 성숙한 보리얀의 모습이 보인다. 무의식적으로 그 모습에 손을 뻗어 보지만, 온몸을 조이고 있는 울타리 때문에 닿을 수가 없다. 보리얀은 필사적으로 몸을 비틀며 울타리에서 벗어나려고 한다.

"으으윽!"

울타리는 꼼짝도 하지 않는다. 하지만 보리얀은 포기하지 않는다. 마치 단단한 껍데기 속에서 깨어나려는 한 마리의 새처럼, 그녀는 깊게 숨을 들이쉬며 울타리에서 나오려고 투쟁한다. 그렇게 마지막 힘까지 짜내어 온몸에 힘을 주자, 굳게 박혀 있던 울타리가 안에서부터 갈라지기 시작한다. 투둑, 울타리의 파편 조각들이 떨어져 내린다.

'된다!'

희망을 얻자 울타리는 생각보다 더 쉽게 무너져내린다. 보리얀은 마침내 울타리를 부수고 자신의 앞에 서 있는 또 다른 자신에게로 뛰어든다. 그러자 거울 속에 비친 모습처럼 저편에 있는 보리얀도 동시에 그녀에게로 뛰어든다. 마침내 두 보리얀이 만나는 그 순간, 그녀의 마음은 엄청난 밝음에 휩싸인다.

보리얀은 숨을 들이쉬며 두 눈을 활짝 뜬다.

"헉!"

푸르스름하고 고요한 새벽빛이 보리얀의 눈에 쏟아져 들어온다. 심장이 거칠게 두근거린다. 강렬한 꿈의 느낌이 그녀의 가슴에 박힌 듯 떠나질 않는다. 지금껏 그녀를 사로잡았던 무기력한 슬픔을 제치고, 뭔가 새로운 감정이 심장 박동을 따라 온몸에 퍼진다.

"후우…."

보리얀의 손에서 바스락거리는 종이의 촉감이 느껴진다.

'엄마가 보낸 서신…'

그녀는 아직도 두근거리는 가슴을 조금 가라앉힌다. 그리고 천천히 그것을 열어본다. 조심스럽게 봉투를 열고 편지를 꺼내 들자 샬리타의 글씨가 빼곡하게 두 눈에 들어온다.

보리얀, 네가 살아 있다는 소식을 들었단다.

눈물의 바닥이 마를 때까지 울었다고 생각했는데, 그 이야기를 들으니
다시 눈물이 샘솟더구나. 고마워서. 정말, 고마워서…. 마음을 가라앉히고
적으려는데 쉽지가 않구나. 한달음에 달려가서 안아주고 싶은 우리 딸.
얼마나 아프고 힘이 들까. 네가 견디고 있을 마음의 무게를 생각하니
가슴이 더 미어지는구나.

고통을 너무 견디기 힘들 때에는, 자일리아샤의 풍경을 한번 떠올려
보렴. 우리 모두의 추억이 깃든 그 호수가 기억나니? 나는 아직도 네
아버지와 맞이하던 자일리아샤의 새벽이 눈에 선하단다. 연무를
헤치고 햇빛이 나타날 때면 모든 것이 고요했지. 마치 이 세상에 어둠이
존재하지 않는 것처럼.

두 눈을 감고도, 엄마는 마음속으로 그 햇볕의 따뜻한 밝음을 볼 수 있었어.
네 아버지는 그런 나를 보고 '제대로 볼 줄 아는 사람'이라고 했단다.
그게 무슨 뜻이냐고 물었더니 그는 이렇게 말했지. 어떤 것들은 두 눈을
감아야 진정 볼 수 있다고. 생각해 보면 나는 눈을 감고 느낀 그 햇빛에서
희망을 보았던 것 같구나. 언젠가는 이 모든 두려움과 어둠이 연무 속으로
사라지고, 저렇게 해맑은 밝음이 우리에게 찾아올 것이라는.

사랑스러운 우리 딸. 나는 너에게서 같은 것을 본단다. 너는 언제나 폭풍 속에서도 포기를 모르는 꼿꼿한 등대이자, 밝은 희망이었거든. 너는 아마 잘 몰랐을 거야. 네가 얼마나 이 세상에 선물 같은 아이인지…. 이제는 가슴 깊숙한 곳에서부터 알아주었으면 좋겠구나. 누군가에게 넌 목숨을 바쳐서 라도 살리고 싶을 만큼 소중한 사람이라는 걸. 그러니 부디 살아남거라. 너를 사랑하는 남은 이들을 생각해서라도.

엄마는 기도한단다. 네 아버지 비얀과 루딘의 이름을 떠올리며 남아 있는 온 힘을 다해서 기도한단다. 그들의 사랑이 너를 살렸다는 것을 알게 하라 고. 그래서 네가 쉬이 포기하지 않게 해달라고. 그래서 부디 남은 자들의 고통 속에서 이어지는 나날을 버티게 도와달라고. 하루하루, 그저 해가 뜨고 지듯이.

나의 소중한 딸아. 그들이 목숨을 다한 사랑으로 너를 살린 만큼, 부디 너 자신을 사랑하며 살아주렴. 너를 살린 사람들의 사랑을 기억하며, 이 세상을 사랑해 주렴. 너를 사랑하는 사람들 주위에서, 네가 사랑하는 일을 하며, 주변에서 너를 계속 살아가게 하는 그 모든 사랑에 감사하며…. 그렇게 살아가다 보면 어느 순간 느끼게 될 거란다. 엄마가 그 햇빛 속에서 보았던 따뜻한 밝음을.

엄마는 이제 케파르카로 갈 거야. 훌라르 님께서 은신처를 마련해 주셨거든. 그분께서 위험을 무릅쓰고 보내주신 서신 덕분에, 엄마는 다시 살아갈 이유가 생겼어. 네가 살아 있다는 것을 알았으니까. 훌라르 님께서 부탁하시더구나. 부디 네가 다시 일어설 수 있도록 도와달라고. 우리가 다시 만날 때까지 엄마는 너를 기다리고 있을게. 그러니 이 고통스러운 시간이 조금 지날 때까지, 너도 참고 기다려 주렴.

그리고 부디 기억하길 바란다. 너를 살린 사랑 중에는 훌라르 님의 사랑도 있다는 걸.

— 언제 어디서나 너를 믿고 사랑하는, 엄마.

서신을 다 읽은 보리얀의 눈에서 커다란 눈물방울이 걷잡을 수 없이 흘러내린다.

"흑, 흑⋯. 흐아아⋯."

흘러내리던 눈물은 이어서 목 놓아 우는 통곡으로 바뀐다. 지금껏 눌러 담았던 모든 감정이 폭발하듯이 쏟아져 흘러내린다.

"엄마⋯."

보리얀은 서럽게 울며 서신을 끌어안는다. 그때 옆 방에서 보리얀의 울음 소리를 들은 훌라르가 선잠에서 깬다. 그는 무슨 일이 생긴 줄 알고 황급히 그녀의 방문을 연다. 잠시 상황을 파악하느라고 방문 앞에서 숨을 고르는 훌라르를 보고, 보리얀은 침대에서 일어난다. 훌라르가 보리얀에게 서둘러 다가가자 보리얀은 쓰러지듯이 그에게 안겨서 서럽게 운다.

"흐으으, 으으윽…."

훌라르는 그녀를 꼭 끌어안는다. 부서질 듯이 여윈 그녀의 몸이 떨린다. 훌라르의 눈에 펼쳐진 샬테타의 서신이 들어온다. 그는 나지막이 한숨을 내쉬고 보리얀을 다독이며 중얼거린다.

"…마음껏 울어. 울 때는 펑펑 울어야 해. 그래야 덜 아파."

훌라르는 한참을 그렇게 보리얀을 다독인다. 보리얀은 웅크린 한 마리 새처럼 그의 품에 안겨 오열한다.

한편, 새벽빛이 찾아드는 자라트라 요새에서는 병사들의 바쁜 발소리가 동굴 곳곳을 울린다. 제카르숨이 죽었다는 소식을 접한 병사들은 완전히 사기를 되찾았다. 그들은 샤테이드의 마취침으로 잠들게 한 슈라문들을 감시하고, 스루딘의 말을 따라서 노예병들에게 자유를 주겠노라 설득한다. 병사들과 대적할 생각이 없는 대부분 노예병들은 순순히 자라트라의 편에 선다. 하지만 일부 거부하는 자들은 지하 감옥으로 보내진다.

이러한 분주한 상황에서 바얀 호의 소식을 아는 이는 아직 스루딘밖에 없다.

"흐읍…. 흑…."

자신의 방에 혼자 남은 스루딘은 소리죽여 흐느낀다.

'내가, 내가 미리 알아차려야 했는데…. 내 손으로 그 정찰을 허락하다니.'

새벽의 어슴푸레한 빛에 창밖의 풍경이 비친다. 깎아지듯 한 낭떠러지 아래로 요새의 동굴을 품고 있는 거대한 바위들이 보인다. 저 아래로 당장 떨어져 버린다 해도 상관없을 것만 같다. 병사들의 사기를 되찾게 도왔으니, 이제 그만 이 지긋지긋한 곳에서 사라져도 괜찮지 않을까. 스루딘은 자기도 모르게 천천히 창문을 향해 손을 뻗는다.

그때 누군가가 문을 두드린다. 켄트라의 목소리가 들린다.

"관리 장교님, 접니다. 보고드릴 사항이 있습니다."

"…나중에."

"급한 상황입니다. 잠시만 들어가겠습니다. 죄송합니다."

켄트라는 송구스럽다는 듯이 말하면서 문을 연다. 등잔을 들고 있는 그는 아직도 노예병의 옷을 입고 있다. 그는 헉헉대며 방 안으로 들어와서 주변을 둘러보고 말한다.

"아이고, 죄송합니다. 이렇게 어둡게 계시는 줄도 모르고…. 너무 급한 일이 있어서요."

켄트라는 관리 장교실 안에 있는 불을 환하게 밝힌다. 화르르 하고 타오르는 빛이 얼굴을 환하게 비추자, 스루딘은 눈살을 조금 찌푸린다. 켄트라는 그의 눈가가 젖어 있는 것을 보고 걱정스럽게 묻는다.

"…아무래도 저희에게 말씀해 주지 않은 상황이 있으신 것 같습니다. 그렇죠?"

"……"

스루딘은 잠시 숨을 고르다가 눈가를 훔치고 그에게 묻는다.

"급한 상황이 있다며. 무슨 일인가?"

"그게, 지하 감옥에서 이상한 일이 일어나고 있습니다."

"노예병들이 저항하고 있나?"

"아니요, 그게…. 직접 보셔야 할 것 같아서요. 그곳이 지금 식물 천지입니다."

"식물?"

스루딘은 전혀 예상하지 못한 대답에 눈을 조금 끔벅인다.

"…데리에크라는 고문관 방장이 드릴 말씀이 있는 것 같습니다. 내려가서 한번 만나보시지요."

스루딘은 잠시 켄트라를 쳐다보더니 문을 향해 걸어간다. 켄트라는 그를 뒤따라 나가려고 한다. 그런데 스루딘이 나가려고 문을 열자, 방문 바로 앞에 누군가가 서 있다. 흰 망토의 모자를 뒤집어쓴 노인이다. 스루딘과 켄트라는 깜짝 놀라서 주춤거린다. 그러자 노인은 음침한 목소리로 조금 웃더니 말한다.

"어딜 그리 급히 가나, 스루딘?"

"……?"

노인은 천천히 망토의 모자를 벗는다. 그의 소매에서 금실로 수놓아진 무니안의 문양이 번득인다. 이어서 모자 안에서 노인의 새하얗고 긴 은회색 머리카락이 드러난다. 당황한 스루딘의 얼굴을 보고, 긴 머리의 무니안은 빙긋 웃으며 조용한 목소리로 말한다.

"…잠시 얘기 좀 할까?"

7장

﹛ 숨겨왔던 날개들을 펼치다 ﹜

하늘이 맑게 개인 차루타스에 동이 터온다. 침대에 누워 있는 보리얀의 눈가가 젖어 있다. 그녀는 가만히 옆을 응시한다. 곁에 있는 의자에 훌라르가 잠들어 있다.

"……."

보리얀은 그가 깨지 않도록 천천히 자리에서 일어난다. 그리고 조용히 침대에서 내려온 후, 한 걸음씩 옅은 햇빛이 비쳐 들어오는 창가 근처로 향한다. 이어서 그녀의 시선은 근처에 있는 기다란 거울에 닿는다. 잠시 멈추어선 보리얀은 거울 속에 비친 자신의 모습을 응시한다. 꿈속에서 보았던 장면이 머릿속을 스친다. 자기 자신에게 뛰어들었던 그녀의 모습. 도대체 그 신비로운 꿈은 어디서 온 것일까. 생각에 잠기던 보리얀은 옆구리를 덮고 있는 붕대를 천천히 풀어본다. 지금껏 한 번도 제대로 들여다본 적이 없던 상처다.

'벌써 이렇게 아물어 있었네.'

훌라르의 극진한 간호 덕인지 배의 파편에 찔린 곳이 많이 나았다. 잠시 그것을 바라보던 보리얀은 윗옷을 좀 더 들추어서 자신의 등을 비추어 본다. 흐릿한 채찍 자국들. 예전에 지하 감옥에서 고문을 당했을 때 생긴 흉터들이다. 다시금 떠오르는 그때의 고통과 함께 홀라르가 했던 말이 기억난다.

'…이렇게 흉터를 가지고 사는 거야. 평생 지워지지 않겠지만, 그걸 안고 살아내는 거지. 내 삶의 일부로 받아들이면서. 그리고 가끔씩 다시 아파하면서.'

보리얀은 데리에크를 떠올린다. 자신을 고문한 사람과 친구가 되기까지 그녀가 넘어야 했던 마음의 고비들이 아직도 생생하다. 채찍 자국을 응시하던 보리얀은 천천히 옷매무새를 바로 하며 생각한다.

'흉터는 남았지만, 그때도 결국 극복해 냈어.'

보리얀은 조용히 창가 근처의 책상으로 다가간다. 그리고 종이를 꺼내어 샬리타에게 답신을 쓰기 시작한다. 정성스럽게 쓰는 글씨에 보리얀의 눈시울이 다시 붉어진다. 그러나 그녀는 눈물을 흘리는 대신 각오를 다지며 한 글자씩 써 내려간다. 마치 새로운 삶을 시작하려는 사람의 모습처럼. 서서히 밝아오는 햇살이 서신에 비쳐든다. 멀리서 지저귀는 새 소리를 들으며, 보리얀은 지금껏 숨겨왔던 비밀을 알리기로 마음먹는다.

…그리고 엄마, 이제야 말씀드리지만 사실 저는 동물들과 소통할 수 있어요. 지금까지 숨겨오려고 노력했는데, 더 이상 그러지 않을 생각이에요. 이제 제가 할 수 있는 모든 방법으로 세상을 위해 살기로 마음먹었거든요. 그러니까 걱정하지 마세요. 저를 살린 사람들의 사랑을 생각해서라도, 꼭 살아남을게요.

보리얀은 샬리타에게 보낼 서신을 다 쓴 후 천천히 다른 종이를 한 장 꺼내 든다.

'아빠와 루딘에게도 인사를 해야겠어.'

그녀는 빈 종이를 들여다보다가 담담히 무언가를 적는다. 그리고 창문을 열고 마음속으로 새들을 부른다. 완연히 동이 터 오는 하늘에서 날아온 까마귀 두 마리가 창가에 내려앉는다. 보리얀은 그들에게 각각 서신을 하나씩 매어준다.

'이건 엄마께 잘 전달해 드리기를 부탁할게. 그리고 이건…. 바얀 호가 있는 남쪽 해상에 떨어트려 주렴.'

까마귀들은 그녀의 말을 알아들은 것처럼 푸드덕거리며 날아간다. 그 소리에 잠들었던 훌라르가 깨어난다.

"으음…."

이어서 그는 두리번거리며 보리얀을 찾다가 창가 쪽에 앉아 있는 그녀를 발견한다. 말갛게 빛나는 햇살이 보리얀의 얼굴을 환하게 밝혀온다.

"괜찮아?"

잠긴 목소리로 묻는 훌라르의 말에 보리얀은 아무 말 없이 그를 바라본다. 훌라르는 의자에서 일어나서 보리얀이 앉아 있는 곳으로 천천히 걸음을 옮긴다. 단추가 풀려서 흐트러진 그의 옷깃 사이로 오른쪽 가슴팍에 있는 흉터가 슬쩍 보인다. 가만히 훌라르를 바라보던 보리얀은 이내 옅은 미소를 짓고 말한다.

"…배고파요."

신선한 아침 공기가 불어오는 그 시간, 거대한 나무의 뿌리 때문에 점점 갈라지는 미다스 궁은 텅 비어 있다. 모두 궁을 비우라는 즈로이아의 명령이 있었기 때문이다. 나무 위에서는 빙그레 웃는 사르낫이 아르테스에게 묻는다.

"그래, 즈로이아와 인사는 잘했느냐?"

"네. 이제 라플라가 도착하면 샤테이드로 갈 거라고 했어요."

"그렇다면 우리도 떠날 준비를 하자꾸나."

"어디로요?"

"네 집으로 가야지."

"집이요? 혹시 다시 바르벨루스로 돌아가는 건가요?"

"아니지. 집은 가족이 있는 곳이란다, 아르테스. 지금 네 가족이 있는 곳이 어디니?"

"살아남은 제 친척들은 모두 케파르카로 보내졌는데…."

아르테스의 말에 사르낫은 다정하게 고개를 끄덕인다.

"그래. 우린 수행자들의 도시, 케파르카로 갈 것이란다."

아르테스는 나뭇가지를 단단히 붙들며, 저 아래 해변을 홀로 걷고 있는 즈로이아를 바라본다. 아득한 위에서 올려다보니 그녀는 작은 황금빛 점처럼 보인다.

"…언제 다시 만날 수 있을까요?"

아르테스의 물음에 사르낫은 잠시 즈로이아를 응시하더니 알 수 없는 미소를 짓는다.

"또 만날 날이 오겠지."

즈로이아는 철썩거리는 파도 소리를 따라 홀로 해변을 걷는다. 그녀는 무슨 생각에 잠겨 있는지 입가에 쓸쓸한 미소를 짓고 있다. 그러던 중 궁전 쪽에서 휘익 불어오는 돌풍이 그녀의 밝은 갈댓빛 머리칼을 휘날린다.

'이제 떠나셨나 보군.'

즈로이아는 궁전이 있는 쪽을 돌아본다. 그녀의 느낌대로, 어느새 그 커다란 나무는 흔적도 없이 사라졌다. 나무가 사라지자 갈라진 틈에서부터 궁전이 무너져 내리기 시작한다.

"쿠구구구우웅-"

즈로이아는 가만히 서서 궁전의 꼭대기 탑이 점점 기우는 것을 본다. 그리고 아래로 떨어져 내리는 궁전의 화려한 장식들을 바라보며 중얼거린다.

"잘 됐군. 볼 때마다 참 거추장스러웠는데."

즈로이아는 몸에 두르고 있던 금팔찌와 반지들을 모두 빼서 내던져 버린다. 그리고 무너지는 궁전을 향해 성큼성큼 걸어간다. 궁전 앞에 다다르자 그녀는 두 손을 천천히 쥔다.

"콰지지직!"

즈로이아 앞에 있던 땅이 갈라지기 시작한다. 지진이 일어나듯이 흔들린다. 궁전은 더 빠르게 무너지기 시작하고, 천지가 진동하듯이 굉음이 울린다.

"쿠콰콰콰광!"

즈로이아는 눈 하나 깜짝하지 않고 무너지는 미다스 궁의 모습을 쳐다본다. 그리고 궁전에서 보낸 기나긴 세월의 족쇄까지도 함께 부수는 듯한 마음으로, 두 주먹에 떨리도록 힘을 준다. 그녀는 자신을 샤테이드의 수장으로 키웠던 한 루에린 마녀를 생각하며 미소 짓는다.

'하아… 이 광경을 함께 보았다면 참 좋았을 텐데. 그렇죠, 테타이아?'

테타이야는 고대 루에린의 힘을 가진 이들 중 가장 뛰어났던 마녀였다. 그녀는 샤테이드에 있는 비밀스러운 존재가 전하는 예언을 가장 잘 듣는 이였으며 즈로이아의 스승이었다. 그녀는 숨을 거두는 마지막 순간까지도 당부했다.

'즈로이아, 네가 가진 신성한 힘은 우리 중에서 가장 강력하다. 마음만 먹는다면 당장 무니안들을 돌로 만들어 버릴 수도 있겠지. 하지만 그렇게 되면 새로운 무니안들은 곧 다시 선출될 것이고, 세상은 너를 없애버리려 할 거야. 그러니 기다려야 한다. 동쪽 호수에 뿌리가 있다는, 세상에서 가장 귀한 진주에 대한 예언이 이루어질 때까지…. 네가 가진 힘을 제대로 쓰려면 우선 세상을 움직이는 힘부터 가져야 한다. 그 힘으로 무니안들의 탑에 서서히 금이 가게 만들 거라. 그게 네가 미다스 궁의 주인이 되어야 하는 이유야. 알겠느냐?'

테타이야에게 대답이라도 하듯, 즈로이아는 쥐었던 두 손을 천천히 펼쳐 들며 중얼거린다.

"그렇게 당신의 말대로 저 황금 감옥에서 한평생을 기다렸답니다. 이 순간을."

즈로이아가 온전히 손을 펼쳐 들자 무너지던 궁전이 서서히 녹아서 흘러내리기 시작한다. 눈부시게 빛나는 황금의 강줄기가 갈라진 땅 틈으로 폭포처럼 떨어진다. 거대한 기둥들도, 탑의 장식들도, 화려한 부조들도 모두 녹아서 땅속으로 사라진다. 즈로이아는 그 모습을 물끄러미 바라본다.

"……."

이천 년 남짓 이곳에 있었다는 미다스 궁. 원래는 백일곱 번째 모크샤인 샤카르문을 기리기 위한 사원이었다고 하지만 세월이 흐르며 그 의미는 점점 퇴색되었다. 이 궁전보다 더 크고 높은 탑에 사는 자들에 의해. 전설의 존재인 라델린의 나무뿌리로도 무너뜨릴 수 없는 바르벨루스의 거대한 탑…. 즈로이아의 머릿속에는 오랜 원수들의 얼굴이 떠오른다. 그 중 특히 생각만 해도 치가 떨리는 자가 있다.

'제카르슙. 언젠가 반드시 고통스럽게 죽이리라 다짐했건만. 흥. 이미 죽은 놈을 생각해 봤자 무슨 소용이겠나. 지나간 일은 두고, 이제 과거의 무덤 위에 새 역사를 써야지.'

드디어 폭포처럼 흘러내리던 황금 강줄기가 모두 깊은 땅속으로 자취를 감추자, 즈로이아는 두 손을 서로 끌어모으며 맞잡는다. 갈라졌던 땅이 쿠르르- 하는 굉음과 함께 흔들리면서 다시 원 상태로 합쳐진다. 땅이 삼켜버린 궁전의 흔적은 찾아볼 수조차 없다. 그저 고요한 햇살만이 텅 빈 평원을 비출 뿐이다.

즈로이아가 한숨을 내쉬며 이마에 땀을 훔치는데 저 멀리서 라플라 한 마리가 날아온다.

"퍼득, 퍼득-"

즈로이아는 고개를 들어 반가운 얼굴로 하늘을 응시한다. 라플라는 곧 그녀가 서 있는 곳으로 하강한다. 이어서 프르릉거리는 라플라 안에서 한 루에린 마녀가 내린다. 그녀는 휘둥그레진 눈으로 주위를 둘러보다가 즈로이아를 보고, 정중하게 예를 갖춰 인사를 올린다.

"모시러 왔습니다, 즈로이아 님."

"그래. 오랜만이구나, 히신스."

즈로이아는 빙긋 웃고 라플라에 올라탄다. 히신스는 그녀를 조용히 뒤따라 타고 샤테이드를 향해 출발한다. 라플라가 하늘 위로 향하자, 쌀쌀하게 불어오는 아침 바람에 즈로이아의 길고 풍성한 밝은 갈댓빛 머리카락이 흩날린다. 그녀는 미묘한 표정으로 아래를 내려다보며 미다스 궁이 마치 신기루처럼 사라진 풍경을 물끄러미 쳐다본다. 이어서 그녀는 자신의 발을 내려다보고 중얼거린다.

"아, 이걸 깜빡했네."

즈로이아는 신고 있던 황금 신발을 벗어들고 저 멀리 던져버린다. 빙글빙글 돌며 떨어지는 화려한 신발 두 짝이 햇빛에 빛나며 시야에서 사라진다. 이어서 퐁당, 하는 소리와 함께 넘실거리는 물결이 그것들을 삼킨다.

황금의 시대는 그렇게 새로운 아침의 고요 속으로 사라진다.

한편, 자라트라 요새에서는 새들의 지저귐이 아침을 깨운다. 관리 장교실에 있는 스루딘의 눈에는 핏발이 서 있다. 한순간도 제대로 눈을 붙이지 못한 그는 동이 터오는 창밖을 응시하며 솔리디몬과의 대화를 회상한다.

놀랍게도 솔리디몬은 스루딘이 요새를 장악한 것을 보고 되려 흡족한 얼굴이었다. 그는 스루딘이 위기에 대처하는 모습이 마음에 든다며 말했다.

"일단 사과를 전하지. 제카르슙이 저지른 일에 대해서는 매우 안타깝게 생각하고 있다네. 우리 서로에게 큰 위기가 아닌가? 일개 상급 슈라문의 손에 죽은 무니안과, 자라트라에서 존경받는 책임 선장을 죽음으로 내몬 관리 장교라…"

차분한 말투로 스루딘의 죄책감을 들추어 내던 솔리디몬은 그를 찬찬히 바라보았다.

"다행히 위기는 기회를 동반하지. 상황은 이렇게도 변할 수 있어. 군주를 세워 변혁을 이룩한 무니안과 탑의 새로운 에실린 군주. 탑이 내미는 손을 잡는다면 모든 것이 가능하다네. 자네가 원하는 세상을 손에 넣을 수 있지. 요새를 장악한 자네라면 충분히 이해하겠지?"

"글쎄요. 저를 좀 과대평가하시는 것 같은데요. 에실린 군주라니…. 그게 무슨 소립니까?"

"아마 다른 무니안들의 입에서도 들어본 적이 있을 텐데? 오랜 예언이지. 더 알고 싶다면 탑으로 오게."

스루딘은 예전에 세 무니안에게서 받았던 서신을 떠올리며 생각에 잠긴다.

'왜 무니안들은 자꾸 에실린 군주에 대한 내용을 나에게 언급하는 것일까? 도대체 나를 어떻게 알고….'

"똑똑."

스루딘은 방문을 두드리는 소리에 흠칫 놀란다. 밖에서 켄트라의 음성이 들린다.

"관리 장교님, 샬리타 님께서 오셨습니다."

"샬리타가?"

스루딘은 잠시 어두운 표정으로 문 쪽을 바라본다. 샬리타는 아직 바얀 호에 대한 소식을 모를 것이다. 아니, 훌라르 님께서 그녀에게도 서신을 보냈다고 했으니 혹시 알고 있으려나? 그는 마음을 다잡고 직접 문을 연다. 앞에는 마치 먼 곳으로 떠날 준비를 마친 듯 보이는 샬리타가 서 있다. 의아한 표정을 한 스루딘을 보고 그녀가 조용히 말한다.

"잠시 이야기를 나누어도 될까요?"

샬리타가 스루딘의 방으로 들어가는 그 시간, 솔리디몬은 탑의 지하에서 몰래 키운 라플라를 타고 바르벨루스로 돌아가는 중이다. 스루딘이 했던 말들을 되새기던 그은 미소를 짓고 중얼거린다.

"…드디어 쓸만한 물건을 건졌군."

스루딘은 분명 다른 이들과 달랐다. 그는 전혀 주눅 들지 않은 모습으로 솔리디몬의 눈을 바라보았다.

"아니, 그럼 제게 에실린 군주가 무엇인지 알려주지도 않고 가시려고요? 단지 제가 위기에 놓였다는 걸 말씀해 주시려고 이 먼 곳까지 오시다니. 친절함에 감사드립니다만, 제가 탑으로 찾아가야 하는 이유를 좀 더 알려 주시는 건 어떨는지요?"

"흠. 높은 곳에 올라가 보아야만 이해할 수 있는 것들이 있다네. 군주라는 것은 단순히 말로만 설명할 수 있는 단어가 아니거든. 그 의미에는 무수히 많은 뜻이 숨어 있지. 군주는 꼭대기 중의 꼭대기이기 때문이야. 그 높이에서 살아남는 방법을, 탑이 가르쳐 줄 것이네. 그러니 나를 찾아오게."

"어휴, 그렇다면 탑은 제가 갈만한 곳이 아닌 것 같은데요. 저는 높은 곳에서부터 만들어지는 권력을 별로 믿지 않아서 말입니다. 권력은 사람의 마음을 얻고 움직이는 일이잖습니까. 세상의 가장 밑부분을 볼 수 있는 곳에서 사람들의 소리를 들어야 진짜 힘을 모을 수 있지요. 탑은 그 소리를 듣기에 너무 높습니다."

"서쪽 호수에서만 살아와서 그런지 권력의 본질에 대해 잘 모르나 보군. 가장 성스러운 것은 가장 우월한 것이고, 가장 우월한 것은 가장 오래 살아남는 것이지. 그것이 결국 자연의 법칙이거든. 그렇기에 살아남는 자가 권력을 가지는 것은 당연한 이치라네. 권력의 법칙을 거스르는 자들은 결국 자연을 거스르는 자들이야. 그렇기에 우월함과 성스러움에 등을 돌리면 살아남지 못한다는 것 또한 당연하지 않겠나?"

살기 어린 솔리디몬의 말에도 스루딘은 전혀 기가 죽지 않는 얼굴로 답했다.

"권력을 가진다는 게 어디 좋은 일인가요? 모으는 것도 힘들지만, 제대로 쓰는 건 더 힘듭니다. 권력을 탐하는 사람은 그 힘에 기대고 싶어 하지요. 그렇게 탑 꼭대기에 기대어 서서 자만하고 안주하는 순간 천 길 낭떠러지로 떨어지게 될 걸요? 높은 곳에 오르는 것은 어려울지 몰라도 떨어지는 건 한순간이거든요. 제가 정말 두려워하는 것은 권력이 내민 손을 거절할 때 받을 대가가 아니라, 사람들이 믿음으로 준 권력을 배신할 때 생길 대가입니다. 그래서 그런 골치 아프고 힘든 일은 애초에 피하고 보는 성격입니다만."

"......"

잠시 흐르는 정적 속에서, 스루딘을 바라보던 솔리디몬은 이내 그가 마음에 든다는 듯이 껄껄 웃었다.

"하하. 안타깝지만 탑이 자네를 선택한 이상 그런 일은 피할 수 없을 걸세. 나와 함께 새로운 권력의 구조를 만들어 보는 건 어떤가? 기존에 탑이 가지고 있던 모든 역사와 비밀, 정당성과 경제력까지 두루 갖출 수 있을 텐데. 그렇게 된다면 탑에는 라델린의 나무가 아닌, 자네의 나무가 자라나게 될 것이야. 내가 그 시작을 열어주겠네."

솔리디몬의 말에 스루딘은 뜻 모를 미소를 짓고 대답했다.

"저는 나무를 고를 때 화려한 잎을 보지 않습니다. 뿌리가 이미 썩어 있으면 곤란해서요."

솔리디몬은 라플라 위에서 바람을 느끼며 중얼거린다.

"한눈에 봐도 탐나는 놈이기는 한데…. 원래 호락호락하지 않은 것을 꺾어 놓을 때가 가장 재미있는 법이지. 두고 보거라. 네놈이 절대로 거절하지 못할 선물을 준비하고 있으마."

솔리디몬은 지그시 자신의 발아래를 바라본다. 밧줄에 포박된 한 사내가 기절해 있다. 그는 예전에 루딘과 함께 한방을 썼던 은색 빡빡머리 병사다. 라플라를 모는 하급 슈라문이 솔리디몬의 눈치를 보며 묻는다.

"저…. 솔리디몬 님, 주제넘은 소리인 줄은 압니다만…. 요새를 저대로 두고 가도 괜찮을까요?"

"흠, 어차피 요새는 바르벨루스가 보급을 끊으면 죽은 목숨이다. 저 많은 병사를 먹여 살릴 방법이 없지 않으냐? 혹여 차루타스가 물자를 보낼 것을 대비하여 노예병들까지 곳곳이 배치했으니, 버티다 보면 스루딘도 결국 어쩔 수 없을 게다. 조금만 기다리면 그놈은 제 발로 탑에 기어들어 올 것이야."

솔리디몬은 기절해 있는 은색 빡빡머리 병사를 차가운 눈으로 바라보며 생각한다.

'샤테이드의 마취침을 너만 가지고 있다고 생각했다면 오산이다, 스루딘. 너와 대화할 동안 내 지시를 받은 노예병들이 중요한 물건을 건졌거든. 두고 보거라. 넌 반드시 내 손아귀에 들어오게 될 것이다.'

맑은 햇살이 완연하게 빛나는 아침, 차루타스의 광장에는 수많은 사람이 모여 있다. 훌라르의 명을 받은 하길웨인은 연단에 서서 무니안의 계략에 희생된 바얀 호의 비보를 알린다. 그리고 충격과 분노에 휩싸인 사람들에게, 신성한 나무까지도 바르벨루스의 탑을 떠났음을 알린다. 군중들이 수군거리기 시작하자 그는 기다렸다는 듯이 우렁찬 목소리로 외친다.

"…이에 시민들의 뜻에 따라 차루타스는 오늘부로 독립을 선언한다! 차루타스의 시민들이여, 바르벨루스의 손아귀에서 모크샤의 알을 탈환하자!"

"와아아! 독립이다!"

"모크샤의 탄생을 위하여 싸우자!"

시민들과 병사들이 한 목소리로 외치는 소리가 하늘을 가득 메운다. 의회의 옥상에서는 훌라르가 그 모습을 지켜보고 있다. 그는 자신이 제카르슙을 죽였던 곳에 서서 사람들의 함성을 듣는다. 잠시 말없이 옥상 벽의 그을음을 바라보던 그는 옆의 세네칼에게 말한다.

"아직 불에 그을린 자국이 다 지워지지도 않았는데…. 변화의 물결이 정말 무섭소."

"뭐든지 속에서부터 너무 오래 썩으면 순식간에 무너지는 법이지요."

"맞는 말씀이오. 이제 나는 자라트라로 가야겠군."

"지금 비샤다를 부르시게요?"

"빨리 출발해야지. 서신을 보면 그쪽 상황도 급박하니. 스루딘이 발 빠르게 대처했으니 망정이지, 하마터면 바르벨루스에게 당할 뻔했소. 내가 다녀올 동안 사타니크의 부대를 미다스 궁 쪽으로 보낼 준비를 해주시오. 지금 중앙 섬 동쪽의 상황도 심상치 않을 것이니, 늦어도 오늘 저녁쯤에는 출항해야 할 거요. 그런데 피트레온의 서신은 아직인가? 샤테이드에 잘 도착했는지 모르겠군."

그때, 옥상을 올라오는 보리얀의 목소리가 들린다.

"저도 요새에 같이 가게 해주세요."

훌라르와 세네칼이 동시에 뒤를 돌아본다. 훌라르는 보리얀을 보면서 걱정 어린 표정을 짓는다.

"아니, 몸도 아직 성치 않은데…."

보리얀은 숨을 고르고 훌라르에게 천천히 다가간다.

"헉…헉, 요새의 병사들이 아직 바얀 호의 소식을 모르고 있다고 해도 이제 는 그것을 알려야 하고, 이미 비탄에 잠겨 있다고 해도 누군가는 알려줘야 해 요. 그 끔찍한 계략 속에서도 살아남은 사람이 있다고. 그리고 그 사람은 절 대 포기하지 않고 싸우기로 했다고."

보리얀은 훌라르의 앞에 멈춰 서서 그의 눈을 바라보며 말을 잇는다.

"병사들은 제 말에 귀를 기울일 거예요. 분명 힘을 모으는 데 도움이 될 테 니, 저도 함께 가게 해주세요."

훌라르는 잠시 말없이 그녀를 바라본다. 그를 마주 보는 보리얀의 강인한 흑 갈색 눈이 반짝인다. 훌라르는 한편으로는 다행이라고 생각하며 미소 짓는다.

'드디어 돌아왔네. 저 눈빛.'

환한 햇빛이 가득 비쳐드는 자라트라 요새에서는 스루딘이 창밖을 내려다 보고 있다. 수레에 몸을 싣고 떠나는 샬리타의 모습이 보인다. 그녀는 아네트 와 함께 케파르카로 떠날 것이라고 했다.

'케파르카는 차루타스보다는 훨씬 안전하겠지. 훌라르 님께서 신경을 써 주셨다니 다행이구나.'

스루딘은 수레의 모습이 시야에서 사라질 때까지 물끄러미 창밖을 바라본다. 그의 손에는 샬리타가 남기고 간 서신이 들려 있다. 죄책감과 슬픔에 사로잡혀 잠시 서서 그것을 만지작거리던 스루딘은 한숨을 내쉰다.

"휴우…."

스루딘은 이내 마음을 다잡고 서신을 펼친다. 종이를 채운 샬리타의 글씨가 빼곡하다. 스루딘은 복잡한 감정이 담긴 눈빛으로 그녀가 남긴 글을 읽는다.

나의 친구 스루딘

우리의 세상은 무너졌습니다. 그리고 사랑하는 이들을 잃는 슬픔은 그 어떠한 것과 견줄 수 없는 고통입니다. 한순간에 모든 것을 잃을 수 있다는 건 참으로 잔혹한 일이지요. 나는 당신과 바얀이 종종 입을 모아 말하곤 했던 것을 기억합니다. '닻을 올리고, 돛을 펼쳐라.' 그 어떠한 일이 있더라도 항해는 계속되어야 한다는 뜻이라고 하며, 그는 두려움에 떨던 나에게 늘 이렇게 말했습니다. 가장 어두운 시간을 넘어서고 다시 일어날 때 비로소 빛을 향해 나아갈 수 있다고요.

이제 나는 당신처럼 혼자가 되었습니다. 그리고 마음이 텅 비어버린 것 같은 시간 속에서, 그이의 말뜻을 곰곰이 생각해 보았습니다. 빛은 아직 모든 것을 잃지 않았다는, 그리고 우리가 아직 살아 있다는 희망일 테지요.

희망이 있다면 우리의 마음은 죽지 않습니다. 언젠가, 그 희망을 위해 살아가다 보면 믿기지 않는 일들이 일어날지도 모르는 일이니까요. 끝났다고 생각한 이야기들이 계속되고, 죽었다고 생각한 영웅들의 뜻이 생생히 살아서 전해지고….

살아 있는 자들에게는 아직 힘이 있습니다. 이 세상은 남아 있는 이들에 의해 바뀔 수 있으니까요. 그렇기에 스루딘, 온 마음으로 기원하건대 당신은 다시 일어서야만 합니다. 아들을 잃은 한 아버지로서 무너지기엔 당신은 이미 너무 많은 병사의 아버지가 되어 있기 때문입니다. 부디 그들의 마음을 모아주세요. 우리가 잃은 이들의 죽음이 헛되지 않도록, 그리고 우리가 눈을 감을 때까지 최소한 힘닿는 데까지 노력은 했다며 스스로를 달랠 수 있도록.

이제부터 더욱 준비를 단단히 하고 있어야 합니다. 곧 아시게 되겠지만, 차루타스에서 병사들의 사기를 다시 한번 드높여 줄 소식이 올 거예요. 그와 함께 당신에게는 바르벨루스의 탑을 무너뜨릴 기회가 찾아오겠지요. 그러니 다시 일어서서 새로운 태양이 찾아오는 하늘을 바라보세요. 간절히 구하면 희망의 빛이 돌아올 겁니다.

– 당신의 친구, 샬리타.

서신을 다 읽은 스루딘은 잠시 가만히 서 있다.

"⋯⋯."

그는 천천히 고개를 들고 창문을 통해 들어오는 햇빛을 마주한다. 눈시울이 점점 뜨거워진다. 머릿속에 여러 가지 기억이 동시에 떠오른다. 바얀과 함께하던 어린 시절, 그와 함께 배를 타던 날들, 둘이 함께했던 관리 장교 취임식 때의 연설⋯. 다시 볼 수 없는 바얀의 얼굴을 떠올리며 스루딘은 생각한다.

'닻을 올리고, 돛을 펼쳐라. 그 어떠한 일이 있더라도 항해는 계속되어야 한다. 루딘도 뱃사람이니 그것을 알았겠지. 그 애도 내가 이 요새와 함께 계속 나아가기를 바랄 거야. 틀림없이.'

눈물 어린 눈으로 우두커니 서 있는 그의 머릿속에 솔리디몬의 협박과 회유가 스친다. 스루딘은 비장한 표정으로 중얼거린다.

"어쨌든 그 무니안이 맞는 말을 했군. 기로에 서 있을수록, 어떤 선택을 내리는지가 운명을 바꾸니까."

그는 잠시 깊게 숨을 들이쉬고 목청을 가다듬은 다음 밖에 있는 켄트라를 부른다.

"켄트라, 잠시 들어와 보겠나?"

"네, 관리 장교님."

"오늘 오후에는 모든 훈련을 일찍 끝내고 병사들을 모아주게. 전해야 할 소식이 있어."

켄트라가 조금 긴장한 얼굴로 스루딘을 바라보며 묻는다.

"⋯드디어 무슨 일인지 말씀해 주시는 것입니까?"

"⋯⋯."

스루딘은 걱정 어린 눈으로 자신을 바라보는 켄트라를 응시한다. 고개를 끄덕이는 그의 얼굴에 조금 슬픈 미소가 어린다.

"기다려줘서 고맙네. 자넨 언제나 나를 진심으로 믿어주는 것 같군."

"그럼요. 처음 뵌 순간부터 그러기로 마음 먹었는걸요."

"왜지?"

잠시 스루딘을 바라보던 켄트라가 엷은 미소를 짓는다.

"돌아가신 아버지께서 해주신 말씀이 생각났거든요. 어차피 대를 이어 시종의 삶을 살아가야 하겠지만, 되도록 가족같이 모실 수 있는 주인을 따르라고요. 제가 관리 장교님을 모시게 된 것을 아셨다면 분명 기뻐하셨을 겁니다."

"가족이라…."

켄트라를 바라보는 스루딘은 루딘을 떠올린다. 그리고 나직이 중얼거린다.

"이젠 곁을 떠난 내 아들도, 아마 자네 같은 형이 있었다면 좋아했을 걸세."

"…네?"

켄트라가 놀란 얼굴로 묻자 그는 담담하게 말한다.

"어제 나를 찾아온 그 긴 머리 무니안이 그러더군. 위기에는 기회가 함께 오는 법이라고. 슬픈 소식을 전해야겠지만, 요새의 힘을 더욱 단단히 할 기회로 만들어 보세. 훌라르 님께서는 아마 오늘 차루타스에 독립을 선포하셨을 거야. 계획대로라면 곧 요새로 오시겠지. 그러니 우리도 힘을 합쳐야 하지 않겠나?"

"……."

할 말을 찾지 못하는 켄트라와 그를 따뜻한 시선으로 바라보는 스루딘의 사이로 밝은 햇빛이 비쳐든다.

눈 부신 햇살은 바르벨루스에 있는 무니안 지샤치의 방에도 찾아든다. 모든 슈라문들을 방에서 내보낸 지샤치는 창백한 몰골로 침대에 누워 있고, 그의 주변에는 오직 페키우스와 헤테르만이 있을 뿐이다.

"크헉!"

침대에 누워있는 지샤치가 피를 토하며 고통스럽다는 듯이 얼굴을 찡그리자, 페키우스가 그의 입가를 가만히 닦아준다. 헤테르만은 겁에 질린 표정으로 페키우스에게 묻는다.

"당장 수액이 더 필요합니다. 어떡하지요? 그때 즈로이아에게 따로 받은 수액은 이미 다 써버렸는데…."

페키우스가 잠시 아무 말 없이 지샤치를 바라본다. 그러더니 천천히 긴 소매 속으로 손을 뻗어 수액이 든 유리병을 꺼낸다. 그것을 본 헤테르만이 깜짝 놀란 얼굴로 묻는다.

"아니, 아직 남은 게 있었습니까?"

"솔리디몬이 없는 틈을 타서 그의 방에서 훔쳐온 것입니다."

"…네? 들키면 어쩌려고요?"

"어차피 이대로라면 다 죽습니다. 그자가 돌아오기 전에 우리 셋 다 살아 있어야만 그나마 승산이 있어요. 즈로이아 그 천한 것은 도대체 왜 답이 없는 건지…. 스루딘에게 다시 보낸 서신은 어떻게 됐습니까?"

"아마 늦어도 오늘 밤에는 요새에 도착할 겁니다."

페키우스는 유리병의 마개를 따서 지샤치의 입에 조금 흘려 넣는다.

"솔리디몬이 돌아오기 전에 그를 죽일 방법을 마련해 놓아야 합니다. 노예병들과 대포 말고도, 분명 그가 준비하고 있는 계획이 있을 겁니다. 서둘러 그것을 알아내야 합니다. 시간이 없으니 지샤치 님은 제게 맡기시고 움직여 주세요."

"알겠습니다."

헤테르만은 조용히 자리에서 일어나 방을 나간다. 이내 방 안에는 정적이 흐른다. 페키우스는 아무 말 없이 지샤치를 바라본다. 그는 누워 있는 지샤치의 창백한 얼굴을 쳐다보다가, 서글픈 표정으로 자신의 주름진 얼굴을 손으로 쓸어내린다. 그리고 이렇게 중얼거린다.

"휴우…. 다들 이렇게 늙고 병든 몸뚱이만 남다니. 젊은 시절의 열정과 욕망은 다 어디로 사라졌는지 모르겠군요. 도대체 어디서부터 잘못된 것일까요?"

"……."

지샤치는 아직 힘에 부친다는 듯이 그저 고통스러운 얼굴로 천천히 고개를 젓는다. 그때, 페키우스의 코에서도 피가 흘러내린다.

"툭."

페키우스는 자신의 흰 옷을 적시는 핏방울을 응시한다. 그의 몸에서도 수액의 힘이 다해가고 있다. 가만히 핏방울을 응시하던 페키우스는 코를 훔친다. 그리고 들고 있던 수액 병을 물끄러미 바라보더니 비참한 표정으로 조용히 말한다.

"탑에 들어오기 위해 신성함을 증명해 보이던 날…. 솔리디몬이 우리에게 이 수액을 건넸지 않았습니까? 이것을 마시면 그 어떠한 것도 우리를 해칠 수 없다고요. 아마도 그때부터 이미 잘못되지 않았나 싶습니다. 그렇게 그가 건넨 약을 마시고 무니안의 시험을 통과했을 때부터 말이에요. 그놈의 손을 잡고 힘을 얻으면 이 탑을 바꿀 수 있을 거라고 생각했건만."

페키우스는 밝은 햇빛에 수액을 비추어 보며 깊은 주름이 앉은 미간을 찌푸린다.

'서서히 나를 죽이면서도 지금까지도 나를 살려놓은 이 요상한 물건. 수액을 입에 대는 순간, 더 이상 이 물건 없이는 살아갈 수가 없었지. 그렇게 버둥대다 보니 어느새 여기까지 왔구나.'

그는 이내 남은 수액을 자신의 입에 털어 넣는다. 그리고 회한에 찬 얼굴로 빈 병을 응시한다. 그 사이 수액의 힘에 조금 기운을 차린 지샤치가 묻는다.

"아르테스는…. 라델린 님의 행방은…. 으윽, 아직입니까?"

고개를 젓는 페키우스의 머릿속에 아르테스의 모습이 스친다. 이 탑에서 유일하게 신성한 에실린의 힘을 가진 아이. 그것에 두려움을 느낀 무니안들은 모두 그 아이를 일찍이 없애려 했다. 그런데 어찌 된 일인지, 라델린은 그 아이만을 데리고 이 탑에서 사라졌다. 결국 탑에 있는 모두를 버리고 아르테스를 선택한 것이리라. 페키우스는 한숨을 쉬고 읊조린다.

"…라델린에 기대려는 생각은 접으십시오. 이제 우리에게 중요한 건 스루딘입니다. 예언의 조건에 걸맞은 다른 후보를 찾을 시간이 없잖습니까."

해는 점점 더 높이 떠오른다. 아무 일 없다는 듯이 부드러운 바람이 불어오는 아누다르가야 동쪽에서는 노예상들이 뜨악한 표정으로 서 있다. 맨 앞에서 지카를 타고 있는 그들의 수장은 온몸을 천으로 가리고 황금 가면을 쓰고 있다. 다른 노예상들이 그의 주변에서 놀란 목소리로 웅성거린다.

"구, 궁전이 어디 간 거지?"

"어제까지만 해도 있었잖아?"

"여기에 전설의 라델린이 다녀가셨다는데! 혹시 그분이 떠나시면서 같이 사라진 건가?"

분명 노예상들이 도착한 곳은 궁전이 있던 자리인데, 앞에는 텅 빈 허허벌판만이 있을 뿐이다.

"궁주도 사라졌습니다! 수르카라 님, 이제 우린 어떻게 합니까?"

노예상 하나가 황금 가면을 쓴 수르카라에게 묻자 그는 탁한 목소리로 명령을 내린다.

"일단 이 상황에 대해선 입을 다물어. 무슨 일인지 파악이 될 때까지, 막사를 세우고 도망친 노예 놈들을 다시 잡아들여야 한다. 바르벨루스 쪽에서 엄청난 양의 노예를 요구했다. 그걸 채우지 못한다면 나뿐만 아니라 네놈들 목숨도 온전치 못할 것이야."

"네에, 수르카라 님."

수르카라는 남은 금붙이가 있는지 샅샅이 살피라는 명령을 덧붙여 내리고 분노에 차서 주위를 둘러본다.

'즈로이아, 이 망할 계집년. 내가 이런 꼴을 보자고 그토록 고생해서 궁에 발을 들인 줄 아느냐? 한번 품어볼까 했더니만 아예 궁전하고 함께 사라져 버리다니. 지금껏 응접실에서 자라트라 놈들만 맞이한 세월이 얼만데…'

수르카라의 명에 따라 막사를 설치하는 다른 노예상들이 그의 눈을 피해서 수군거린다.

"분명 엄청난 일이 일어나고 있는 것 같아. 궁전이 없어졌잖아! 노예들을 잡으러 가는 척하면서 도망가야 하는 거 아냐?"

"안될 소리! 수르카라 님 성질 알잖아? 그러다가 잡히면 눈알이 뽑힐걸?

그럴 게 아니라, 동쪽 호수 원로들에게 서신이라도 보내자고. 노예를 더 잡아놔야지 바르벨루스가 말한 인원을 채울 것 아닌가."

"이 사람아, 자라트라에서 병사가 안 오는데 어떻게 호수를 건너서 노예를 데리고 온단 말인가? 일단 도망친 놈 중에 노예병으로 쓸만한 것들을 다시 잡아와야 해. 그게 바르벨루스에서 주문한 놈들이니까."

아누다르가야 동쪽에서 노예상들이 천막을 세우는 동안, 비샤다를 탄 훌라르와 보리얀은 자라트라 요새 쪽으로 날아가고 있다. 보리얀의 뒤에 탄 훌라르가 걱정이 되는지 묻는다.

"불편하지는 않아? 처음 타보는 거라…."

"괜찮아요. 전에는 기절한 채로 들려서도 왔었는데요, 뭘."

훌라르는 가만히 보리얀을 바라보더니 그녀를 데리고 오던 비샤다의 모습을 떠올린다.

"그렇기는 했지만…. 그때는 도대체 어떻게 된 일이었을까?"

"아마 제 부름을 듣고 구해주러 왔을 거예요."

"응?"

"아직 이 세상에 불을 쓰는 마에린이 남아 있는 것처럼, 동물들과 소통하는 루에린도 있거든요."

훌라르가 깜짝 놀란 얼굴로 보리얀을 쳐다본다.

"저, 정말이야? 고대 루에린의 힘?"

보리얀이 고개를 끄덕이며 옅은 미소를 짓자 훌라르가 다시 묻는다.

"왜 지금까지 말 안 했어?"

"제카르슘을 태워 죽이기 전까지, 훌라르 님께서 능력을 숨기신 이유와 비슷하겠죠."

충격받은 얼굴의 훌라르를 보고 보리얀은 말없이 웃는다. 그리고 다시 앞을 응시하며 생각한다.

'저도 이제부터는 더 이상 숨기지 않을 거예요. 제 능력이든, 마음이든.'

밝게 빛났던 해가 점점 기울면서 진홍색의 아름다운 석양이 자라트라 요새를 비춘다. 연단에 선 스루딘이 어두운 표정으로 병사들을 둘러본다. 그는 알릴 소식이 있다며 무겁게 입을 연다.

"…어젯밤, 무니안 솔리디몬이 나를 찾아왔었다."

깜짝 놀란 병사들이 웅성거리자 스루딘은 잠시 한 손을 위로 들어 그들을 진정시키고 말을 잇는다.

"병사들도 알다시피 무니안들의 신성함이 거짓인 것은 이미 만천하에 밝혀졌다. 그 사기꾼들을 둘러싼 소문 중에서도 솔리디몬에 대한 이야기는 믿을 수 없이 끔찍하지. 듣자 하니 사람의 감정을 지닌 자가 아니라고 하던데 직접 만나보니 정말 그렇더군. 그자는 본인이 탑이라고 말하는 괴물이었어."

스루딘은 잠시 숨을 가다듬고 끓어오르는 감정을 절제하며 말한다.

"솔리디몬은 나에게 온갖 말을 해대며 그의 손을 잡으라고 했지만, 도저히 그럴 수가 없었다. 바로 그놈의 수족인 제카르슘이…. 차루타스에서 훌라르 님의 손에 불타 죽은 그놈이, 감히 이 요새의 사람들을 빼앗아갔기 때문이다. 나의 가장 친한 친구와 내 아들, 그리고 불과 얼마 전까지 자녀들과 함께 훈련을 했던 병사들을 모두…."

결국 스루딘의 두 눈에는 다시 뜨거운 눈물이 차오른다. 그는 이를 악물고 고통에 찬 목소리로 외친다.

　"병사들이여, 이제 우리는 그 영웅들의 얼굴을 다시 볼 수 없을 것이다. 제카르숍의 계략으로 바얀 호가 침몰했기 때문이다."

　병사들은 충격에 빠져 아무 말도 하지 못한다. 스루딘은 눈물을 흘리며 말한다.

　"얼마 전까지만 해도 나는 병사장 아들을 둔 한 아버지였고, 이 요새 최고의 책임 선장 바얀의 벗이었다. 우리가 만약 저 사기꾼들을 이대로 둔다면 더 많은 아들과 벗들을 잃게 되겠지. 지금 당장은 우리가 슈라문들을 가두고 요새를 되찾았지만 곧 바르벨루스에서 더 많은 사람이 내려올 것이다. 그들이 물자 지원을 끊을 것을 두려워하여 가만히 있다면 어떤 일이 벌어지겠는가?"

　눈물을 훔친 스루딘은 찬찬히 병사들을 돌아본다. 그리고 호흡을 가다듬으며 강인한 목소리로 외친다.

　"자라트라 요새의 관리 장교로서, 나는 마지막 힘을 짜내어 그대들에게 부탁하겠다. 이 위기를 딛고 나와 함께 나아가자! 저기, 바르벨루스의 탑에 우리가 물리쳐야 할 진짜 괴물들이 있다. 나와 함께 그 괴물들을 잡으러 가자. 그들이 우리를 더 이상 사지로 몰아넣기 전에 우리가 먼저 바르벨루스를 치자!"

　그러자 목이 메어 아무 말도 하지 못하던 병사들 사이에서 격한 감정을 실은 소리가 하나둘 터져 나온다.

　"…바르벨루스를 치자!"

　"바얀 호의 원수를 갚자!"

　목에 핏대를 올린 병사들의 분노어린 함성이 요새를 가득 메운다. 그들 곁에 서 있던 노예병들은 그 기세에 눌려서 자신도 모르게 고개를 숙인다. 스루딘은 한쪽 주먹을 높이 들어 올리고 외친다.

"바얀 호의 영웅들을 위해!"

"바얀 호를 위해!"

병사들의 목소리가 하늘을 뚫을 것 같은 그때, 책임 선장 님로덴이 손가락으로 하늘을 가리키며 말한다.

"저, 저기 위를 보십시오!"

타오르는 듯 붉은 석양이 지는 하늘에서 거대한 새가 연단을 향해 내려오고 있다. 모두가 잠시 행동을 멈춘다. 점점 가까워져 오는 비샤다를 보며, 병사들은 이내 앞에 타고 있는 이가 누구인지 알아본다.

"어? 보, 보리얀 병사장님이다!"

"보리얀 병사장님이 돌아오셨어?"

그 소리에 놀란 스루딘이 고개를 들어 위를 본다.

'…보리얀?'

연단 주변을 한 바퀴 빙글 돌던 비샤다는 낮게 날며 그 위에 착지한다. 거대한 새 위에서 능숙하게 내린 훌라르가 보리얀이 내리는 것을 도와준다. 병사들은 숨을 죽이고 그녀를 바라본다. 한눈에 봐도 보리얀의 몸은 부상에서 회복 중인 듯 야위어 있다. 하지만 그녀의 눈빛만큼은 예전보다 더욱 힘 있고 강렬하다.

"저벅, 저벅."

다시 자라트라 요새에 발을 내디딘 보리얀이 연단 가운데로 걸어간다. 그녀는 스루딘과 눈을 마주친다. 스루딘은 그저 떨리는 눈동자로 가만히 그녀를 쳐다본다. 보리얀은 그를 향해 천천히 예를 갖춰 인사를 올린다. 스루딘의 머릿속에 샬리타가 남긴 서신이 떠오른다.

'…차루타스에서 병사들의 사기를 다시 한번 드높여 줄 소식이 올 거예요.'

스루딘은 눈물 어린 눈으로 발걸음을 옮겨 보리얀에게 다가간다. 그리고 마치 돌아온 자식을 대하듯 그녀를 부둥켜 안아준다.

"사, 살아 있었구나…."

보리얀은 차오르는 눈물에 차마 고개를 들지 못한다. 그녀는 스루딘의 손을 잡고 떨리는 목소리로 말한다.

"죄송합니다. 루딘을 지키지 못했습니다."

스루딘은 그저 아무 말 없이 그녀의 손을 잡는다. 그 모습에 병사들의 눈시울도 뜨겁게 달아오른다. 스루딘은 보리얀을 다정하게 바라보다가, 붉어진 눈시울로 천천히 고개를 젓는다.

"돌아와 줘서 정말 고맙다. 모두를 잃었다고 생각했는데…."

보리얀은 그 말에 가슴이 아픈 듯 참아왔던 눈물을 흘린다. 스루딘은 그런 보리얀의 어깨를 다독여 주며 말한다.

"…병사들에게 네 목소리를 들려주렴."

보리얀은 눈물을 훔치고 병사들을 돌아본다. 모두가 그녀를 응시하고 있다. 숨을 깊게 들이쉰 보리얀은 마음을 가다듬은 후, 그들을 향해 외친다.

"자라트라의 형제들이여! 나는 무니안들의 계략에서 유일하게 생존한 병사장 보리얀이다. 난 거짓으로 꾸며진 정찰 명령을 수행하던 중 차가운 물 속에서 모든 것을 잃었다. 부서지고 불타는 배 위에서 파편들에 찔려 피투성이가 된 채 소중한 이들이 내 눈앞에서 죽어가는 것을 보았다. 심장이 찢어지는 견딜 수 없는 고통에 살고자 하는 의지를 포기하고 싶었다. 흐릿해져 가는 의식만큼이나 더 이상 살아갈 힘도, 이유도 사라져 갔으니까. 하지만 그런 나를 끝까지 포기하지 않은 사람들이 있었다. 가라앉는 배에서도 괴물과 싸우며 목숨을 바친 병사들, 날 지키시려다가 포탄 속으로 사라진 아버지 바얀 책임 선장님, 나에게 마지막 숨을 불어 넣어준 친구 루딘…."

떨리는 목소리로 외치던 보리얀은 결국 터져 나오는 눈물을 흘린다.

"흑흑, 나를 살리려 한 사람들의 희생과 사랑은 나를 다시 살게 했다. 차라리 그들을 뒤따라가고 싶은 마음을 넘어서서, 다시 힘을 내야겠다는 생각을 하게 할 만큼. 나는 숨이 멈추는 순간까지 그 모든 사람의 사랑을 잊지 않을 것이다. 그리고 여기 계신 스루딘 관리 장교님과 상급 슈라문 훌라르 님을 도와서 우리의 세상을 구할 모크샤의 탄생을 반드시 이루어 낼 것이다. 불가능하다는 생각 따위는 하지 않을 것이다. 왜냐하면 죽음의 문턱에서 돌아와 보았기에 이제는 분명히 알 수 있기 때문이다. 모든 게 끝날 것만 같은 고통스러운 순간에도 포기하지 않는다면, 기적이 찾아온다는 것을!"

비샤다는 보리얀의 말에 호응하듯 커다란 날개를 펼친다. 보리얀은 눈물을 훔치고 손을 뻗어 그 커다란 새의 부리를 쓰다듬는다. 병사들은 눈물 어린 눈으로 경이롭게 그 모습을 바라본다. 거대한 새와 교감하는 그녀는 마치 신화 속에 나오는 존재 같다. 보리얀은 목소리를 가다듬고 우렁차게 외친다.

"살아갈 기회를 다시 얻은 나는 기적을 믿는다! 사기꾼 무니안들로 인해 마녀로 몰린 자들은 다시 자신의 힘을 되찾을 것이며, 절망의 문턱에서 살아 돌아온 자들은 새로운 역사의 시작을 볼 것이다. 자라트라의 형제들이여! 이제 우리의 날개를 펼칠 순간이다! 함께 바르벨루스에 맞서서, 모크샤를 깨우는 기적을 이루어 내자!"

보리얀의 말에 병사들이 입을 모아 함성을 지르며 우레와 같은 소리로 외친다.

"모크샤의 알을 탈환하자!"

"자라트라의 독립이다! 바르벨루스의 깃발을 내리자!"

뒤에서 가만히 그 광경을 지켜보던 훌라르가 스루딘의 손을 넌지시 잡는다.

"요새를 잘 지켜주어 고맙네. 차루타스에 이어, 이제 자라트라에서도 독립을 선언할 차례인 것 같군. 병사들이 바라는 대로 자네가 바르벨루스의 깃발을 내리는 게 어떤가?"

스루딘은 고개를 끄덕이고 옆에 있는 보리얀에게 손을 내민다. 보리얀은 스루딘이 내민 손을 잡는다. 둘은 연단 위에 세워져 있는 깃대에서 슈라문들이 내건 바르벨루스의 깃발을 함께 내린다. 서로 힘을 합해서 줄을 당기자 깃발은 순식간에 아래로 내려온다. 스루딘은 한 손에는 보리얀의 손을 잡아 올리고, 다른 한 손에는 깃발을 들어 올리며 외친다.

"지금 이 시간, 자라트라의 독립을 선포한다!"

"와아아아!"

병사들의 환호성이 어두워지는 저녁 하늘을 가득 메우는 아래, 그들 중에 섞여서 묵묵히 보리얀을 바라보는 이가 있다. 그는 붉어진 눈시울로 입술을 굳게 다문 데리에크다.

'역시…. 살아남았을 줄 알았다. 그럴 줄 알았어.'

애송이 고문관 둘도 감격스러운 얼굴로 연단 위를 응시하고, 그들 뒤에 서 있던 노예병들은 서로 놀란 눈빛을 주고받는다. 하나로 뭉친 자라트라 병사들 모두가 온 마음을 다해 연단 위에 있는 이들을 따르고 있다. 바르벨루스에서 노예로 살며 한 번도 이러한 열기를 느낀 적이 없었다. 스루딘을 바라보는 켄트라는 손으로 입을 가리고 울먹거리고 그 근처에 서 있는 테사닌은 감동을 받은 눈으로 중얼거린다.

"…저런 분들과 함께라니 싸울 맛이 나는군."

이후 스루딘은 자신의 관리 장교실에서 훌라르와 전투 계획을 논의한다. 훌라르는 책상에 펼쳐놓은 커다란 지도를 살피며 말한다.

"남쪽 해상의 상황을 파악하러 갔던 투르는 이제 곧 요새에 도착할 것이오. 비밀 작전을 수행하고 있는 피트레온은 지금 마녀들의 섬에 가 있소."

"샤테이드에요?"

"그렇소. 차루타스에서 독립을 선포하기 전에 내가 그를 그쪽으로 보냈거든. 거기서 무슨 일이 일어나고 있는지 알아보라고. 그러니 피트레온은 요새 내에서 돕지는 못하겠지만, 스루딘 그대가 바르벨루스로 진격하기 위해 자리를 비우게 되면 투르가 요새의 지휘를 맡을 것이오."

"네. 현재 차루타스와 요새 사이의 육로는 거의 막혀 있는 상황이니, 차루타스에 있는 병사들과 자라트라의 병사들은 각각 따로 움직이는 게 좋겠습니다. 사타니크의 병사들은 동쪽을 손보러 갈 테니 지오투스가 이끄는 부대가 역할을 해주어야겠군요. 그런데…."

스루딘이 잠시 고민스러운 얼굴로 훌라르를 바라보더니, 책상의 서랍에서 무언가를 꺼내며 그에게 건넨다.

"한번 보십시오. 말씀드려야 할 것 같아서요."

훌라르는 스루딘에게 그것을 받아들고 읽어 내리더니 피식 웃음을 짓는다.

"하하, 이놈들 보게. 정말 자네를 탑에 끌어들이고 싶은가 보군. 무니안 페키우스, 지샤치, 헤테르만이라…. 그때도 편지를 보내더니 또 이렇게 서신을 보낸 것이오?"

"네. 솔리디몬은 아예 직접 찾아왔었습니다. 바르벨루스에서 '새로운 에실린 군주'에 대한 예언이 있었나 보던데, 저 세 무니안은 그걸 솔리디몬을 쳐낼 기회로 삼고자 하는 것 같습니다. 솔리디몬은 반대로 자신이 원하는 후계자를 세우고 싶어 하는 듯하고요. 그런데 왜들 그렇게 그 이상한 예언에 집착하는 걸까요?"

"흠. 중앙 도서관에서 역사를 좌지우지하며, 그들은 이미 자신이 원하는 과거를 만들었소. 그리고 아래층의 커다란 회의실에서는 모든 안건에 손을 대며 자기 입맛에 맞는 현재를 만들고 있지. 그런 놈들에게 남은 게 무엇이겠소? 그놈들은 이제 미래에 눈독을 들이는 거요. 서로 자신이 원하는 미래를 가지려고 안간힘을 쓰는 것이지."

"그렇군요. 아무튼 참 이상하네요. 어쩌다가 제가 그 사이에 끼이게 된 것일지…."

스루딘은 훌라르에게 솔리디몬이 와서 했던 말을 전한다. 묵묵히 모든 것을 들은 훌라르는 잠시 생각에 잠긴다. 그러더니 알 수 없는 미소를 지으며 말한다.

"에휴, 빛나는 보석은 숨기려 해도 그 빛을 감출 수 없는 법이지. 그대를 알아보는 자들 때문에 고생이 많군. 그런데 어쩌나, 그 보석을 내가 가장 먼저 점찍어 둬서."

훌라르는 빙긋 웃으면서 스루딘을 마주 보더니 이어서 말한다.

"재미있는 생각이 났는데. 한번 들어보겠나?"

그 시간, 병사들을 두루 만난 보리얀은 고문관실로 걸음을 옮긴다. 그녀는 지하 감옥으로 내려가는 풍경을 보고 깜짝 놀란다. 고문관들의 숙소로 이어지는 통로가 온통 푸릇푸릇한 이끼로 가득 차 있다.

"우와…."

보리얀은 휘둥그레진 눈으로 조심스럽게 통로로 발을 내디딘다. 보송보송한 이끼가 부드러운 융단처럼 그녀의 발걸음을 흡수한다. 이어서 방문이 열려 있는 고문관실에 도착하자, 온갖 빛깔의 녹색으로 가득 찬 아늑한 방의 풍경이 보인다. 벽에는 그녀가 선물했던 그림이 걸려 있다. 애송이 고문관 둘이 먼저 보리얀을 알아보고 외친다.

"보리얀 병사장님!"

뒤돌아 앉아 있던 데리에크는 고개를 든다. 그리고 자신을 향해 미소 짓고 있는 보리얀의 모습에, 조금 떨리는 손을 꼭 쥐고 말없이 일어선다.

"저 왔어요, 데리에크 아저씨."

"……."

잠시 흐르는 침묵 속에서 데리에크는 어떻게 말을 꺼내야 할지 모르는 얼굴로 보리얀을 바라보더니, 조용한 목소리로 더듬거린다.

"잘했다. 잘…. 살아서 돌아왔어."

"보고 싶었어요, 아저씨."

보리얀은 조금 붉어진 눈시울로 데리에크의 손을 잡는다. 데리에크는 우두커니 서서 그 모습을 바라보다가, 이내 그녀의 손을 자신의 두 손으로 꼭 붙잡는다. 늘 무덤덤한 표정인 그의 눈가에도 눈물이 고인다. 그는 입을 굳게 다물고 고개를 끄덕인다. 그리고 낮게 중얼거린다.

"네가 돌아올 줄 알았어."

푸르스름한 저녁 하늘이 점점 어둡게 내려앉는 가운데, 관리 장교실에서는 스루딘이 조금 놀란 표정으로 훌라르에게 묻는다.

"네? 그럼 저보고 혼자 탑으로 들어가란 말씀입니까?"

"다들 그토록 자네더러 오라고 애원하는데, 가지 않을 수가 있나."

훌라르가 입꼬리를 살짝 올리고 스루딘을 바라본다.

"미샤틴이라는 마에린 하급 슈라문이 있는데, 그녀가 도와줄 걸세. 탑에 올라가서 무니안들을 상대해 주게. 자네가 그들의 정신을 좀 빼놓고 있으면 우리 병사들이 습격하는 데 도움이 될 거야. 그들이 바르벨루스에 있는 모든 시종까지 노예병으로 차출하고 있다는 소식을 들었거든. 탑 곳곳에 대포까지 설치하고 있다고 하던데. 라델린께서 떠나시고 나니까 눈에 뵈는 게 없는 모양이더군."

"대포요? 높다고 소문난 그 탑에서 대포를 쏜다면 온 도시가 쑥대밭이 될 텐데요."

"솔리디몬 답지. 자신이 무너질 바에는 다 죽이고 가겠다는 것 아니겠나."

그 말을 들은 스루딘은 미간을 찌푸리며 한숨을 쉰다.

"…어휴. 사람이 어떻게 그런 괴물이 될 수가 있는지."

훌라르가 고개를 끄덕이는 그때, 밖에서 켄트라가 문을 살짝 두드린다.

"관리 장교님, 어떤 노예병 한 명이 꼭 드릴 말씀이 있다면서 찾아왔습니다."

"그래? 무슨 일인가?"

스루딘이 그를 들여보내라고 하자, 문이 열리며 긴장한 얼굴의 노예병이 들어온다. 그는 스루딘과 훌라르를 번갈아 보더니 말을 쉽게 꺼내지 못한다. 스루딘이 웃으며 편하게 얘기해 보라고 하자, 비로소 용기를 내어 작은 목소리로 말한다.

"저기 그게⋯. 아무리 생각해도 말씀드려야 할 것 같아서 말이지요. 저희가 요새의 병사들과 취침실을 같이 쓰고 있잖습니까? 사실 어제, 노예병의 옷을 입은 한 사내가 제가 묵고 있는 취침실을 찾아왔습니다. 그자가 '퓨라'라는 병사를 찾아서 데리고 나가더라고요. 밤이라 횃불 빛에 얼핏 봤는데, 그 노예병의 옷을 입은 자가 솔리디몬의 하급 슈라문처럼 생겼지 뭡니까. 워낙 험악한 자라 노예병들 사이에서 유명하거든요. 처음에는 잘못 본 것이라고 생각해서 가만히 있었다가, 오늘 말씀 중에 솔리디몬이 찾아왔다고 하시길래⋯."

"퓨라? 그 병사가 어느 부대 소속인가?"

스루딘이 묻자 노예병이 고개를 숙이며 답한다.

"글쎄요. 잘은 모르겠지만 이 요새에 꽤 오래 있었던 일반 병사 같았습니다. 머리를 빡빡 깎은 에실린인데, 그자를 왜 데리고 갔는지는 잘 모르겠습니다. 아무튼 그 이후로 퓨라가 취침실로 아예 돌아오지를 않았거든요. 수상해서 말씀드리려고 왔습니다."

"그렇군. 알겠네. 말해줘서 고맙네."

노예병이 굽신거리며 나가자 훌라르는 팔짱을 끼고 차가운 눈빛으로 문을 응시하며 중얼거린다.

"흠. 그 늙은 여우가 또 무슨 짓을 꾸미고 있나 보군."

"휴우, 앞으로는 보안을 더 철저히 해야겠습니다. 방금 들은 것처럼 납치도 일어날 수 있지만, 첩자들은 어느 곳에나 존재하니까요. 이제부터 비밀리에 시행될 작전이 많지 않습니까? 누군가 첩자들의 서신 활동이라도 막아준다면 참 좋을 텐데…."

스루딘이 고민스러운 얼굴로 중얼거리는 그때, 보리얀과 데리에크는 잠시 요새 밖으로 나와서 함께 걷고 있다. 천천히 걸음을 옮기는 보리얀의 어깨에 서신 새 한 마리가 날개를 퍼덕거리며 앉는다. 보리얀은 새의 발목에 묶여있던 서신을 빼내어 읽으며 중얼거린다.

"역시 새들에게 부탁해 놓기를 잘했네요. 벌써 솔리디몬에게 요새가 독립했다는 소식을 알리려는 첩자들이 있다니. 아래에 이름까지 밝혀놓아서 다행이군요. 이제 이 노예병은 지하 감옥행이겠죠?"

"이야, 네게 있다던 그 능력이 진짜였구나."

데리에크가 신기하다는 듯이 보리얀을 바라보자 그녀는 빙긋 웃는다.

"그럼요. 저는 거짓말 안 해요. 그런데 스루딘 관리 장교님께서는 언제 아저씨의 능력을 알게 되신 거예요? 어떻게 된 일인지 궁금했는데…."

"그분 시종인 켄트라가 지하 감옥의 상황을 보게 되었거든. 그리고 나서 관리 장교님께서도 직접 지하에 내려와 보셨지. 감사하게도 나를 다시 샤테이드로 보내지는 않겠다고 하시더구나."

"서로 많이 놀라셨을 텐데. 그렇죠?"

"그럼. 그런데 관리 장교님께서는 내 능력을 보고 잠깐 생각을 하시더니 이런 말씀을 하셨어. '자네의 힘으로 요새의 병사들이 먹을 수 있는 식량을 키워 주면 참 좋을 것 같은데. 할 수 있겠나?' 그 순간에도 요새 생각으로 꽉 차 계시다니, 난 그게 더 놀랍더구나."

"하하. 스루딘 관리 장교님 다우신 말씀이네요."

"식량 문제 때문에 이곳의 독립이 어려울 것이라는 건 나도 알고 있었다. 그런데 그 일을 이렇게 분노의 선전포고로 이루게 될 줄은 몰랐지. 아예 바르벨루스로 쳐들어가기로 하다니…"

데리에크는 말하며 걷다가 문득 하늘을 가리킨다.

"어, 저기 다른 새가 또 온다. 첩자가 많은가?"

"글쎄요. 저건 서신 새가 아니라 까마귀인데요?"

날개를 바쁘게 퍼덕이는 까마귀가 쏜살같이 내려오더니 잠시 보리얀의 어깨에 앉는다. 그리고 무어라고 그녀에게 전하고는 금세 다시 날아가 버린다. 까마귀에게서 무슨 소식을 들었는지 보리얀의 얼굴이 창백해진다.

"큰일이네. 훌라르 님께 가야겠어요."

잠시 후, 까마귀가 전한 급한 소식 때문에 훌라르와 보리얀은 곧 요새를 떠난다. 서둘러 날갯짓을 하는 비샤다의 그림자가 차루타스가 있는 남쪽을 향해 사라진다. 첩자를 잡아 가두고 나온 데리에크는 저 멀리 날아가는 커다란 새의 모습을 바라본다. 훈련장 근처의 풀숲 쪽에 서 있는 그의 곁에서 애송이 고문관들이 걱정스러운 얼굴로 묻는다.

"아이고, 방장님. 정말 괜찮으시겠어요?"

"누가 방장님을 다시 샤테이드로 납치해 가면 어떡하시게요?"

그러자 데리에크는 마음을 다잡은 듯이 호흡을 가다듬고 낮은 목소리로 말한다.

"보리얀은 지금 또 괴물하고 싸우러 갔다. 나도 여기서 할 수 있는 건 해봐야지. 어차피 요새도 독립했고, 그 애도 저렇게 돌아온 마당에…. 더 두려워할 것도 없다. 너희는 조금 비켜 서 있어라."

데리에크는 붉은 달빛 아래 서서 땅의 기운을 살핀다. 그러더니 두 눈을 감고 손가락을 서서히 움직이기 시작한다. 그는 긴장을 풀고 손끝으로 땅속에 있는 생명의 기운을 느낀다. 그러자 처음에는 아무런 반응이 없던 땅이 들썩이더니, 새싹들이 하나둘 솟아나기 시작한다. 애송이 고문관들은 휘둥그레진 눈으로 나지막하게 탄성을 지른다.

"오오, 자라난다!"

데리에크의 이마에 송골송골 땀이 솟는다. 그는 입술에 힘을 주어 굳게 다물고 새싹을 키워내는 데에 집중하며 자기 자신에게 되뇌인다.

'먹을 수 있는 식물의 씨앗을 골라서 움 틔워야 한다. 병사들의 식량이 될 만한 것으로….'

그는 지금껏 숨겨왔던 힘을 모두 풀어놓듯 엄청난 속도로 정원을 만들어 나간다. 그 마법 같은 풍경에 애송이 고문관들은 입을 닫지 못한다. 온갖 과실나무와 곡물들이 앞다투어 쑥쑥 자란다. 이어서 잡초들은 점점 수그러들며 땅속으로 사라지고, 갑자기 자라나는 각종 식물에 놀란 새들은 퍼득거리며 저 하늘 위로 날아오른다.

하늘을 날고 있는 비샤다 위에서는 훌라르가 놀란 얼굴로 보리얀을 바라본다.

"정말 미다스 궁이 없어졌다고? 하루아침에?"

"네. 그렇대요. 까마귀가 전한 대로라면 그 궁에 있는 셰트린 마녀가 한 일 같던데…."

훌라르는 즈로이아를 떠올리며 잠시 생각을 가다듬는다.

"믿기는 힘들지만 사타니크의 부대가 떠나기 전에 미리 얘기해 줘야겠군. 그나저나 까마귀가 얘기해 줬다던 그 괴물은 얼마나 가까이 온 거지?"

"아마 내일 아침쯤이면 차루타스의 해안 쪽으로 진입할 것 같다고 해요."

"그게 바얀 호가 가라앉았을 때 봤던 괴물이라고 했나?"

"네. 투케뻬쩨르…."

괴물의 이름을 알려준 웹실론을 떠올리며 보리얀은 슬픈 얼굴로 한숨을 내 쉰다. 훌라르는 그런 그녀의 손을 가만히 잡는다.

"아직 네 몸이 완전히 낫지 않았으니, 이번에는 정말 여관에서 쉬고 있는 게 좋겠어."

"직접 괴물과 싸우시게요?"

"어차피 병사들이 그 괴물을 상대하는 게 무리라면 비샤다와 내가 어떻게 든 막아봐야겠지."

"훌라르 님 혼자서요?"

"음…. 완전히 혼자는 아닐 거야. 불을 쓰는 마에린과 동물을 다루는 루에린 이 있는 이 세상에는, 물을 쓰는 히드린도 있거든. 그의 힘이 어느 정도인지 는 잘 모르겠지만."

훌라르는 차루타스에 도착하자마자 하칠소아를 불러야겠다고 생각한다.

그러자 보리얀은 고개를 젓고 단호하게 말한다.

"저는 그 괴물을 직접 본 적이 있어요. 다른 괴물과 싸워본 경험도 꽤 많고요. 몸은 거의 다 나았으니 걱정 마세요. 제가 분명 할 수 있는 일이 있을 거예요."

"걱정되니까 그렇지. 만약 너한테 무슨 일이라도 생기면 어떡하라고?"

"저도 훌라르 님 혼자서는 절대 못 보내요. 저를 빼놓고 가시려는 생각이라면, 비샤다에게 아예 움직이지 말라고 얘기해 놓을 거예요."

"하하, 귀엽기는 한데 비샤다는 원래 내 말만 듣는…"

"비샤다, 더 빠르게 가자!"

보리얀의 외침에 비샤다가 바람을 가르며 속력을 배로 높인다. 뒤에 있는 훌라르는 깜짝 놀라서 엉겁결에 그녀의 허리를 부둥켜안고 소리를 지른다.

"으아아아!"

"……."

보리얀이 고개를 돌려 훌라르를 바라보자, 그는 보리얀을 감싸 안은 손에 힘을 풀며 멋쩍게 말한다.

"아, 크흠, 미…미안."

그러자 보리얀은 살짝 미소를 지으며 그를 바라본다.

"그대로 꼭 잡으세요. 전속력으로 차루타스로 날아갈 테니까."

"퍼득, 퍼득-"

어두운 하늘 속으로 날아오르는 비샤다를 비추는 붉은 달빛은, 홀로 아누다르타 남쪽의 해상 위를 날고 있는 까마귀 한 마리 위에도 내려앉는다. 드디어 바얀 호가 가라앉은 곳 주변에 도착한 까마귀는 천천히 수면 위를 빙그르르 돈다. 그리고 서럽게 울며 보리얀이 남긴 서신을 떨어뜨린다. 수면 위에 떨어진 서신에서 보리얀의 글씨가 서서히 번져 간다.

사랑하는 나의 아버지 바얀, 그리고 나의 친구 루딘.

인사를 할 시간도 없이 헤어져야 했지만,
나는 언젠가 우리가 다시 만날 것을 믿어요.
그러니까 이제 더 이상 울지 않을 거예요.

다시 일어서는 나의 모습과 변하는 세상의 모습을 지켜봐 주세요.
반드시 우리가 기다리는 기적을 이룰 테니까.

사랑해요.
삶과 죽음을 넘어서, 언제나.

– 사랑하며 살기로 결심한 보리얀

— 8장 —

{ 꺼내지 못했던 진심을 열고 }

깊은 밤이 내려앉은 차루타스에 선선한 바람이 불어온다. 의회 근처의 한 여관방에서는 등잔불이 바람에 흔들린다. 일렁이는 불빛 사이로 보리얀과 마주 앉아 있는 사타니크의 눈가가 젖어 있다.

바얀 호의 비보에 크게 낙담해 있던 그와 지오투스는 세네칼의 부름에 이곳으로 왔다. 놀랍게도 그들을 맞이한 것은 차루타스로 갓 돌아온 보리얀이었다. 세 사람은 재회의 기쁨에 반가운 인사를 나누었지만, 아쉽게도 지오투스는 곧 하길웨인의 부름에 떠나야 했다. 보리얀은 할 이야기가 있다며 사타니크를 좀 더 붙잡아 둔 터였다. 그는 아직도 믿기지 않는다는 표정으로 그녀를 바라본다.

"와, 넌 정말 기적을 몰고 다니나 보다. 그런 상황에서도 살아남다니."

"다시 형을 만나야 하니까 그렇지."

보리얀이 살짝 미소 짓는 얼굴로 말하자 사타니크는 괜히 목청을 가다듬는다.

"쳇. 그것도 모르고 한쪽밖에 없는 눈으로 울었으니."

"정말? 내가 죽은 줄 알고 울었어?"

"······!"

보리얀은 사타니크의 손을 잡고 따뜻한 눈빛으로 그를 바라본다.

"고마워, 형."

사타니크는 아무 말도 하지 못하고 보리얀을 마주 본다. 잠시 둘 사이에 침묵이 흐른다. 옆 방에서는 훌라르와 하칠소아의 대화 소리가 간간이 들려온다. 보리얀은 이내 나지막한 목소리로 말한다.

"···나, 사실 형한테 아직 말하지 못한 게 있었어. 이제는 얘기해 볼까 하는데."

"뭔데?"

"그···. 에스카딘의 일 말이야."

보리얀의 말에 사타니크는 깜짝 놀란 얼굴로 말을 더듬는다.

"에, 에스카딘을 네가 어떻게 알지?"

"일단 사과부터 할게, 형."

보리얀은 사타니크에게 차근차근 털어놓는다. 더 이상 그녀의 곁에 없는 웝실론이 어떻게 그의 이야기를 들려주었는지. 그리고 그 이야기를 듣고, 그녀가 그를 대하는 생각과 태도가 어떻게 달라지게 되었는지. 보리얀은 가슴 깊은 곳에서부터 미안함을 전한다.

"멋대로 형의 이야기를 들추어 봐서 정말 미안해. 그때는 내가 참 경솔했어."

잠시 생각에 잠기던 사타니크는 담담한 목소리로 말한다.

"···그래서 너도 나를 형이라고 부르겠다고 한 거였어? 그 애처럼?"

"맞아. 형과 함께 지내며 에스카딘의 마음이 점점 이해되기 시작했거든. 왜 그 아이가 사타니크라는 사람을 자기 형으로 삼고 싶어 했을지. 심지어 자신이 여자임을 숨기면서까지도."

보리얀은 낮게 한숨을 내쉰다.

"언젠가 이 얘기를 꼭 하려고 했어. 형한테 사과하고 싶었거든. 그런데 죽을 뻔하니까 알겠더라. 자칫하면 그 '언젠가'라는 시간은 오지 않을 수도 있겠다는 걸. 그래서 지금 기회가 있을 때 말하고 싶었어."

사타니크는 옛날의 아픈 기억들이 떠오르는 듯 씁쓸하게 웃는다.

"뭐, 괜찮다. 어차피 네게 해주려고 했던 얘기야. 나도 알맞은 때를 찾지 못해서 미뤄뒀었다."

그는 미안함에 고개를 숙인 보리얀의 얼굴을 들어 올리며 걱정하지 말라는 듯이 씩 미소를 짓는다.

"괜찮대도. 너, 내가 원수를 갚으러 동쪽으로 갈 거라고 한 거 기억하지? 이제 드디어 그 기회가 왔어. 그렇게 기다리던 날이 진짜 오다니…. 신기하지 않냐?"

"그러게. 형도 기적을 일으키는 사람이어서 그런 것 같은데."

"그게 무슨 소리냐?"

"나보고 기적을 몰고 다닌다며. 형도 마찬가지야. 포기하지 않으니까 결국 평생을 기다리는 날이 왔잖아. 나는 이 기회에 형이 제대로 복수해 줬으면 좋겠어. 에스카딘의 몫은 물론이고, 그 아이처럼 고통받았을 수많은 사람을 위해서."

"걱정 마라. 곧 아누다르가야 동쪽으로 가면 수르카라를 만나게 될 거다. 그놈이 지금 미다스 궁에서 노예상의 수장으로 있다고 들었어. 그놈은 반드시 내가 처리할 거야."

"당연히 그래야겠지만 그건 너무 작은 복수잖아. 정말 그 정도로 충분하겠어, 형?"

"…응?"

"훌라르 님께서 내게 그러시더라. 형을 동쪽으로 가게 하신 데에는 더 큰 이유가 있다고. 노예들을 잡는 건 노예상들이지만, 그 노예상들을 만들어내는 건 동쪽 호수의 원로원이라며? 그들이 미다스 궁을 통해 노예를 팔아서 바르벨루스와 거래를 한다고 들었어. 원로들이 무너지지 않는다면 결국 똑같은 일은 되풀이되고 말겠지. 그러니 중앙 섬 동쪽에 있는 노예상들을 잡은 후에는 동쪽 호수 로히라셰드를 맡아줘. 다시는 그런 제도가 이 세상에 존재하지 않도록. 어찌 보면 그게 진짜 커다란 복수가 아닐까?"

"……!"

잠시 보리얀을 쳐다보는 사타니크의 한쪽 눈이 빛난다.

"결국 동쪽 호수로 가서 원로원까지 갈아엎으라는 것이군. 사람에 대한 복수가 아니라 제도에 대한 복수를 하라는 것이구나. 그렇지?"

보리얀이 고개를 끄덕이자 사타니크는 너털웃음을 터트린다.

"하, 병사들이 깜짝 놀라겠네. 네가 살아 있다는 소식만 해도 엄청날 텐데, 아예 고향을 구하러 가라니. 동쪽 호수 노예 출신들이 많거든."

"아, 그리고 또 미리 알아둬야 할 게 있어. 아마 미다스 궁이 사라졌을 거야. 흔적도 없이."

"뭐어?"

"새들에게서 들었어. 하루아침에 거대한 황금 궁전이 사라져서, 노예상들이 혼란스러워하고 있댔거든. 고대 셰트린의 힘을 가진 궁주가 궁전을 땅속으로 사라지게 했나 봐."

"아니 그게 무슨…."

보리얀은 황당하다는 표정으로 입을 다물지 못하는 사타니크의 손을 잡는다.

"앞으로 이상한 일들은 더 많이 일어날 거야. 세상이 변하고 있잖아. 아무튼, 조심해서 다녀와. 훌라르 님께서 자기 배까지 내어주시겠다고 했으니 물자는 넉넉히 준비해 갈 수 있을 거야. 우리 꼭 살아서 다시 만나자. 응?"

"알았다. 너도 그동안 건강 회복하고 잘 있어라. 이젠 훌라르 님이 곁에 계실 테니까 좀 마음은 놓인다만. 어차피 그분은 널 지키라는 명을 받았다니, 자기 목숨처럼 아껴주시겠지. 그나저나 너는 그 신기한 고대 생물체를 잃어버려서 어떡하냐?"

"휴우…. 웹실론은 죽지 않으니까, 다시 만나기를 기다려 봐야지. 동물들에게 부탁은 이미 해놨어. 혹시라도 찾게 되면 나에게 데려다 달라고. 아무튼 웹실론 하고 나, 용서해 주는 거지?"

"하하. 용서해 줄 테니까, 내가 죽기 전까지는 죽지 마라."

보리얀은 고개를 끄덕이고 밝은 목소리로 말한다.

"그렇게. 형도 내가 죽은 걸 직접 보기 전까지는 울지 마. 난 어딘가 꼭 살아 있을 테니까."

"으이고, 알았다."

사타니크는 괜히 눈을 흘기지만 다정하게 미소를 짓는다.

중앙 섬 동쪽을 향해 사타니크의 부대가 출정한 후, 다음 날의 아침이 밝아 온다.

"부우우!"

차루타스의 해변가에서는 고동 소리가 이른 아침의 공기를 가른다. 괴물이 올 것에 대비하라는 신호다. 해변에는 바얀 호의 후속 부대로 도착한 병사들이 전투태세로 대기 중이다. 어젯밤 긴급한 연락을 받고 소집된 그들은 잔뜩 긴장한 표정이다. 곧이어 그들 위로 비샤다가 날아오른다. 그 위에는 훌라르와 보리얀이 타고 있다. 훌라르는 해안 위의 절벽을 가리키며 말한다.

"저기 하칠소아가 있어. 그도 여기서 우리를 도울 거야."

"저분이 물을 다룬다는 히드린이죠?"

"맞아. 어제 나와 잠깐 대화를 했지. 이젠 자신도 더 이상 능력을 숨기지 않겠다고 하더군."

까마귀들이 괴물이 다가오고 있는 쪽으로 비샤다를 안내한다. 보리얀은 훌라르와 일찍이 세운 작전을 되새긴다.

'괴물을 해안가에서 처리하지 못한다면 도시는 쑥대밭이 될 거야. 물속에서 처리하는 게 가장 좋겠지만, 어렵다면 하칠소아 님이 있는 절벽까지 유인해야 해. 물수리들을 미리 불러놓았으니 우릴 도와주겠지. 부디 이번에는 당하지 않아야 할 텐데….'

불안하게 들려오는 까마귀 떼의 울음소리를 들으며 비샤다가 점점 하강한다. 곧 괴물이 내뿜는 더운 수증기가 후덥지근하게 올라온다. 보리얀은 조금 경직된 비샤다의 목덜미를 쓰다듬으며 말한다.

"괜찮아. 가자, 비샤다."

비샤다가 괴물의 근처로 더 가까이 내려가자 강한 열기가 느껴진다. 보리얀이 훌라르를 돌아보며 당부한다.

"저기 보이는 커다란 기둥 같은 것을 터트리지 않도록 주의해야 해요. 그 안에 수많은 새끼 괴물들이 있어요."

"그 새끼 괴물들도 불을 쓴다고 했지?"

"네. 그냥 온통 불로 뒤덮인 불덩이들 같아요."

훌라르는 고개를 끄덕이고 괴물을 자세히 살핀다. 시커멓고 딱딱한 갑옷으로 뒤덮여 있는 몸통은 커다란 배를 몇 척 합친 것보다도 크고, 지느러미에 나 있는 가시 통에서는 시뻘건 불기둥이 솟아오르고 있다. 괴물이 불을 내뿜을 때마다 물고기들이 배를 뒤집고 수면으로 올라온다.

"맙소사."

거대한 괴물의 몸체를 파악한 훌라르는 놀라서 자신도 모르게 중얼거린다. 그는 애써 긴장감을 누르며 판단을 내린다.

"여기서는 시야 확보도 어렵고, 괴물에게 내 힘이 정확히 미치기가 힘들어. 아무래도 비샤다의 발 쪽으로 내려가야 할 것 같아. 넌 여기 있어. 알았지?"

보리얀이 고개를 끄덕이자 훌라르는 조심스럽게 균형을 잡으며 아래로 내려간다. 덮쳐오는 수증기 때문에 그의 모습이 잘 보이지 않는다. 잠시 후, 저 아래서 훌라르의 목소리가 들린다.

"역시 여기서 화염이 더 잘 보여! 해볼 만하겠어."

"좋아요. 비샤다는 저한테 맡겨두세요!"

훌라르는 보리얀의 대답을 듣고 괴물에게 집중한다. 그는 괴물이 가지고 있는 불의 기운을 점점 마음속 깊이 느낀다. 제카르슙을 불길에 휩싸이게 하며, 오로지 불과 하나가 된 느낌만이 가득했던 그때처럼.

'할 수 있다. 반드시 해낼 거야.'

훌라르는 마음속에서 공포를 몰아낸다. 마그마같이 끓어오르는 그의 눈동자가 짙은 자주색으로 불타오르기 시작한다. 그는 천천히 두 손에 주먹을 쥔다. 그리고 괴물을 노려보며, 힘줄이 선 두 손을 강하게 펼쳐 든다.

"화르르륵!"

괴물의 등허리 뒷부분에 구멍이 뚫리더니 시뻘건 불줄기가 솟아나기 시작한다. 훌라르는 손가락을 구부려서 손목을 자신 쪽으로 당긴다. 그러자 불줄기가 괴물의 몸체에서 뽑혀 올라오듯 화염이 쏟아져 나온다.

"쿠에에에엑!"

괴물은 예기치 못한 공격에 당황하여 수면 위로 모습을 드러낸다. 그리고 커다란 지느러미를 퍼득거리며 거대한 파도를 일으킨다. 비샤다는 괴물이 뿜어내는 열기를 참기 힘든지 울음소리를 내며 방향을 튼다. 그 바람에 훌라르는 잠시 균형을 잃고 비틀거린다. 보리얀은 침착하게 비샤다를 진정시킨다.

그때, 비샤다를 발견한 괴물이 엄청난 속도로 수면 위를 향해 튀어 오른다.

"촤아! 쿠쿠구구궁!"

물이 갈라지는 듯한 굉음과 함께 아귀의 입처럼 뾰족한 이빨들이 셀 수 없이 많이 나 있는 괴물의 아가리가 열리며 다가온다. 훌라르가 순간 당황한 얼굴로 그것을 바라보는 그때, 보리얀이 외친다.

"비샤다, 위로!"

"쉬이익."

비샤다가 필사적으로 위를 향해 날아오르고, 훌라르는 재빨리 비샤다의 발을 붙잡는다. 간발의 차로 괴물의 아가리는 허공을 덥석 물고 다시 수면 아래로 가라앉는다. 보리얀은 괴물을 노려보며 생각한다.

'안 되겠다. 물에서 싸우는 건 너무 불리해. 계획대로 암초와 모래가 많은 곳으로 가자.'

비샤다는 수심이 얕은 곳을 향해서 힘껏 날갯짓한다. 괴물은 그들을 맹렬히 뒤쫓아 온다.

보리얀은 까마귀 떼에게 마음속으로 전한다.

'나의 형제들아, 지금 해변에 있는 병사들에게 알려주렴. 괴물이 다가가고 있다고.'

"까아악!"

까마귀 떼가 대답하며 급하게 해변 쪽으로 날아간다. 보리얀은 훌라르가 안전한 것을 확인하고 전속력을 다해 절벽으로 향한다. 유심히 하늘을 지켜보고 있던 해변의 병사 중 몇이 외친다.

"저기, 까마귀 떼가 보인다!"

"보리얀 병사장님의 신호다! 괴물이 다가오고 있다!"

"부우우!"

다시 고둥 소리가 울려 퍼지자 절벽 위에 서 있던 하칠소아는 긴장한 목소리로 중얼거린다.

"결국 이쪽으로 유인하기로 하셨나 보군."

그때, 쿠궁- 하며 땅이 울리는 소리가 들린다. 빠른 속도로 비샤다를 뒤쫓던 괴물의 몸통은 수심이 얕아진 곳의 바닥에 닿는다. 괴물은 얕은 물 속에서 허우적대며 지느러미를 더 빠르게 퍼덕이지만 움직이는 속도는 눈에 띄게 줄었다. 훌라르가 위를 향해 외친다.

"보리얀! 괴물의 앞쪽으로 비샤다를 몰아줘!"

"네!"

곧 비샤다는 괴물을 마주 보는 형세로 맞선다. 수심이 얕은 곳까지 올라온 괴물은 서서히 그 엄청난 덩치를 완전히 드러낸다. 몸체의 시커먼 표피는 온갖 알 수 없는 조개껍데기와 해초 찌꺼기로 뒤덮여 있으며, 뾰족뾰족하게 솟은 산호의 사체들이 불길에 시커멓게 그을려 있다. 배에는 셀 수 없이 많은 딱딱한 다리들이 달려 있고 양 지느러미의 가시 통에서는 어마어마한 불길이 쏟아져 나온다. 괴물의 머리와 몸통 사이에 자리한 기이한 기둥 속에서 새어 나오는 시뻘건 빛에 눈이 멀 지경이다. 괴물은 날카로운 이빨로 가득한 거대한 아가리를 벌리며 천지가 쩌렁쩌렁 울릴 만큼 커다란 울음소리를 낸다.

"크르르엉!"

해변에서 그 광경을 보고 있던 병사들은 기겁하며 입을 다물지 못한다. 하칠소아 또한 공포가 어린 눈으로 처음 마주하는 괴생명체를 바라본다. 괴물의 몸에서 나오는 열기 때문에 곧 수증기가 자욱하게 해변을 메운다. 숨을 쉬기 힘들 정도의 비릿하고 매캐한 안개가 절벽까지 몰려든다.

탁하게 시야를 가리는 안개 때문에 아무것도 보이지 않자, 훌라르는 미간을 찌푸리며 읊조린다.

"어쩔 수 없군. 감에 맡기는 수밖에."

그는 아예 눈을 감아버리고 괴물을 향해 두 손을 뻗는다. 그러자 손끝으로 불의 기운을 더 잘 느낄 수 있다. 그는 천천히 두 손을 들어 올린다. 그리고 마치 괴물의 구조를 탐색하듯, 괴물이 어디서 불을 만들어 뿜어내는지를 느낀다.

'몸통 아래에 있는 배 부분에 엄청난 화기가 모여 있어. 저기를 잘 활용한다면….'

훌라르는 다시 눈을 뜨고, 괴물의 가시통에서 나오고 있는 불길을 거머쥔다는 느낌으로 모든 손가락을 접으며 힘을 준다. 하지만 괴물이 저항하는 힘

또한 만만치가 않다. 훌라르는 가슴이 터질 듯이 소리를 지른다.

"으아아!"

그는 온 힘을 끌어모아 괴물의 몸통 중앙 부분으로 모든 불길을 모은다. 괴물은 자기 뜻대로 불길을 쓸 수 없게 되자 포악한 소리를 지르며 마구 날뛰기 시작한다.

"키에엑!"

괴물의 비명과 훌라르의 외침이 한데 뒤섞이는 순간, 괴물은 결국 몸 한가운데의 거대한 기둥을 폭발시키듯이 터트려 버린다. 보리얀은 안개 속에서 뛰쳐나오는 불덩이들을 보고 소리를 지른다.

"안 돼!"

폭발하는 기둥에서 수도 없이 많은 새끼 괴물들이 활활 타오르며 쏟아져 나온다. 보리얀은 일단 그것들을 피해 비샤다를 위로 몬다. 훌라르는 아예 자신의 상의를 벗어서 길게 찢은 다음, 비샤다의 발목에 자기 몸을 칭칭 묶는다. 그는 새끼 괴물들을 겨냥해서 두 팔을 위로 들어 올린 다음 있는 힘껏 아래로 내리 꽂는다. 그와 함께 사방으로 떨어지고 있는 새끼 괴물들의 몸에서 불꽃들이 모두 파스스 꺼지듯 사라진다. 급작스럽게 불을 잃은 새끼 괴물들이 괴성을 지르며 땅을 향해 떨어지는 찰나, 그것을 보는 훌라르는 갑자기 머리가 아득해지는 것을 느낀다.

'앗, 저것들이 모두 육지로 향하게 된다면…!'

그의 얼굴에 공포가 스치는 그때, 강렬하게 들려오는 새 떼의 울음소리가 하늘을 울린다.

'물수리다!'

훌라르는 숨을 몰아쉬며 위를 향해 고개를 든다. 커다란 물수리들이 보리 얀의 지시를 따르고 있다. 그들은 불을 잃고 떨어지는 새끼 괴물들을 하나둘 낚아챈 후 그것들을 갈가리 찢어서 숨통을 끊어놓는다.

"끼에엑!"

새끼 괴물들의 비명이 울려 퍼진다. 행동이 느려진 괴물은 물속으로 후퇴 하려고 한다. 거대한 지느러미가 뒤로 움직이자 오래된 건물이 기우는 듯한 소리가 해변을 울린다.

"구우우웅—"

"이대로 다시 놓치면 안 돼요!"

보리얀은 새들을 이용해 괴물의 뒤쪽을 공격해 보려고 하지만, 딱딱한 표 피로 둘러싸인 괴물을 막기에는 어림도 없다. 훌라르는 다시 힘을 모아 괴물 의 꼬리 쪽을 공격한다. 하지만 이미 방향을 튼 괴물은 빠른 속도로 다시 물속 으로 잠겨 들어간다.

절벽 위에서 희뿌연 안개 사이로 이 모든 것을 바라보고 있던 하칠소아가 중얼거린다.

"어딜 도망가려고."

그는 깊게 숨을 들이쉬며 수평선을 향해 손을 뻗는다. 그리고 부들부들 떨 리는 두 손을 천천히 들어 올린다. 그는 눈을 질끈 감고 손에 힘을 준다. 그러 자 저 멀리에서 물결이 조금씩 들썩거리더니, 작은 파도들이 일렁이며 해변 쪽으로 다가온다.

"흐으으읍…!"

하칠소아는 다시 힘을 모아 수평선을 자신 쪽으로 끌어당긴다. 아까보다 좀 더 큰 파도가 밀려온다.

'된다! 할 수 있어. 한 번만 더!'

자신의 힘에 대한 믿음이 생긴 그가 온 힘을 다해서 두 손을 들어 올리자, 눈에 띌 정도로 더욱 커진 파도들이 해변으로 밀려들어 온다.

"쿠쿠쿠쿵-"

드디어 저 멀리서 커다란 소리와 함께 집채만 한 파도가 일어나 밀려오더니 괴물이 있는 곳을 덮친다.

"처얼썩! 촤아아-"

파도들이 괴물을 물 밖으로 힘껏 밀어낸다. 괴물은 갑자기 몰려오는 파도에 놀라서 지느러미를 퍼덕인다.

'된 건가? 안개 때문에 잘 안 보이는군.'

그는 공기를 두 부분으로 나누듯 팔을 들어 양쪽으로 가른다. 그러자 시야를 가리는 짙은 수증기가 물러나고, 괴물과 싸우고 있는 비샤다와 두 사람의 모습이 선명히 보인다. 하칠소아는 온 힘을 다해 다시 커다란 파도들을 만든다.

"처얼썩!"

거대한 파도가 절벽에까지 부딪히고, 괴물은 영락없이 완전히 절벽 아래쪽으로 밀려 올라온다. 전에 죽은 물고기들까지 그 주변으로 즐비하게 쌓인다. 홀라르는 재빨리 힘을 가다듬고 다시 괴물을 마주한다. 그는 괴물을 노려보며, 펼쳐 든 두 손을 천천히 가운데로 모은다. 모든 힘을 쏟아붓는 그의 온몸이 부들부들 떨린다. 가시 통에서 솟구치던 불길이 괴물의 몸 안으로 다시 쉬이익 빨려 들어간다.

"꾸에에엑!"

괴물은 엄청난 고통에 몸부림친다. 몸통 속으로 역류해 들어온 불길이 너무 거센 바람에 등가죽이 쩍쩍 갈라지기 시작하고, 그 틈마다 화염이 솟아오른다. 곳곳에서 뿜어져 나오는 불기둥 때문에 물수리들이 잡고 있던 새끼 괴물 몇 마리를 놓친다. 땅에 떨어진 그것들은 빠른 속도로 병사들이 있는 해변을 향해 도망친다. 병사들의 외침이 절벽 위까지 들린다.

"저 괴물들을 잡아라! 도시로 가지 못하도록 막아야 한다!"

괴물의 곳곳에서 구멍이 뚫리며 엄청난 불기둥들이 올라온다. 그 순간, 자신의 힘이 괴물을 압도하고 있음을 느낀 훌라르의 머릿속에 직감이 스친다.

'지금이다. 끝장을 내자.'

그는 괴물에게서 눈을 떼지 않으며 보리얀에게 소리친다.

"이제 한 방에 끝낼 거야! 비샤다가 놀라지 않도록 말해줘!"

"네!"

그을음과 진땀으로 범벅이 된 훌라르는 정신을 집중하려는 듯이 얼굴을 한 번 쓸어올리고 호흡을 가다듬는다. 그리고 온 마음을 다해 괴물의 등가죽 사이에서 새어 나오는 불길과 괴물이 내뿜고 있는 불의 기운을 모두 제압하여 괴물의 뱃속 가장 중심부에 모은다.

"으으으아아!"

"끼엑! 끼에에엑!"

엄청난 화기가 한곳에 모이자 괴물은 숨이 넘어갈 듯한 괴성을 내지르며 몸을 뒤집는다. 훌라르는 이를 악물고 거의 마주 모은 두 손을 부들거리며 떤다.

"쏴르륵!"

그러자 마치 소용돌이가 치듯, 모든 불길이 괴물 속으로 한꺼번에 빨려 들어간다. 잠시 주위가 잠잠해지는 듯하더니 괴물의 몸체에서 경련이 일어나기 시작한다.

"물…물러서야 해."

보리얀이 비샤다에게 속삭인다. 비샤다는 위험을 직감한 듯 날개를 퍼덕이고 날아오른다. 겉으로 봤을 때는 마치 괴물의 불길이 꺼진 것처럼 보이기에, 절벽 위에서 그 광경을 바라보던 하칠소아는 주변이 고요해진 것을 보고 중얼거린다.

"끝, 끝난 건가?"

하지만 괴물의 내장이 뒤틀리며 요동치는 소리와 함께 경련이 점점 거세어진다.

"그과과광-!"

괴물 주변으로 낮게 모여 있던 까마귀들과 물수리들이 모두 목숨을 지키려는 듯 필사적으로 높게 날아오른다. 해변에서 새끼 괴물을 다 처치한 병사들은 상황이 심상치 않음을 눈치채고 외친다.

"후퇴! 후퇴하라!"

병사들은 있는 힘껏 해변으로부터 멀어지고, 비샤다는 하칠소아를 향해 돌진해 온다. 그 거대한 새의 발 위에서 훌라르가 외친다.

"하칠소아, 내 손 잡아!"

비샤다의 발에 매달려 있는 훌라르가 하칠소아를 향해 손을 뻗는다. 얼떨결에 그 손을 부여잡은 하칠소아는 비샤다의 발 위로 힘껏 끌어 올려진다. 그 순간, 굉음과 함께 치솟아 오르는 엄청난 불길에 그는 자신도 모르게 고개를 숙인다.

"콰콰콰광!! 쿠쿠구궁."

귀청이 찢어질 듯한 폭발음이 들리고, 하칠소아가 서 있던 절벽은 폭발하는 거대한 화염에 둘러싸여 산산이 무너져 내린다. 비샤다는 치솟아 오르는 불길을 피하며 있는 힘을 다해서 하늘 높이 날아오른다. 보리얀이 떨리는 목소리로 아래를 향해 외친다.

"괜찮아요?"

훌라르는 고개를 내밀어 보리얀의 상태를 확인하며 대답한다.

"우린 괜찮아!"

하칠소아는 아래를 내려다보고 거센 숨을 몰아쉰다. 괴물은 흔적도 알아보기 힘들 정도로 산산조각이 나 있다. 하칠소아는 그을음 투성이가 된 훌라르를 부둥켜안는다. 훌라르 또한 가쁜 숨을 내쉬며 그의 등을 툭툭 두드려준다. 서로 아무 말 없이 마주 보던 그들은 이내 웃음을 터트린다. 훌라르는 아래에 쌓여 있는 물고기들을 바라보며 말한다.

"휴, 물새들이 간만에 포식하겠군."

쏴아아 하며 들려오는 파도 소리 위로, 오후의 태양이 차루타스 해변에 널브러져 있는 괴물의 잔해를 비추며 그림자를 드리운다. 해변가 곳곳에서는 죽은 괴물을 구경하러 온 사람들과 물고기를 줍는 사람들의 모습이 보인다. 새들도 여기저기서 분주히 날아든다. 보리얀은 병사들과 인사를 나눈 후에 잠시 혼자 해변에 남아서 괴물의 잔해를 둘러본다.

"……."

새카맣게 타들어 간 괴물 사체 조각이 바람에 흩날린다. 어찌 보면 원수를 갔은 격이었지만 보리얀의 얼굴에서는 기쁨을 찾아보기 어렵다. 괴물이 죽었다고 해도 바얀 호와 함께 잃어버린 사람들은 돌아오지 않기 때문이다. 그녀는 생각에 잠겨서 천천히 해변을 걷는다.

'아무리 많은 괴물을 잡아도, 계속 새로운 괴물들이 아누다르가야를 향해 오겠지. 모크샤가 깨어나는 것을 막기 위해….'

그녀는 세상의 모든 괴물 같은 존재들을 떠올린다. 그리고 그들의 이치가 결국 비슷하다는 생각을 한다.

'아무리 많은 노예상을 처단해도 동쪽 호수의 원로원이 사라지지 않는다면 새로운 노예상들은 계속 나올 거야. 바르벨루스에서 무니안들을 몰아낸다고 해도, 탑이 사라지지 않는다면 새로운 무니안들은 계속 나오겠지. 마라트의 괴물들도 마찬가지야. 아무리 많은 괴물을 무찔러도 새로운 괴물들은 계속 사람들을 위협할 테니까. 수많은 생명을 해치며….'

보리얀은 괴물의 잔해에서 눈을 떼고 하늘을 올려다본다.

"역시, 그 모든 괴물을 완전히 물리치는 방법은 모크샤의 탄생뿐이겠구나."

따사로운 햇살이 노곤하게 비치는 가운데, 괴물과의 사투에서 지친 비샤다는 의회 옥상에서 날개를 다듬으며 편안하게 쉬고 있다. 그 근처의 여관에 있는 훌라르의 방에서는 세네칼의 음성이 들린다.

"훌라르 님! 괴물과 직접 맞서 싸운다는 말씀은 없으셨잖습니까? 아이고, 세상에…."

그새 말끔하게 씻고 나온 훌라르는 세네칼에게 씩 웃어 보이며 그를 달래듯 말한다.

"하하, 그래도 괴물을 잡았으니 다행 아니오. 처음인데도 훌륭하게 해내지 않았소?"

"제가 얼마나 걱정을 했다고요! 하칠소아 님은 괜찮으신 겁니까?"

훌라르 앞에 앉아 있는 하칠소아는 빙긋 미소를 짓는다.

"제 걱정은 마세요. 좀 피곤하고 허기질 뿐입니다."

그러자 훌라르는 세네칼에게 눈을 찡긋한다.

"이 친구가 아니었다면 아주 힘들었을 거요. 괴물을 잡는 데 큰 도움을 준 우리 영웅에게 먹을 것 좀 챙겨주시겠소? 힘을 다 썼더니 지금 엄청 배고픈 모양인데."

"에휴. 알겠습니다. 하여튼 늙은이 맘고생 시키시는 데에는 도가 트셨지요."

"고맙소, 선생. 그나저나 보리얀은 아직인가?"

"방금 여관으로 돌아온 것 같던데요. 아, 그리고 피트레온에게서 서신이 왔습니다. 하도 정신이 없어서 잊을 뻔했네요."

세네칼은 훌라르에게 여기저기 구겨지고 찢겨서 너덜너덜해진 서신을 건넨 후, 아직 진정되지 않은 가슴을 쓸어내리며 방문을 나선다. 훌라르는 반가운 표정으로 그것을 펼쳐보며 중얼거린다.

"어디 보자, 우리 귀찮음 씨가 이제야 뭘 좀 알아냈나…."

잠시 서신을 읽어내리는 훌라르의 미간에 주름이 잡힌다. 그는 서신을 탁 내려놓으며 한숨을 내쉰다.

"아이고."

하칠소아가 무슨 일이냐는 얼굴로 그를 쳐다본다. 훌라르는 서신을 하칠소아 옆으로 스윽 민다.

"내가 피트레온에게 샤테이드에 잠복해서 마녀들의 비밀을 알아내라고 했거든. 이게 그가 알아낸 정보라는군."

서신에는 여기저기 번지고 황급하게 적어 내린 글씨로 이렇게 적혀 있다.

훌라르 님, 위급한 상황이니 짧게 적겠습니다.

샤테이드에서 마녀들이 무슨 짓을 하는지 드디어 알아냈습니다. 실제로 보니 정말 끔찍하다는 말밖에 나오지 않습니다. 그래도 상황을 간략하게 말씀드리자면 아래와 같습니다.

첫째, 즈로이아가 와 있습니다. 아무래도 이곳의 수장인가 본데 무니안들을 철천지원수처럼 여깁니다.

둘째, 신성한 힘을 가진 아이들의 피를 뽑아서 수액을 만들라는 무니안들의 독촉이 계속 들어옵니다.

셋째, 무니안들은 지금껏 그 수액으로 생명을 유지하고 신성함을 증명했던 거랍니다. 이런 쓰레기들!

넷째, 마녀들 모두가 무니안들이라면 치를 떠는데, 그들을 몰아낼 날만을 고대하는 것처럼 보입니다.

다섯째, 지금 무니안들은 군대를 꾸리려는지 배 새들까지 빼앗으려고 샤테이드를 압박하고 있습니다.

그리고 보탬이 되는 정보인지는 모르겠으나, 샤테이드의 모든 마녀들은 '세상에서 가장 귀한 진주'인지 뭔지를 찾으려고 혈안이 되어 있습니다. 이곳에 있는 무슨 비밀스러운 예언의 존재가 오래전부터 전한 것이라 하는데…. 아무튼 지금 그들은 더 이상 아이들에게서 수액을 만들고 있지 않습니다. 무슨 꿍꿍이인지, 이젠 무니안들의 말을 들을 생각이 없는 모양입니다. 그 때문에 배 새들의 감시도 더욱더 철저해져서, 제가 빠져나갈 방도가 없습니다. 전 들키지 않으려고 최대한 애쓰며 계속 노예인 척 죽어라고 일만 하고 있습니다.

구하러 와주실 거죠?

- 피트레온 올림.

서신을 읽은 하칠소아는 아무 말 없이 훌라르를 쳐다본다. 훌라르는 생각에 잠긴 얼굴로 그를 바라보다가 묻는다.

"…아무래도 가봐야겠지?"

"마녀들의 소굴에요?"

"라플라 부대가 바르벨루스의 손에 넘어가도록 둘 수는 없지. 자세한 상황은 즈로이아와 만나서 해결해야 할 것 같은데. 안 그런가?"

하칠소아는 고개를 끄덕인다.

"그리고 불쌍한 피트레온도 구하시고요."

"하하. 피트레온은 아마 잘 살아남고 있을 거야. 마녀들이 우글거리는 곳에 노예로 잠복해도 아무런 위화감이 없다는 건, 그가 어디서나 적응해서 살 수 있다는 증거 아니겠나? 지금 요새를 맡으러 간 투르와는 참 정반대의 이유로 대단한 사람이지."

"모든 사람에게는 제각기 맞는 역할이 있는 것 아니겠습니까. 모두가 알맞은 역할을 알고 살아가기만 한다면, 세상은 아마 평화롭겠지요. 지금의 무니안 같은 자들이 없을 테니…."

"그렇겠지. 언제나 과한 욕심이 문제가 되는 것이니까. 자네는 나와 보리얀이 없는 사이 이 도시를 잘 맡아주게. 지오투스와 병사들이 곧 바르벨루스로 출정할 텐데, 자네까지 자리를 비우면 사람들이 불안해할 거야."

"보리얀도 데리고 가시게요?"

"그럴 생각이야. 얘기를 해봐야지."

"하긴, 오늘 보니 그 여인이 가진 고대 루에린의 능력이 참 대단하던데요. 큰 도움이 될 겁니다."

"그것도 맞지만…. 떨어져 있기가 싫어서."

"…네?"

그때, 문을 두드리는 소리가 들린다. 이어서 옷을 갈아입은 보리얀이 세네칼과 함께 음식을 가지고 들어온다.

"아, 먹을 것을 준비해 오셨군. 고맙소."

훌라르가 세네칼에게 빙긋 웃으며 말하고, 보리얀을 향해 수고했다는 듯 두 팔을 벌린다. 보리얀은 미소를 지으며 그의 품에 살며시 안긴다. 그런데 훌라르가 조금 세게 껴안았던지, 그녀는 고통에 얼굴을 조금 찡그린다.

"윽…."

훌라르는 놀라서 그녀를 살피며 묻는다.

"왜 그래? 어디 다쳤어?"

"아, 별건 아닌데…. 아까 씻을 때 보니까 상처가 조금 벌어진 것 같더라고요."

"어디 보자."

훌라르가 보리얀의 옆구리를 조금 들추어 살핀다. 새로 간 붕대에 연하게 핏기가 비친다. 보리얀은 괜찮다며 옷을 다시 내리지만, 훌라르는 안타까운 얼굴로 한숨을 내쉬며 생각한다.

'어휴, 안 되겠다. 샤테이드보다 먼저 갈 곳이 있는 것 같군. 시타다라의 온천으로 데려가야겠어.'

시간이 흘러 해가 뉘엿뉘엿 기울기 시작한다. 수행자들의 도시 케파르카에서는 한 노인이 가만히 앉아 고즈넉한 저녁 하늘을 바라보고 있다. 그의 앞에는 황무지에 가까운 너른 땅이 끝없이 펼쳐져 있다. 석양은 버섯 모양의 커다란 황토색 암석들을 비추고, 동굴마다 나 있는 작은 창에서는 횃불 빛이 새어 나온다. 해 질 녘의 저무는 빛에 비치는 거대한 바위들은 투박하고 강하지만 왠지 모를 정겨움과 쓸쓸함을 남긴다. 점점 진해지는 노을의 붉은 빛에, 긴 그림자들이 그림을 그리듯 저 멀리까지 펼쳐지며 장관을 이룬다.

절벽 꼭대기의 거대한 나무 아래에 있는 노인은 쌀쌀한 바람에 옷깃을 조금 여민다. 그리고 이렇게 중얼거린다.

"이제 마무리될 인연들은 정리가 되고, 재회할 인연들은 다시 만나고, 새로운 인연들은 첫 만남을 이루겠구나. 그렇다면 나도 준비를 하러 슬슬 내려가야겠군. 흠…."

그는 끙차, 일어서더니 거대한 나무를 보고 마치 사람을 대하듯 말을 건넨다.

"이파리 몇 개만 좀 실례하겠네. 오랜만에 만나는 사람을 찾아갈 것이라, 빈손으로 가기에는 좀 그렇잖나. 아무래도 할 얘기가 길 것 같으니 차를 가져가는 것이 좋겠지."

그때 저 멀리서 어린 소녀 하나가 타박타박 뛰어온다. 소녀의 발걸음 사이로 가볍게 흙모래가 인다. 소녀는 망토에 달린 모자를 뒤로 젖히며 노인에게 말한다.

"사르낫 님, 말씀하신 사람을 찾았습니다. 다행히 일행 모두가 무사하더군요. 주변에서 얘기를 듣자 하니 훌라르의 선생 세네칼이 이 지역 출신이라고 하는데 아마 아는 사람들에게 부탁을 좀 해놓은 모양이에요."

노인은 인자하게 미소 짓는 얼굴로 고개를 끄덕인다.

"고맙구나, 아르테스. 네 친척들은 잘 있느냐?"

"네. 다들 단출한 삶을 살고 있지만 오히려 바르벨루스에서 살 때보다 행복해 보입니다."

"허허, 그렇구나. 그럼 이제 네가 찾은 그 사람들이 있는 곳으로 가볼까? 아마도 우리가 가는 것은 뜻밖의 방문일 테니 너무 놀라지들 않았으면 좋겠는데."

노인은 소녀의 손을 잡고 천천히 아래로 향한다.

"저벅, 저벅."

메마른 흙바닥 위에 긴 그림자를 드리우며, 그들의 발소리가 고요를 뚫고 도착한 곳은 어느 바위 집 앞이다. 돌벽에 난 작은 창문들로 아늑한 불빛이 새어 나온다. 노인이 정중히 문을 두드려 인기척을 낸다. 그러자 안에서 두 여인의 목소리가 흘러나온다.

"어? 지금 이 시간에 올 사람이 누굴까요?"

"글쎄요…. 제가 한번 볼게요, 아네트."

잠시 후, 한 여인이 다가와서 밖에 있는 방문객들을 향해 묻는다.

"누구세요?"

그러자 노인은 부드러운 목소리로 정겹게 말한다.

"음, 당신의 친구입니다. 너무 오랜만에 불쑥 찾아와서 미안하게 됐군요."

여인은 문을 조금 열고 밖을 내다본다. 그리고 노인의 얼굴을 찬찬히 보다가 한순간 누군지 기억이 났다는 듯, 놀란 기색을 감추지 못하며 문을 활짝 연다.

"어어? 아니, 어떻게…!"

그러자 노인은 허허 웃으며 인사를 한다.

"안녕하셨습니까, 샬리타. 이것 참 반갑군요."

샬리타는 서둘러 손님들을 안으로 들인다. 천천히 닫히는 문 위의 하늘에는 초저녁의 달이 떠오른다. 이름 모를 새들이 부우부우 울며 저녁을 알리고 환하게 빛나는 달을 향해 날아오른다.

은빛 달이 고요하게 빛나는 바르벨루스의 탑 주변은 노예병들이 배치되는 소리로 분주하다. 망토를 쓴 두 사내가 근처에서 탑을 바라보고 있다. 그중 하나가 속삭인다.

"우와, 저 꼭대기까지 올라갈 수나 있을까요?"

"보기만 해도 아찔하군. 훌라르 님과 세운 작전 알지? 자네는 어떻게든 탑 내부에 있게, 켄트라. 미샤틴이라는 여인이 우리를 도와줄걸세."

"네, 관리 장교님."

켄트라가 대답하며 망토를 벗어들자 노예병의 옷이 드러난다. 그는 스루딘과 눈빛을 주고받으며 함께 탑 앞으로 걸어간다. 곧 노예병들이 그들의 앞을 막아선다. 그러자 켄트라는 목청을 가다듬고 말한다.

"난 바르벨루스의 명을 받고 자라트라 요새로 파견된 테사닌이다. 무니안 솔리디몬 님의 명을 받고, 비밀리에 스루딘 관리 장교님을 모시고 왔다."

"스, 스루딘 관리 장교?"

그들의 앞을 가로막던 노예병들은 서로 수군거리다가 급하게 하급 슈라문에게 보고를 올린다. 그러자 한 하급 슈라문이 지카를 타고 다가오더니 관리 장교의 옷을 입은 스루딘을 훑어본다.

"올 거라는 말씀은 들었네. 따라오게. 솔리디몬 님께서 기다리고 계시니까."

스루딘은 고개를 끄덕이고 하급 슈라문을 따라가고, 켄트라도 함께 자연스레 탑 안으로 들어간다. 스루딘은 대포로 무장이 되어 있는 탑의 광경을 보며 놀란다.

'세상에! 저 대포를 쏜다면 정말 도시가 다 무너지겠군. 그나저나 노예병들의 숫자가 생각보다 많은데…'

탑의 입구에 들어선 스루딘은 자신을 기다리고 있는 황금 가마와 그것을 들 준비를 하는 노예병들을 보고, 손사래를 치며 하급 슈라문에게 말한다.

"아니, 제가 어떻게 감히 무니안님들과 같은 가마를 탄단 말입니까? 있을 수 없는 일이지요. 저렇게 많은 노예병도 과분합니다. 제 지카를 몰아줄 사람은 이 테사닌이라는 친구 한 명이면 충분합니다."

"흠. 명령대로 준비한 것인데. 굳이 그렇다면야."

하급 슈라문이 노예병들을 시켜 지카를 내 주자, 스루딘은 지카에 타고 고삐를 켄트라의 손에 쥐여주며 말한다.

"가세, 테사닌."

"예, 관리 장교님."

하급 슈라문의 안내를 받아, 스루딘은 켄트라와 유유히 탑을 오르기 시작한다. 켄트라는 다른 이들의 눈을 피해서 스루딘에게 속삭이듯이 묻는다.

"덕분에 저도 함께 올라가겠네요?"

그러자 스루딘은 한쪽 눈을 찡긋하고 미소 짓는다. 지카의 발걸음 소리가 바닥을 울리고, 각 층에 있는 노예병들과 하급 슈라문들의 시선이 그들에게 집중된다. 스루딘은 태연하게 행동하며 탑의 구조와 층층이 배치된 노예병들, 그리고 그들이 가지고 있는 무기 등을 샅샅이 파악한다. 그렇게 어느 정도 오르니 중앙 도서관이 있는 층에 도착한다. 가마가 있는 것으로 보아, 이미 무니안 중 한 명이 와 있는 것으로 보인다. 하급 슈라문은 중앙 도서관을 지키고 서 있는 슈라문들에게 알린다.

"스루딘 관리 장교가 왔네."

"뭐라고?"

중앙 도서관을 지키던 하급 슈라문들이 영문을 모르겠다는 표정을 짓자, 그 중 마에린 하급 슈라문 여인 한 명이 문을 열며 말한다.

"드디어 도착했군. 솔리디몬 님께서 기다리고 계신다."

스루딘은 도서관 안으로 들어가고, 마에린 여인은 다른 슈라문들을 둘러보며 조용히 말한다.

"솔리디몬 님의 비밀 지령이 있었습니다. 스루딘 관리 장교는 이제 우리와 함께할 것입니다."

다른 하급 슈라문들은 흠칫 놀란 눈으로 그녀를 바라본다. 그러다가 그중 하나가 작게 중얼거린다.

"크흠. 하도 훌륭한 자라고 소문이 돌길래 좀 다를 줄 알았는데, 결국 탑으로 기어들어 왔군."

"말을 조심하시지요. 듣는 귀가 많습니다."

마에린 여인이 말하자 투덜거리던 슈라문이 쏘아붙인다.

"자네나 조심하게, 미샤틴. 언제까지 솔리디몬 님만 믿고 여기에 발붙일 수 있을 거라고 생각하나?"

"글쎄요. 페키우스 님을 따르는 그쪽보다는 오래 있지 않을까요?"

미샤틴은 스루딘의 뒤를 따라 도서관 안으로 들어가 버리고, 그녀를 흘겨 보던 슈라문은 비웃듯이 생각한다.

'멍청한 마에린 계집. 스루딘은 이미 페키우스 님의 편이다. 솔리디몬에게 접근하며 그를 처리하겠다는 서신을 보냈거든. 너는 아마 모르겠지만⋯.'

도서관 안으로 들어온 미샤틴은 조용히 스루딘과 눈짓을 주고받는다. 짧은 머리의 마에린 여인을 마주한 스루딘은 단번에 그녀가 누구인지 알아차린다. 미샤틴은 주변을 살피고 그에게 조용히 묻는다.

"작전대로 페키우스와 다른 무니안들에게는 미리 서신을 하신 것입니까?"

스루딘이 고개를 끄덕이자 미샤틴은 눈을 반짝인다.

"따라오십시오."

중앙 도서관 깊숙한 곳으로 들어서니 달빛을 받으며 서 있는 긴 머리의 무니안이 보인다. 미샤틴이 그에게 다가가 스루딘이 왔음을 알린다. 솔리디몬은 음흉하게 웃으며 뒤를 돌아본다.

"허허, 드디어 왔군. 새로운 에실린 군주."

스루딘은 그에게 저벅저벅 다가간다. 그리고 흡족한 미소를 띤 솔리디몬의 눈을 마주 보며 씩 웃는다.

"그럼요. 목숨 걸고 왔습니다."

보리얀과 훌라르를 태운 비샤다는 달빛이 가득한 구름 사이로 시원한 밤공기를 가르며 날아간다. 나지막이 흘러가는 청보라 색 구름들 위로 별들이 한층 가까워진 느낌이다. 훌라르는 보리얀의 뒤에서 다정한 목소리로 말한다.

"이제부터 비샤다가 사는 영역에 들어온 거야. '시타다라'. 여기는 사람들의 손을 타지 않는 신성하고 신비스러운 동물들이 사는 곳이지. 저기, 신나게 뛰어다니고 있는 하얀 네발 동물 보여?"

보리얀은 저 멀리 야트막한 나무들 사이로 비샤다를 바라보고 서 있는 동물을 응시한다. 우아하고 긴 목을 가진 그 신비로운 동물은 윤기가 나는 보드라운 흰색 털로 뒤덮여 있는데, 보리얀과 눈이 마주치자 털 색깔이 영롱한 분홍색으로 변한다. 동물은 반짝이는 황옥 같은 커다란 두 눈으로 보리얀을 보더니 예를 갖추어 인사를 하듯 고개를 숙여서 울음소리를 낸다. 훌라르는 그 모습을 신기하다는 듯 바라본다.

"성질이 까칠하기로 유명한 네루트들까지도 널 알아보는 것 같구나. 네게 좋은 감정을 느끼고 있는 것 같은데? 봐, 저렇게 분홍색으로 변했잖아?"

"네루트?"

보리얀은 신기한 듯 희한한 동물을 쳐다본다. 곧이어 그녀는 이름을 알 수 없는 아름다운 꽃들 사이로 뛰어가는 한 무리의 황금빛 동물들을 본다. 짧은 귀에 동글동글한 엉덩이를 씰룩거리며 움직이는 그들은 비샤다를 뒤쫓듯 깡충깡충 뛰면서 보리얀을 반긴다. 그 모습을 보며 보리얀은 윕실론을 생각한다.

'언제 다시 만날 수 있으려나. 인사도 못 했는데….'

그때 보리얀의 눈에 들어오는 동물이 하나 있다. 처음에 그녀는 둥그런 동산이 움직이는 것으로 착각하여 깜짝 놀랐는데, 자세히 보니 거대한 등껍질을 가진 거북이다. 거북의 등에서는 온갖 종류의 꽃나무들과 이끼들이 자라고 있고, 별빛처럼 반짝이는 깃털을 가진 작은 새들이 그 안에 터전을 잡았는지 부산히 날아오른다. 심지어 거북의 등에서는 여러 색깔의 커다란 버섯들도 자라나고 있다. 그 버섯들의 투명한 갓등 속에서, 반딧불이 같은 곤충들이 내는 깜박깜박하는 빛이 흘러나와 마치 은은한 등잔처럼 빛난다. 거북은 커다란 머리를 천천히 내밀어 고개를 빼고 비샤다를 타고 있는 보리얀을 응시한다. 끝없는 세월이 담긴 것처럼 보이는 두 개의 검은 눈동자가 별빛에 반짝인다. 거북의 머리에 앉아 있는 커다란 보라색 달팽이도 더듬이를 들어 올려 보리얀을 바라보고 있다. 보리얀은 입을 다물지 못하며 훌라르에게 속삭인다.

"저기, 저 거북 봤어요? 엄청 커요!"

"오늘 운이 좋군. 이 땅에서 가장 오래된 신성한 동물을 만나게 되다니. 나도 전설로만 들었지, 직접 보게 된 건 처음이야. 보통 모습을 잘 드러내지 않는다는데…."

비샤다는 방향을 틀어 더 높은 지대로 올라간다. 이어서 보리얀은 눈 앞에 펼쳐진 풍경을 보며 입을 다물지 못한다.

"우와!"

빽빽한 나무들을 지나니, 어느 순간 숲 한가운데에 탁 트인 거대한 평야가 드러난다. 폭포수가 흐르는 얕은 절벽들이 넓은 계단처럼 펼쳐져 있고, 층마다 김이 모락모락 나는 둥그런 온천들이 자리하고 있다. 하늘이 담긴 듯한 푸르른 온천물로 차 있는 새하얀 돌바닥 주변으로는 독특한 식물들이 자라고 있다. 뿌리 부분은 짙은 청색이다가 점점 옅은 연녹색을 띠는 기다란 이끼들과 자잘한 꽃망울들의 모습이 보인다. 환한 달빛을 받고 피어난 꽃들의 달큰한 향내가 코끝을 간지럽힌다.

비샤다는 부드럽게 빙그르 돌며 하강하더니, 가장 높은 온천 근처에 착지한다. 훌라르는 가뿐하게 내린 다음 조심하여 보리얀을 내려준다. 보리얀은 주변을 둘러보며 묻는다.

"우리가 샤테이드로 가는 줄 알았는데…."

"일단 네 상처부터 치유하고 가야 할 것 같아서. 아누다르가야에서는 아마 이곳의 온천이 최고일 거야."

"여긴 어떻게 알게 되신 거예요?"

훌라르는 빙긋 웃는다.

"비샤다 덕분이지. 여긴 신성한 동물들이 들여보내 주지 않으면 오기 힘든 곳이니까. 아주 먼 옛날, 선대 모크샤들과 그들을 보살폈던 진짜 무니안들이 즐겨 찾았다는 이야기가 전해져 오더군."

"진짜 무니안들…."

보리얀은 중얼거리다가 문득 궁금하다는 듯 그를 보며 묻는다.

"저기, 그런데 비샤다는 어떻게 만나게 되신 거예요?"

"흐음…. 긴 얘기지."

비샤다는 날개를 푸득거리더니 온천 주변에 자리를 잡고 앉는다. 훌라르는 두르고 있던 망토를 풀어서 내려놓고 비샤다 곁에 앉는다. 보리얀은 신기하다는 듯이 영롱하게 빛나는 푸른 온천 안을 바라본다. 그리고 천천히 손을 뻗어서 물속에 담근다. 그 모습을 보며 훌라르는 다정한 목소리로 말한다.

"내가 아주 어릴 때, 비샤다가 나를 찾아왔어. 아직도 생생히 기억해. 대여섯 살쯤 되었을 때였나? 바르벨루스에 있는 집의 정원에서 놀고 있었는데 어디선가 처음 보는 커다란 새가 날아왔지. 그땐 비샤다가 거의 나만 했거든. 그런데 신기하게도, 하나도 무섭지가 않았어."

"그럼 비샤다가 직접 찾아왔다는 거네요? 여기서 바르벨루스까지?"

훌라르가 고개를 끄덕인다.

"신기한 일이지. 처음 볼 때부터 오랜 친구를 만난 것 같은 느낌이 들었거든. 그 후로 비샤다는 나와 함께했어. 나를 여러 번 살려주기도 하고."

비샤다는 그윽한 눈으로 훌라르와 보리얀을 쳐다본다. 훌라르는 비샤다의 부리를 쓰다듬으며 미소 짓는다. 그리고 조금 뾰로통한 얼굴로 중얼거린다.

"원래는 내 부름에만 왔는데 말이야. 어떻게 이럴 수 있지, 응?"

그러자 비샤다는 훌라르를 외면하듯 부리를 돌린다. 훌라르는 피식 웃고 한숨을 내쉬며 말한다.

"알았어. 보리얀은 예외라고 해두자."

그러자 비샤다는 다시 고개를 돌려 두 눈을 깜박이며 훌라르를 쳐다본다. 훌라르는 못 이기는 척 다시 비샤다의 부리를 쓰다듬는다. 보리얀은 그 모습을 보고 빙그레 미소를 짓는다. 그녀는 비샤다의 눈을 가만히 응시더니, 이어서 감탄 어린 목소리로 말한다.

"…아주 오래 전서부터, 비샤다는 훌라르 님을 기다려 왔군요."

"응?"

훌라르가 보리얀을 돌아보자, 보리얀은 맑은 눈빛을 반짝인다.

"방금 비샤다가 전하는 얘기를 들었거든요. 자기는 우리가 기억하지도 못할 아주 까마득한 오래전부터 다시 만날 것을 기다리며 살아왔다고…."

비샤다는 훌라르의 손길이 편안한 듯 고개를 숙인다. 그리고 땅에 턱을 대고 눈을 감고서 새근새근 잠에 빠진다. 훌라르는 보리얀을 바라보며 묻는다.

"정말? 그럼 비샤다가 도대체 언제부터 나를 알았다는 거지?"

"글쎄요. 자세한 건 잘 모르겠어요. 기다렸다는 것만 넌지시 얘기해 주고 잠들어서.”

주변으로 아름다운 숲의 광경이 펼쳐져 있는 가운데, 총총히 박혀 있는 별들을 따라 밝은 달빛이 비밀스러운 온천을 비춘다. 훌라르가 부드럽게 말한다.

“물속에 상처 부위를 담가 봐. 금방 좋아지는 게 느껴질 거야.”

“그래요? 한번 들어가 볼게요.”

보리얀은 두르고 있던 망토를 내려놓고 한 발씩 천천히 물속으로 들어간다. 따뜻한 물에 몸이 닿자 온기가 느껴지면서도 뼛속까지 시원해지는 느낌이 신기하다. 보리얀은 상처가 있는 부분을 손으로 짚어보며 놀란다.

“어, 정말 통증이 없어졌어요. 분명히 걸을 때마다 조금씩 아팠는데.”

“…….”

훌라르는 말없이 보리얀을 바라본다. 보리얀은 미소를 지으며 훌라르가 앉아 있는 곳으로 다가간다.

“감사해요. 이렇게 아름다운 곳으로 데려와 주셔서.”

보리얀의 진심 어린 말을 듣는 훌라르의 눈빛이 조금 떨린다. 그는 가만히 미소를 지으며 자세를 낮추고 보리얀에게 손을 뻗는다. 보리얀은 가만히 그의 손을 잡는다. 그녀의 따뜻한 눈길을 마주하니, 다시 가슴 깊숙한 곳에서 죄책감이 올라온다. 그가 아니었더라면 지금 보리얀이 이 온천에 오게 될 일도 없었을지 모른다. 보리얀은 훌라르의 눈빛이 슬픔으로 젖어가는 것을 보고 조금 의아한 표정을 짓는다. 훌라르는 그런 그녀를 바라보며 작은 목소리로 중얼거린다.

“…미안해.”

“네?”

훌라르는 목이 메어서 쉽게 말을 꺼내지 못한다. 잠시 두 사람 사이에 침묵이 감돈다. 이어서 그는 애써 미소를 짓는다.

"흐음. 꼭 해야 할 말이 있는데. 도무지 용기가 나질 않네."

"무니안을 불태우고 괴물도 처리하신 분이, 용기가 나지를 않는다고요?"

"이건 그것보다 훨씬 더 두려운 일이거든…. 어쩌면 네가 나를 떠나버릴 수도 있을 것 같아서."

"무슨 일인데요?"

훌라르는 가만히 보리얀의 손을 잡은 자신의 손을 바라보며 나지막이 긴 숨을 내쉰다. 그러자 보리얀이 조금 미소 지으며 그에게 묻는다.

"그럼 혹시, 저부터 용기를 내서 얘기한다면 도움이 될까요?"

"…응?"

"제가 그동안 말하지 못했던 것을 차근차근 풀어놓는 중이거든요. 엄마께는 비밀로 해온 제 능력에 대해 말씀드렸고, 사타니크 형에게는 미루던 사과를 했어요. 훌라르 님께도 말씀드릴 게 있어서요."

보리얀은 조금 상기된 얼굴로 훌라르를 바라보고 말을 잇는다.

"다시 살기로 선택하면서, 저는 더 솔직해지기로 했어요. 그게 후회 없이 사는 방법인 것 같아서요. 그래서 부끄럽지만 이젠 얘기하려고요."

보리얀은 입술을 꼭 깨물다가 발그레해진 얼굴로 말한다.

"…좋아해요. 훌라르."

훌라르는 할 말을 찾지 못하고 가만히 보리얀을 바라본다. 보리얀은 조금 부끄러운지 고개를 돌리며 덧붙인다.

"그러니까 저는 떠나지 않을 거예요."

“…….”

훌라르는 떨리는 눈으로 보리얀을 응시한다.

“…모든 게 나 때문에 벌어진 일인데도?”

보리얀이 무슨 말인지 모르겠다는 표정으로 그를 바라보자 훌라르는 용기를 내어 말을 잇는다.

“네가 고문당한 것도, 제카르슘이 나를 향한 복수로 바얀 호를 이용한 것도…. 애초에 내가 카슘의 밑에 너와 다른 이들을 배정하지만 않았어도 그런 일들은 일어나지 않았겠지. 그땐 너를 잘 알지도 못했고, 그저 낙오시킬 생각이었으니까.”

담담히 말하는 훌라르의 목소리가 떨린다. 그는 차마 보리얀을 바라보지 못한다.

“지금까지 말할 수가 없었어. 하지만 이젠 얘기해야겠어. 자꾸만 죄책감이 들어서. 너와 가까이 있을수록….”

“…….”

“미안해.”

고개를 숙인 그의 눈이 더없이 슬퍼 보인다. 흐르는 침묵 속에서 아래를 응시하는 그의 눈가가 젖어 든다. 그를 보는 보리얀의 눈동자가 흔들린다. 두 사람의 사이를 메우는 고요함의 무게를 젖히고, 이내 그녀는 나지막이 말한다.

“…그렇게 생각하셨군요.”

“응?”

“저는 그 모든 일이 일어난 게 저 때문이라는 생각이 들거든요. 배를 타는 여자로 자라 부모님을 힘들게 하고, 자라트라 요새에서 낙오하지 않겠다고 고집을 부리고, 괴물의 저주로부터 아버지와 친구를 지키지 못한 저 때문에…. 하지만 당신은 이런 말씀을 해주셨죠."

보리얀은 훌라르의 손을 부드럽게 감싸 쥔다.

"생각일 뿐이라고. 제 생각이 스스로를 저주하게 하지 말라고. 우리에게 일어난 일들은 그 누구 하나만의 잘못이 아니에요. 굳이 따지자면 무니안들의 짓이죠. 그러니 죄책감 어린 생각이 당신을 저주하게 내버려 두지 말아요. 대신 우리, 사랑하며 살아요."

복잡한 심경으로 보리얀을 바라보는 훌라르의 눈동자에 뜨거운 눈물이 고인다. 보리얀은 그의 눈가에 맺힌 눈물을 부드럽게 닦아준다.

"…과거는 흉터일 뿐이잖아요. 저는 우리의 모든 흉터를 사랑하며 살 거예요. 그게 우리가 걸어온 길을 보여주고, 우리의 이야기를 만들어 나가는 거니까. 저는 훌라르 님을 믿어요. 그때는 아마도 그 선택이 최선이었을 테죠. 그러니 과거의 죄책감과 슬픔에 상처가 덧나지 않도록, 이제부터 사랑하며 살아요. 제 어머니께서 서신으로 당부하신 것처럼."

보리얀은 붉어진 눈시울로 그녀를 바라보는 훌라르에게 미소를 지어 보이고, 천천히 그의 이마에 입을 맞춘다.

"새로운 시작을 위한 인사예요."

훌라르는 가만히 그녀의 두 눈을 마주 본다. 그의 눈에 보리얀의 모습이 가득 담긴다. 천천히 다가가는 그의 입술이 보리얀의 이마에 살며시 닿는다. 훌라르는 가만히 그녀와 눈높이를 맞춘다.

"내가 용기 내서 얘기해야 할 게 한 가지 더 있는데. 사실, 바르벨루스에서는 이렇게 인사하지 않아."

"네?"

"내가 너에게만 하는 인사야."

보리얀은 놀란 눈으로 그를 바라보고, 훌라르는 아무 말 없이 부드럽게 미소 짓는다. 그들 사이의 거리는 숨결이 전해질 만큼 가깝다. 훌라르는 보리얀의 어깨를 감싸 안는다. 그리고 가만히 그녀의 입술에 자신의 뜨거운 입술을 살포시 얹는다. 보리얀은 두 눈을 꼭 감는다. 훌라르의 앞섶이 점점 물에 젖어 든다.

"……."

훌라르는 온천 속으로 천천히 들어간다. 그의 두 팔이 보리얀을 꼭 끌어안는다. 그는 붉게 달아오른 보리얀의 입술을 삼키듯 입을 맞춘다. 보리얀은 그 열기에 녹아들며 훌라르의 가슴팍에 난 흉터에 살며시 손을 얹는다. 별들이 총총히 박혀있는 하늘에서 밝은 달빛이 찰랑거리는 물결을 비춘다. 젖은 보리얀의 머리를 쓰다듬으며, 훌라르는 그녀의 귓가에 속삭인다.

"…널 사랑하며 살았어. 오래전부터."

그 시간, 삼엄한 경비로 둘러싸인 바르벨루스 탑의 지하 감옥에서는 솔리디몬의 웃음소리가 들린다.

"으하하하!"

솔리디몬의 앞에는 두 팔이 쇠사슬로 묶인 한 에실린 청년이 서 있다. 뒤에는 은색 빡빡머리 병사 퓨라가 웅크리고 벌벌 떨고 있다. 솔리디몬은 흡족한 얼굴로 앞에 서 있는 청년을 응시한다.

"드디어 스루딘을 위한 깜짝 선물이 준비되었구나. 어디, 고개를 들어보거라."

그러자 청년은 서서히 고개를 든다. 귀 뒤까지 구불거리는 은색 머리, 곱상한 얼굴에 지쳐 보이는 커다란 은회색 눈동자가 횃불에 빛난다. 솔리디몬이 청년의 턱을 들어 올리며 묻는다.

"자, 말해보거라. 네 이름이 뭐라고?"

청년은 솔리디몬의 눈을 피하며 중얼거린다.

"…루딘."

겔리시온 III

- 운명과 선택 -

초판 1쇄 발행 2022. 10. 11.

지은이 이주영
펴낸이 김병호
펴낸곳 가넷북스

편집진행 김수현
디자인 김민지

등록 2019년 4월 3일 제2019-000040호
주소 서울시 성동구 연무장5길 9-16, 301호 (성수동2가, 블루스톤타워)
대표전화 070-7857-9719 | **경영지원** 02-3409-9719 | **팩스** 070-7610-9820

•가넷북스는 여러분의 다양한 아이디어와 원고 투고를 설레는 마음으로 기다리고 있습니다.

이메일 barunbooks21@naver.com | **원고투고** barunbooks21@naver.com
홈페이지 www.barunbooks.com | **공식 블로그** blog.naver.com/barunbooks7
공식 포스트 post.naver.com/barunbooks7 | **페이스북** facebook.com/barunbooks7

ⓒ 이주영, 2022
ISBN 979-11-978872-5-3 04810 / 979-11-978872-2-2(전4권) 04810